CHRISTIAN GUDE
Homunculus

FEHLFUNKTION Technische Universität Darmstadt. Ein Team hochspezialisierter Informatiker und Ingenieure arbeitet an einem geheimen Projekt, finanziert von der japanischen Nakatomi Corporation. Ihr Ziel: die Entwicklung des weltweit leistungsfähigsten und intelligentesten humanoiden Roboters.

Bei der feierlichen Verabschiedung des Landespolizeipräsidenten im neuen Darmstädter Kongresszentrum »Darmstadtium« wird der Android erstmals der Öffentlichkeit vorgestellt. Doch die Veranstaltung endet im Fiasko: Vor über 500 Gästen gerät die Maschine außer Kontrolle, ein Hochschulprofessor stirbt auf der Bühne – und Kommissar Rünz hat einen neuen Fall.

Christian Gude wurde 1965 in Rheine/Westfalen geboren. Er studierte Geografie in Mainz und lebt heute in Darmstadt. Für ein international operierendes Consulting-Unternehmen arbeitet er als Marketingexperte. Mit dem Kriminalroman »Homunculus« setzt er seine erfolgreiche »Kommissar Rünz«-Serie fort.

Bisherige Veröffentlichungen im Gmeiner-Verlag:
Kammerspiel (2012)
Kontrollverlust (2010)
Binärcode (2008)
Mosquito (2007)

CHRISTIAN GUDE

Homunculus

Der dritte Fall für Kommissar Rünz

GMEINER SPANNUNG

Personen und Handlung sind frei erfunden.
Ähnlichkeiten mit lebenden oder toten
Personen sind rein zufällig und nicht
beabsichtigt.

Die automatisierte Analyse des Werkes, um
daraus Informationen insbesondere über
Muster, Trends und Korrelationen gemäß § 44b
UrhG (»Text und Data Mining«) zu gewinnen,
ist untersagt.

Bei Fragen zur Produktsicherheit gemäß der
Verordnung über die allgemeine
Produktsicherheit (GPSR) wenden Sie sich bitte
an den Verlag.

Besuchen Sie uns im Internet:
www.gmeiner-verlag.de

© 2009 – Gmeiner-Verlag GmbH
Im Ehnried 5, 88605 Meßkirch
Telefon 07575/2095-0
info@gmeiner-verlag.de
Alle Rechte vorbehalten

Lektorat: Claudia Senghaas, Kirchardt
Herstellung / Korrekturen: Katja Ernst / Doreen Fröhlich
Umschlaggestaltung: U.O.R.G. Lutz Eberle, Stuttgart
unter Verwendung eines Fotos von: © Gabi Moisa / Fotolia.com
Druck: Libri Plureos GmbH, Friedensallee 273, 22763 Hamburg
Printed in Germany
ISBN 978-3-8392-1013-0

Homunculus
[lat.: »Menschlein«] künstlich erzeugter Mensch

Keep moving and don't look back.
Daniel H. Wilson, How to survive a robot uprising,
Bloomsbury 2005

There is always a girl who falls down
and twists her ankle.
Frank Zappa, Roxy & Elsewhere, 1973

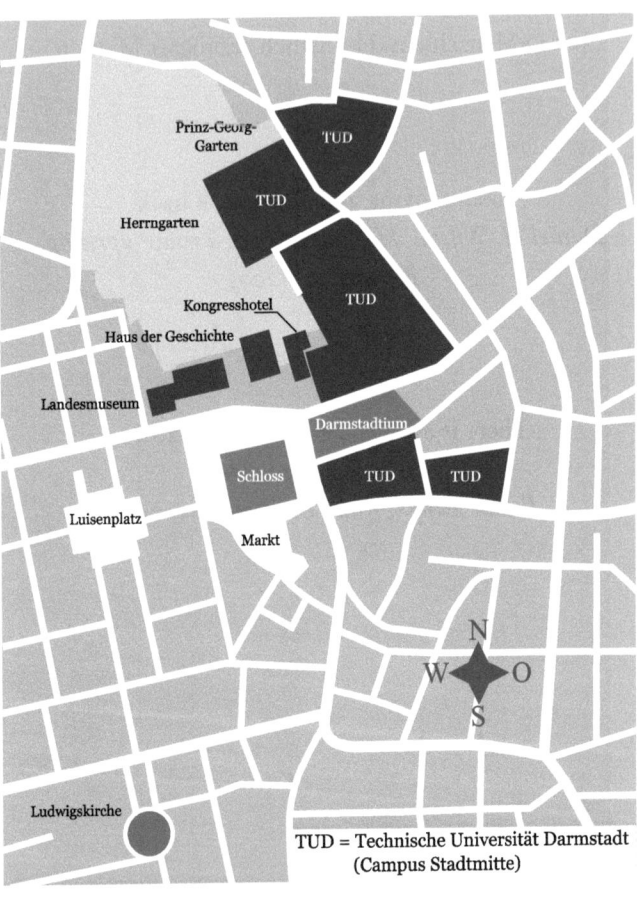

Prinz-Georg-Garten

TUD

TUD

Herrngarten

TUD

Kongresshotel

Haus der Geschichte

Landesmuseum

Darmstadtium

Schloss

TUD

TUD

Luisenplatz

Markt

N

W ◆ O

S

Ludwigskirche

TUD = Technische Universität Darmstadt
(Campus Stadtmitte)

Prolog

Rünz zog sich in aller Ruhe Zahnseide durch seine Beißleiste. Der Ertrag war mehr als zufriedenstellend. Er
benutzte nicht oft Zahnseide, eigentlich nur dann, wenn
es sich wirklich lohnte, und noch mal ein richtiger kleiner Imbiss zusammenkam. Als er fertig war, deponierte er
den gequetschten, braungelb verfärbten Seidenfaden auf
der Lehne der Couch. Jetzt hatte er sich ein Bier verdient.
Er nahm das taufrische Pfungstädter Märzen in die Hand,
aber wo war nur dieser verdammte Öffner? Einen Augenblick erwog er, die Flasche an der Glaskante des Wohn-
zimmertisches zu öffnen, verwarf aber aus Sicherheits-
gründen die Idee. Jetzt aufstehen und in die Küche gehen?
Eine Zumutung, nach diesem langen, harten Arbeitstag
im Präsidium. Sicher, er konnte einfach nach seiner Frau
rufen. Sie lag zwar schon im Bett, war aber wahrscheinlich
noch wach und las in ihrem aktuellen Lieblingswerk, ›Die
Zweierbeziehung‹, von Jürg Willi. Eigentlich hatte sie ihm
das Buch zum Geburtstag geschenkt, aber er war einfach
noch nicht dazu gekommen, einen Blick hineinzuwerfen.
Es war ja immer so viel zu erledigen. Wenn er sie jetzt aus
dem Bett holte und bat, ihm einen Flaschenöffner aus der
Küche zu holen, würde sie wahrscheinlich eher mit einem
Fieberthermometer zurückkommen. Er sah sich verzweifelt nach irgendeinem brauchbaren Werkzeug um. Der einzige Gegenstand, der infrage kam, war die Fernbedienung.
Er setzte das Kunststoffgehäuse unter der Kapsel an, und
nach einem knackig kurzen ›zisch‹ hatte er die Flasche
offen und die Fernbedienung zerstört. Wäre eigentlich kein

Problem gewesen, wenn er vorher schon DSF eingestellt hätte, denn dort begannen in wenigen Sekunden die ›Sexy Sport Clips‹. Aber Fernbedienungen versagten grundsätzlich immer dann, wenn man beim Durchzappen zufällig ARTE eingestellt hatte. Und eine Fritz-Lang-Retrospektive war nicht gerade ein innerer Reichsparteitag für einen gestandenen Anti-Intellektuellen wie Polizeihauptkommissar Karl Rünz. Er gehörte nicht zu diesen Hornbrillenträgern und Cineasten, die vor Begeisterung ejakulierten, wenn sie einen restaurierten alten UFA-Klassiker sahen, dessen Kulissen irgendwie nach Kubismus und Art Deco ausschauten. Die Schauspieler in ›Metropolis‹ chargierten wie in allen alten Stummfilmen grauslich, und die Story war nicht der Rede wert, die Urmutter aller Boy-meets-girl-coming-into-trouble-and-out-again-Geschichten, ein heilloser Kitsch von einem versnobten Despotensohn, der sich in ein einfaches, schönes, aufrichtiges und mutiges Mädchen aus der Unterschicht verliebte, ein Stoff, den die Filmindustrie seit hundert Jahren in immer neuen Aufgüssen produzierte. Aber was ihn an ›Metropolis‹ in seinen Bann zog, das war die Maschinen-Maria. Diese Blechmarie hatte was, sie war einfach *sexy*. Mit ihren sauber ausgedengelten Blechmöpsen schien sie fast schon gewagt, wie ein Sextoy vom Fließband einer japanischen Roboterfabrik. Rünz konnte sich überhaupt nicht sattsehen an dieser Roboter-Domina. Als sie auf dem Scheiterhaufen vor der Kathedrale ihrem Hitzekollaps entgegensah, erinnerte sie Rünz mit all ihrem technischen Gestrape um die Hüften an eine zeitgenössische weibliche Ikone der fiktionalen Welt, die Kampfamazone Lara Croft.

1

»Ein Sabbatical, das ist doch nichts für Sie.«

Hoven ließ die Fingerspitzen flink über die Tastatur seines sublimen MacBook Air flitzen, während er Rünz' Anliegen abbügelte.

»Sie sind Fahnder, mit jeder Faser Ihres Körpers. Ich kenne Typen wie Sie. Sie bekommen Depressionen, wenn Sie ein paar Tage lang nicht draußen auf der Straße sind. Fahndung ist Ihr Leben, und Sie sind einer der Besten. Also nehmen Sie Vernunft an.«

›Fahndung ist Ihr Leben‹, ›Sie sind einer der Besten‹ – aus welchem C-Movie hatte er sich diese markigen Sprüche abgeschaut? Außerdem sprach er unnatürlich laut, als hielte er Rünz für schwerhörig. Der Kommissar ließ den Appell schweigend im Raum nachhallen und betrachtete seinen Vorgesetzten. Hoven, der Nadelstreifen des Präsidiums, Stilikone und Fashion Victim des hessischen Polizeiwesens, ein Mann, der seine Brioni-Sakkos normalerweise nicht mal auf der Kloschüssel auszog, saß in einem ungebügelten weißen Hemd vor ihm, die Ärmel hochgekrempelt, der Kragen offen und der Krawattenknoten weit aufgezogen, als hocke er irgendwo Downtown Los Angeles in einer von schwerbewaffneten Crackdealern umstellten Polizeistation mit ausgefallener Klimaanlage. Er war unrasiert, hatte strähnige Haare, dunkle Ringe unter den Augen. Am Handgelenk trug er eine riesige ProTrek Outdoor-Uhr von Casio, die aussah, als würde sie einen

Tauchgang in einer Magmakammer unbeschadet überstehen. Und wo war seine filigrane Titanbrille? Trug er jetzt Kontaktlinsen? Die Krönung seines neuen Outfits war die Waffe. Hoven hatte sich ein Schulterholster mit einer P6 umgeschnallt. Rünz konnte sich an keine Situation der vergangenen Jahre erinnern, die Hoven auch nur eine Drohung mit einem Reizgassprüher abverlangt hätte – und jetzt dieser Auftritt? Alles an dieser billigen schmutziger-harter-Cop-Simulation wirkte auf eine seltsame Art artifiziell und inszeniert. Etwas L'Oréal Styling Cream in die frisch gewaschenen Haare, ein Hauch Kajal unter den Augen verrieben und das frisch gebügelte Hemd auf der Fahrt zum Präsidium zum Zerknittern unter den Arsch geklemmt – fertig war die deutsche Antwort auf Dirty Harry. Hatte ihm die Wirtschaftsflaute seine Lieblings-rolle als marktradikaler Reformer verdorben? Irgendetwas ging in diesem Menschen vor, und Rünz würde herausfinden, was es war. Aber jetzt galt es, seine Auszeit durchzubringen.

»Ich will ja nicht ganz aussteigen, ich brauche einfach nur ein paar Monate Zeit für mich, verstehen Sie?«

Hoven ließ von seinem Laptop ab, lehnte sich zurück, hob die Beine – und legte die Füße auf die Tischplatte! Rünz war sprachlos. Überhaupt stimmte etwas mit der Inneneinrichtung seines Büros nicht. Hoven hatte eigentlich ein Faible für hellen, transparenten, postmodernen Reduktionismus, Glas, Stahl und Sichtbeton – aber hier sah plötzlich alles nach American-Vintage-Style aus.

»Herrgott, Rünz, hören Sie auf mit diesen Weichspülern, mir steigen gleich die Tränen in die Augen. Sie hören sich ja an wie ein Sozialpädagoge. Wollen Sie mit mir etwa über Ihre *Gefühle* reden? Wir machen hier doch keinen Campingurlaub am Brokeback Mountain!«

Nebenan in seinem Sekretariat kicherte eine Frau, aber die Stimme klang jünger als die seiner Sekretärin.

»Ein halbes Jahr, Herr Hoven. Das ist doch nicht die Ewigkeit. Sie haben in der Vergangenheit immer wieder betont, wie erstklassig Bunter mich vertritt, wenn ich mal abwesend bin.«

Hoven zog ein handschriftlich signiertes Formular aus der Schublade und schnippte es über den Tisch.

»Bunter hat schon vor zwei Monaten seine Versetzung nach Nordrhein-Westfalen beantragt. Er tritt in Münster Anfang September eine hübsche A12-Stelle an. Resturlaub eingerechnet, ist er voraussichtlich noch bis Ende des Monats hier. Sagen Sie, findet in Ihrer Abteilung noch so etwas wie Kommunikation statt?«

Rünz schwieg, seine Gesichtszüge entgleisten.

»Tja, Herr Rünz«, frotzelte Hoven. »Sieht so aus, als würde Ihre ›Ermittlungsgruppe Darmstadt City‹ in Zukunft nur noch aus Ihnen und diesem fußballverrückten Riesenbaby Wedel bestehen.«

»Aber – die Planstelle muss doch neu besetzt werden!«

»Bei der angespannten Haushaltslage? Da können Sie ja gleich den Innenminister fragen, ob er Ihnen einen Maserati als Dienstwagen genehmigt. Erhöhen Sie Ihre Effizienz und Produktivität, verbessern Sie Ihr Zeitmanagement, dann fällt der personelle Verlust nicht weiter ins Gewicht.«

Hoven war für einen Moment aus seiner Cop-Rolle herausgefallen und hatte in sein gewohntes Business-Idiom gewechselt. Aber er besann sich sofort wieder.

»Verdammt Rünz, ich weiß, Ihr Job hier ist kein Kindergeburtstag. Aber Sie sind *Last Man Standing*. Ich verlasse mich auf Sie.«

Rünz fühlte sich heillos überfordert. Er verabscheute Veränderung. Hovens Metamorphose vom Boss-Model zur drittklassigen Eastwood-Kopie und Bunters polnischer Abgang waren definitiv viel zu viel Veränderung. Er schielte an Hoven vorbei Richtung Nachbarzimmer. Wieso stand die Tür zu seinem Sekretariat eine Handbreit offen? Normalerweise war Hoven ein Geheimniskrämer vor dem Herrn, der seiner Assistentin nur die Informationen zukommen ließ, die sie für ihre Arbeit unbedingt benötigte.

Egal, er musste jetzt mit seinem Anliegen weiterkommen. Vielleicht sollte er die Karten auf den Tisch legen und über dieses Gewächs in seinem Kopf reden? Er zögerte, über seine Gesundheitsprobleme offen zu sprechen. Vor der Biopsie hatte er ja noch kein definitives Ergebnis, außerdem gehörte Hoven genauso wenig wie er selbst zu den Menschen, die auf das Leid anderer mit Mitgefühl und Verständnis reagierten. Und was die unbekannte neue Sekretärin im Nebenzimmer von ihrem Gespräch mitbekam, wusste in wenigen Minuten das ganze Präsidium. Es existierte kaum eine schnellere Methode, ein Geheimnis in einem Unternehmen oder einer Behörde zu verbreiten, als es unter dem Siegel der Verschwiegenheit einer Sekretärin mitzuteilen. Hoven wurde ungeduldig.

»Ich habe jetzt wirklich keine Zeit, mich weiter mit Ihren Zyklusbeschwerden zu beschäftigen, Herr Rünz. Sie kommen doch auch heute Abend zur Verabschiedung des Alten? Bringen Sie Ihre Frau mit, es wird sicher nett. Gehen Sie vorher eine Runde auf den Schießstand, rauchen

Sie ein Pfund Gras aus der Asservatenkammer – machen Sie irgendwas, aber gehen Sie mir nicht mit Ihren Stimmungsschwankungen auf die Nerven.«

Hovens Telefon klingelte. Er nahm den Hörer ab, wartete aber gar nicht erst, was der Anrufer zu berichten hatte, sondern legte gleich mit einem testosterongesättigten Bariton los. Er dröhnte, als hätte er Johannes Heesters an der Strippe.

»HÖR ZU, TONI. ICH BRAUCHE INFRAROT-SATELLITENÜBERWACHUNG FÜR DEN GANZEN GEBÄUDEKOMPLEX, IN ECHTZEIT, TWENTYFOUR/SEVEN, UND ZWAR SOFORT.«

Ohne die Antwort des Anrufers abzuwarten, knallte er den Hörer wieder auf das Gerät. Wer zum Teufel war Toni? Und was sollte diese schwachsinnige Anweisung mit der Satellitenüberwachung? Ging es um die Sicherung der Abendveranstaltung im Darmstadtium? Auf welchem Filmset war Rünz hier nur gelandet? Zum Nachdenken blieb keine Zeit.

»Übrigens, Herr Rünz. ISO 9001 steht mal wieder an. Wir hatten beim letzten Audit erhebliche Abweichungen von den Standards in Ihrer Arbeitsgruppe, die uns fast die Zertifizierung gekostet hätten. Ich musste den Auditor zu einer Runde Polo und einem Abendessen im Jagdschloss Kranichstein einladen, um ihn von der Zuverlässigkeit unseres Qualitätsmanagements zu überzeugen. Bereiten Sie sich vor, ich erwarte diesmal Topergebnisse von Ihrer Gruppe.«

Rünz versuchte, sich zu sammeln.

»Machen wir, Herr Hoven. Dieses ISO-Dings war übrigens eine Spitzenidee von Ihnen. Wir zeigen den schweren Jungs draußen auf der Straße gar nicht mehr unsere Dienstmarken, sondern nur noch die Zertifizierungsurkunde. Sie glauben gar nicht, wie die sich in die Höschen machen. Die diktieren uns ihre Geständnisse sofort in die Blackberrys.«

»Sparen Sie sich die lockeren Sprüche, Herr Rünz. Ich weiß, dass Leuten wie Ihnen Qualitätsmanagement am Arsch vorbeigeht. Sie denken, Sie können sich hier auf Ihrer Stelle ausruhen und den Sturm an sich vorüberziehen lassen. Aber verlassen Sie sich drauf: Wir werden den Reformstau auflösen und den ganzen Laden fit machen für die Zukunft. Hier wird bald nichts mehr so sein, wie es war. Ihr Problem ist – Sie sind nicht offen für *Change*. Haben Sie es schon mal mit einem Coach versucht?«

»Na ja, ab und zu gehe ich mit meinem Schwager ein Bier trinken. Da reden wir dann über alles Mögliche …«

»Sie meinen diesen Brecker vom zweiten Revier? Zeitverschwendung. Orientieren Sie sich an Leuten, die Sie beruflich weiterbringen. Ich spreche von individuellem und professionellem Coaching. Gerade für Zauderer wie Sie ein wichtiges Tool. Bringt Ihr *Carreer Development* auf Zack, hilft Ihnen, Ihre individuellen Blockaden zu überwinden und *Comfort Zones* zu verlassen.«

»Ich liebe meine Komfortzonen, Herr Hoven.«

»Jetzt mal die Karten auf den Tisch, Herr Rünz. Wo sehen Sie sich beruflich in zehn Jahren, wie sieht Ihre persönliche Karriereplanung aus?«

Rünz richtete sich auf in seinem Stuhl und wurde hellwach. Er vergaß die ungebetene Zuhörerin im Nebenzimmer. Endlich konnte er mit seinem Chef mal Tacheles reden.

»Also, ich habe da ganz konkrete Vorstellungen, Herr Hoven. Wenn ich in – sagen wir – fünf Jahren ein chronisches Leiden entwickle, zum Beispiel eine Arthrose im Hüftgelenk, habe ich gute Chancen, mit Ende fünfzig wegen Dienstunfähigkeit in den Vorruhestand zu gehen – ohne nennenswerte Einbußen bei den Bezügen! Ich habe mir das schon mal durchgerechnet, bin aber mit den Details noch nicht ganz im Reinen. Wenn Sie einen Coach kennen, der sich mit diesen Fragen auskennt ...«

Jetzt schien Hoven nach Worten zu suchen, aber sein Telefon kam ihm zu Hilfe. Er nahm das Gespräch an, hörte einige Sekunden schweigend zu und brüllte dann wieder, als müsste seine Sekretärin im Nachbarzimmer mitprotokollieren.

»SOBALD DELGADO IN DER STADT IST, ARRANGIEREN WIR DIE ÜBERGABE AM LUISENPLATZ. DAS LEBEN DER GEISELN HAT ABSOLUTE PRIORITÄT. POSITIONIEREN SIE DIE SCHARFSCHÜTZEN AUF DEN DÄCHERN RINGSUM UND DAS SWAT-TEAM AM TUNNELEINGANG. ZUGRIFF AUF MEIN KOMMANDO – KEINE SEKUNDE FRÜHER! WENN IRGENDEIN HITZKOPF VORHER ABDRÜCKT, REISSE ICH IHM DEN ARSCH BIS ZUR HALSKRAUSE AUF.«

Hoven knallte den Hörer wieder auf das Telefon. Rünz versuchte gar nicht erst, diesen Quark zu verstehen. Wahrscheinlich warf Hoven morgens Psychodrogen ein, um seine Synapsen zu stimulieren.

»Rünz, wollen Sie mir gerade erzählen, Ihre beruflichen Ziele beschränken sich auf einen möglichst frühen und verlustfreien Übergang in den Ruhestand?«

Rünz schürzte unschuldig die Lippen und riss wie ein treuer Rauhaardackel die Augen auf.

»Ist doch für alle Beteiligten die beste Lösung, Herr Hoven. Wenn Sie Bremsklötze wie mich los sind, können Sie hier doch befreit loslegen.«

Hoven winkte ab.

»Sperrige Typen wie Sie loszuwerden, ist mir viel zu einfach. Keine richtige Herausforderung. Wissen Sie, was ich will? Ich will Leute wie Sie *umdrehen*. Warten Sie ab, in zwei Jahren stehen Sie morgens auf, und das Erste, was Sie sagen ist ›*Hoven demands results – I deliver results.*‹ Leistung, Rentabilität und Effizienz werden Ihre Heilige Dreifaltigkeit, und Sie werden Ihre Aufklärungsquote so stolz vor sich hertragen wie ein Grundschüler sein erstes Zeugnis.«

Rünz schaute aus dem Fenster. Irgendwann würde er Hoven umbringen. Aber nicht erschießen. Langsam, sehr langsam umbringen.

2

»Muschi! Muschimuschi! Muschilein – komm zu Herrchen!«

»Vergiss es, sie ist nicht unter dem Bett, sie ist definitiv nicht im Schlafzimmer. Und hör bitte mit diesem verdammten Namen auf. Sie heißt Blümchen.«

Rünz robbte unter dem Bett hervor, richtete sich auf und klopfte sich den Staub vom Anzug.

»Sie heißt Muschi, das haben wir so vereinbart. Erinnere dich bitte an die Paartherapeutin, sie hat permanent betont, wie wichtig es ist, sich an Vereinbarungen zu halten. Vertrauen gründet auf Verlässlichkeit. Du verstehst, was ich meine? Warum bist du dir so sicher, dass sie sich nicht irgendwo im Schlafzimmer versteckt hat?«

»Weil sie eben aus der Tür raus und nach draußen geschlüpft ist, als ich nach Hause kam. Sie ist unten im Hof und jagt Mäuse oder Vögel, was Katzen eben so tun. Warum machst du überhaupt so einen Aufstand? Blümchen ist dir doch sonst so egal wie zwei Pfund Blattspinat.«

»Weil ich absolut sicher sein will, dass sie draußen ist. Wenn wir den ganzen Abend weg sind, pisst sie mir gegen den Waffenschrank. Sie wartet nur auf die richtige Gelegenheit für diese Demütigung, ich sehe es an ihren Augen. Und Mäuse jagen? Diese fette Wohlstands-Mieze bekommt doch Kammerflimmern, wenn eine Maus sie nur schief anschaut.«

Rünz ging zum Schlafzimmerfenster, öffnete es und schaute auf den Hinterhof hinaus.

»Nein, tu das jetzt bitte nicht …«, sagte seine Frau, »… *bitte* nicht.«

»MUUSCHIII«, rief er in den Hinterhof. »MUSCHI, MUUUSCHIIIII!!«

Immer wieder, immer lauter. Seine Stimme hallte wider von den Fassaden ringsum, langsam kam Leben in den Hof, Fenster öffneten sich, Menschen aller Altersgruppen und sozialen Schichten schauten heraus und Rünz fasziniert bei seiner kleinen Vorstellung zu.

»WÜRDEST DU JETZT BITTE DAMIT AUFHÖREN!«, schrie seine Frau hinter ihm. »Ich habe keine Lust, in die Annalen dieses Viertels als die Frau des debilen Kommissars einzugehen. Blümchen ist draußen, glaub es mir, verdammt noch mal!«

Rünz überblickte ein letztes Mal den Hof auf der Suche nach der Katze, dann winkte er kurz zum Gruß in die Runde und schloss das Fenster. Er wandte sich seiner Frau zu, sie hatte ein Kleid in der Hand und hielt es sich vor dem Spiegel zur Probe an den Körper.

»Du hast recht«, sagte Rünz. »Ich vertraue dir. Vertrauen ist wichtig.«

Er starrte eine Sekunde schweigend auf den Stoff.

»Bitte nicht dieses Kleid, Schätzchen. Nicht vor meinen Kollegen. Ich weiß, Stoff, Farbe, Produktion – alles total natürlich, nachhaltig, ökobilanziert und klimaneutral, aber mit dem Fummel hast du schon vor zehn Jahren ausgesehen wie Mutter Beimer im Dschungelcamp.«

»Ach, du schämst dich wegen mir? Leih dir doch irgendeine Hostessenschlampe in einer Frankfurter Modelagentur für diesen Auftritt. Übrigens«, sie nestelte an seinem Revers herum, »netter Anzug. In so einem Stück hat doch Wolfgang Lippert damals in den Achtzigern ›Ein Kessel Buntes‹ moderiert.«

»Ein richtiger Mann beeindruckt durch Leistung, nicht durch extravagante Klamotten.«

»Oh, könntest du mir bitte diesen Mann vorstellen?«

Sie war schon auf dem Weg ins Bad, er lief ihr hinterher.

»Nein, du kannst jetzt unmöglich noch dein ganzes Weleda-Pflegeprogramm durchziehen. Wir müssen los, in zwanzig Minuten spricht Hoven.«

Sie tupfte sich in aller Ruhe Creme auf Stirn, Wange und Kinn und begann, die Kleckse sorgfältig zu verteilen.

»Seit wann bist du so heiß auf Vorträge deines Chefs?«

»Es geht nicht um den Vortrag, es geht darum, Präsenz zu zeigen.«

»Schatz, du bist so wichtig, Hoven wird ganz sicher nicht anfangen, bevor du da bist.«

»Bullshit!«, raunzte Rünz und ging Richtung Wohnungstür. »Ich gehe schon mal runter und lasse den Wagen warmlaufen.«

»Den Wagen warmlaufen lassen?«, rief sie hinter ihm her. »Das ist kompletter Blödsinn, und du weißt es genau. Du pustest nur unnötig CO_2 in die Atmosphäre.«

»Na und? Beeil dich einfach, dann kannst du die Gletscher vielleicht noch retten.«

Rünz verließ die Wohnung, setzte sich vor dem Haus in seinen Dienstwagen, ließ den Motor an und hörte einige Minuten den Funkverkehr seiner Kollegen ab. Kein Hinweis auf irgendeine Geiselnahme oder einen Sondereinsatz am Luisenplatz. Auch die Kollegen, mit denen er nach dem Termin bei Hoven gesprochen hatte, waren völlig ahnungslos. Was also sollte diese alberne Aufführung seines Chefs? Vielleicht hatte irgendein McKinsey-Consultant Hoven einen Chip ins Großhirn implantiert, der jetzt für Kurzschlüsse sorgte. Auf allen Kanälen herrschte reges Treiben, alles schien sich heute um den großen Event im Kongresszentrum zu drehen, wer keine Einladungskarte für die Verabschiedung des Landespolizeipräsidenten hatte, war mit der Sicherung des Veranstaltungsortes beschäftigt. Wahrscheinlich stand einiges an schutzbedürftiger Prominenz auf der Gästeliste.

Seine Frau hastete herbei, stieg ein und sie fuhren los.

»Klimaschützer sind Wal-Killer«, schoss Rünz nach einer Minute Schweigen aus der Hüfte, als sie auf Höhe des Finanzamtes waren.

»Wie bitte?«, fragte seine Frau. »Was soll denn der Stuss, hast du getrunken?«

»Klimaschützer sind Wal-Mörder. Du mit deinem dämlichen CO_2-Reduktionsprogramm stehst bei den Nordkapern ganz oben auf der schwarzen Liste, direkt hinter den japanischen Walfängern. An deiner Stelle würde ich keinen Fuß ins Meer setzen. Wenn dich einer dieser Lebertran-Klöße erwischt, hast du schlechte Karten. Soll ich dir erklären, warum?«

»Nein, bitte nicht.«

»Hör zu: Die CO_2-Reduktion führt zu global ansteigenden Temperaturen, und die globale Erwärmung bewirkt einen Anstieg des Meeresspiegels, stimmt's?«

»Ich sagte ›nein‹. Bitte hör auf, ich habe Kopfschmerzen.«

»Ich will keinen Sex, ich will dir einfach nur etwas erklären. Der Anstieg der Ozeane bedeutet doch zwangsläufig eine Vergrößerung des natürlichen Habitats für die bedrohte Flora und Fauna der Weltmeere. Und mehr Lebensraum bedeutet mehr Fortpflanzung – für Korallen, Fische, Wale, Delfine und das ganze restliche Gekröse. Wer gegen den Kohlendioxidausstoß kämpft, verhindert die Befreiung der in ihren engen Ozean-Pfützen eingesperrten Meeresbewohner. Warum wollt ihr Klimaschützer den Walen nicht mehr Platz gönnen? Was haben die euch nur getan? Ihr denkt nur an euch, ihr wollt nicht mal ein paar Quadratmeter Festland an diese armen Kreaturen abgeben.«

Seine Frau klappte die Sonnenblende herunter und zog sich mithilfe des Schminkspiegels den Lippenstift nach.

»So ein Schrott kann nur von meinem Bruder kommen. Sei ehrlich, Klaus hat sich diese Räuberpistole ausgedacht.«

»Zugegeben, Klaus hat ab und an skurrile Ideen. Kein Wunder, bei dieser genetischen Vorbelastung. Aber wenn eins und eins zwei ergibt, dann stimmt das doch auch, wenn es dein Bruder erzählt, oder?«

Sie fuhren am Mercksplatz vorbei, die Pützerstraße Richtung Norden. An jeder Kreuzung standen Schupos, verstärkt von Einsatzwagen der Bereitschaftspolizei. Irgendwo hier würde Brecker murrend Dienst schieben, wütend über den sinnlosen Wochenendeinsatz und einen verpassten Abend auf dem Schießstand. Die Landgraf-Georg-Straße war stadteinwärts gesperrt, sie bewegten sich in geschlossener Kolonne. Die Einmündung zur Alexanderstraße sicherte ein Radpanzer des Bundesgrenzschutzes, Männer in schusssicheren Westen patrouillierten hinter mobilen Sperren.

»Jesus, Hoven hat es tatsächlich geschafft«, murmelte Rünz.

»Was ist da los? Was hat er geschafft?«, fragte seine Frau.

»Mein Chef richtet diese ganze Veranstaltung aus. Und so ein Sicherheitsaufgebot genießen nur Topleute. Er hat seine Beziehungen ins Ministerium spielen lassen. Wahrscheinlich hat er es tatsächlich hingekriegt, die Verabschiedung auf dem Terminkalender des Ministerpräsidenten zu platzieren.«

»Ich dachte, hier geht es um den Landespolizeipräsidenten?«

»Du kennst Hoven nicht. Der gibt vorm Frühstück eine Pressekonferenz, weil sein Pferd Durchfall hat. Was Genaues weiß ich nicht, aber angeblich hat er die Verabschiedung in irgendein Rahmenprogramm eingebaut – Polizei, Wissenschaftsstadt, Zukunft, Performance, Effizienz und Hightech im 21. Jahrhundert – seine üblichen Steckenpferde.«

Sie mussten die Dieburger Straße entlang nach Nordosten fahren und fanden erst hinter dem Alice-Hospital einen Parkplatz. Dann ging es im Laufschritt zu Fuß zurück Richtung Innenstadt. Die Eile war unnötig, vor den provisorischen Sicherheitsschleusen an den Eingängen des Darmstadtiums standen ganze Trauben von Festgästen in edler Abendgarderobe, die auf Einlass warteten. Die Sicherheitsvorkehrungen waren jenseits aller Verhältnismäßigkeit und ließen nur einen Schluss zu – es hatte im Vorfeld eine Terrordrohung gegeben. So verging eine weitere Viertelstunde, bis sie endlich mit zwei Prosecchi oben auf dem Podest der spanischen Außentreppe standen und sich von der tiefen Herbstsonne aufwärmen ließen. Viel Zeit für die

Abendstimmung blieb ihnen nicht, der Wind frischte auf, von Frankfurt her baute sich eine Gewitterfront auf. Bald trieben die ersten Tropfen alle Gäste ins Foyer.

Alle Weltstädte hatten ihre architektonischen Visitenkarten. Sydney sein Opera House, New York die Brooklyn Bridge, Rom den Petersdom – und Darmstadt sein Kongresszentrum. Für Rünz fügte sich die Architektur des Darmstadtiums so harmonisch in die Innenstadt ein wie ein Picasso ins Bühnendekor des Musikantenstadl. Aber wer fragte schon nach dem ästhetischen Urteil eines südhessischen Polizeihauptkommissars? Auf die kühne Dachkonstruktion, ein verglastes Stahlskelett, nach innen zu einem Trichter verjüngt, trommelte der heftige Gewitterregen. Das Wasser sammelte sich in dem Glaskelch zu einem Sturzbach und vergurgelte irgendwo in den Tiefen des Bauwerkes. ›Calla‹ nannten sie die Konstruktion, typische Architektenprosa. Sicher verkörperte dieses riesige Sektglas irgendwie hochsymbolische und superspannende Raumbezüge, den Brückenschlag zwischen weltoffener Wissenschaftsstadt und erdverbundenem Heinertum, die südhessische Replik auf den bayerischen Laptop-und-Lederhosen-Slogan. Was die verwendeten Baumaterialien anging, schien das Beste gerade gut genug gewesen zu sein. Bambusparkett an Boden und Wänden und ein grüner Schiefer aus Tirol für die Fassade waren zweifellos konsequente Entscheidungen. Wer seinen Bahnhofsvorplatz mit indischem Granit pflasterte, konnte für sein neues Kongresszentrum nicht einfach irgendwelche Werkstoffe wählen, die direkt vor der Haustür im Odenwald zu beziehen waren.

Eines musste man Hoven lassen: Er wusste, wie man sich gut in Szene setzte. Seit Übernahme der Leitung des Polizeipräsidiums Südhessen hatte er kontinuierlich seine Kontakte nach Wiesbaden ausgebaut – BKA, LKA, und Innenministerium. Ganz sicher hatte er mit seinen Seilschaften dem Innenminister längst seine Visionen zum Umbau der hessischen Polizei unterbreitet, den ganzen postmodernen Schmarrn vom *Exzellenz-Cluster Sicherheit* bis zum proaktiven Employer-Branding, mit dem er die besten Köpfe des Landes für den Polizeidienst anwerben wollte. Hoven nannte seine Umtriebe in der hessischen Landespolitik *Networking* – ein billiger Euphemismus für Arschkriecherei, wenn man Rünz fragte. Und als es darum ging, den Alten standesgemäß in den Ruhestand zu verabschieden, hatte keiner so laut ›hier‹ gerufen wie Hoven. Genau genommen rief damals überhaupt keiner außer ihm. Nicht, dass ihm an dem Alten irgendwas lag, er hielt sich grundsätzlich an Menschen, die ihm beim Erklimmen der nächsten Karrierestufe behilflich sein konnten, und hatte längst ein ausgezeichnetes Verhältnis zum designierten Nachfolger aufgebaut. Nein, es war die Aussicht auf die ganz große Hoven-Show, quasi der Gründungsparteitag des großen Modernisierers des hessischen Polizeiwesens.

Die Planung für die Verabschiedung hatte ihn für Monate ganz und gar beansprucht, für Lappalien wie die Aufklärung von Mordfällen hatten Rünz und seine Kollegen in dieser Phase nicht auf Rückendeckung durch ihren Vorgesetzten zählen können. Den Event aus der Landeshauptstadt nach Darmstadt zu holen war eine diplomatische Meisterleistung gewesen. In Wiesbaden wäre Hoven eine unwichtige kleine Nebenfigur in einer großen Festgesellschaft gewesen, hier auf heimischem Parkett konnte er sich als Gastgeber präsentieren. Und dann der Veranstaltungsort. Das Kongresszentrum war sicher nicht für unter 15.000 Euro pro Abend zu haben. Welchen Etat hatte Hoven für den Event wohl angezapft? Wahrscheinlich würden sie nächsten Winter in ihren Dienstwagen auf Sommerreifen über den Schnee rutschen müssen.

Rünz stand mit seinem Prosecco hilflos in der Festgesellschaft herum, seine Frau hatte zu vitaminreicheren Getränken gewechselt und stocherte mit dem Strohhalm entspannt in ihrem Tomatensaft. Sie hatten seit der kleinen Auseinandersetzung über den Lebensraum der Buckelwale kein Wort miteinander gewechselt; eine Form des Zusammenlebens, die Rünz normalerweise außerordentlich schätzte. Aber hier, unter all den Kolleginnen und Kollegen mit ihren Partnern, war ihm unwohl dabei. Er hatte das dringende Bedürfnis, vor seinem beruflichen Umfeld eine intakte und kommunikative Partnerschaft zu simulieren. Es führte kein Weg daran vorbei – er musste sich mit ihr unterhalten.

»Interessante Architektur, findest du nicht?«

Seine Frau reagierte so intensiv wie eine Elefantenkuh auf einen Mückenstich, aber so leicht gab Rünz nicht auf. Er wollte reden. Er *musste* reden.

»Schon klar«, ergänzte er. »Ihr Anthroposophen steht mehr auf Lehmhütten und Jurten. Pass bloß auf, das ganze Stahlzeugs um uns rum sendet bestimmt Strahlen aus, die Krebs machen.«

Sein kleiner Scherz machte sie nicht gesprächiger, also beschloss er, das Thema zu wechseln.

»Du, die letzte Nebenkostenabrechnung, die kommt

mir ziemlich hoch vor. Ich finde, wir sollten bei unserem Vermieter mal nachhaken.«

Prima Idee, Rünz war zufrieden mit sich. Geldthemen zogen eigentlich immer bei ihr. Und er sollte recht behalten.

»DU WILLST DICH MIT MIR UNTERHALTEN? MIT DEINER FRAU? WIE KOMME ICH ZU DER EHRE? IN DEN LETZTEN ZEHN JAHREN BIST DU DOCH GANZ GUT OHNE KONVERSATION AUSGEKOMMEN?«

»Könntest du vielleicht *etwas* leiser sprechen?«, beschwichtigte er.

Sie saugte grinsend an ihrem Strohhalm.

»Du könntest mich deinen Kollegen vorstellen. Wie wärs mit dem da vorne?«

Sie zeigte auf Wedel, der mit einer Gruppe jüngerer Mitarbeiter einige Meter entfernt stand. Rünz' Assistent bemerkte den Kommissar und seine Frau, lächelte und hob zum Gruß sein Glas in ihre Richtung.

»Tu nicht so, als würdest du Wedel noch nicht kennen.«

»Hm, er ist gut in Form. Exzellente Gene und intensives Training, würde ich sagen.«

Rünz musterte seinen Assistenten missmutig und musste sich eingestehen, dass seine Frau recht hatte. Wedel trug ein lässiges Seidenjackett über einem hautengen weißen Kunstfaser-Shirt, unter dem sich seine Bauchmuskeln abzeichneten wie eine gleichmäßige Dünung auf der Meeresoberfläche.

»Harte Schale, hohler Kern, wenn du mich fragst. Die Hardware zwischen seinen Ohren spricht ausschließlich auf den SV 98 und Sportwagen an.«

»Na und? Was nutzt der ganze Intellekt, wenn es ein Mann im Bett nicht bringt«, erwiderte seine Frau, den Blick starr auf Wedels Gluteus Maximus geheftet.

»Herrgott, du schaust drein wie eine altersbrünftige Hirschkuh. Entspann dich, mein Assistent interessiert sich nur für Frauen, die deine Töchter sein könnten.«

»Wenigstens interessiert er sich für Frauen.«

»Was soll das heißen, bin ich schwul oder was?«

»Könnte man manchmal annehmen, wenn man sich deine Qualitäten als Liebhaber anschaut.«

»Ich habe diesbezüglich stets meine Pflicht erfüllt.«

»Danke. Genau so hat sich das auch immer angefühlt.«

»Wer nach zwanzig Jahren Ehe noch aus Neigung mit seiner Frau schläft, gehört in ärztliche Behandlung. Ich bin ein großer Befürworter der Masturbation. Keine Ansteckungsgefahr, man hat praktisch nie Kopfschmerzen, wenn man Lust hat, und obendrein kommt man immer gleichzeitig ...«

»Schau mal«, unterbrach ihn seine Frau. »Der Typ da hinten winkt dauernd rüber, er scheint dich zu kennen!«

Rünz schaute sich um und sah ein paar Meter entfernt einen untersetzten Gnom mit fleischiger Säufernase, Vokuhila-Frisur, Schnauzer und einem viel zu knapp geschnittenen Billigsmoking aus dem Second-Hand-Shop. Der Mann stand völlig allein da und schien sich über den Blickkontakt zu freuen wie ein Kind. Mit einer Krücke unter dem rechten Arm humpelte er auf die beiden zu. Sein Gesicht aktivierte Erinnerungsfetzen in Rünz' Gehirn, er dachte angestrengt nach, konnte ihn aber nicht richtig zuordnen. Nur so viel stand fest – es war lange her, und er war froh, dass er sich kaum noch daran erinnern konnte. Ein Name lag ihm auf der Zunge, irgendwas mit ›J‹ am Anfang – Jonas vielleicht, oder Jan? Oder Jeremias? Und diese Krücke – sie war schwarz eloxiert und sah futuristischer aus als alle Gehhilfen, die der Kommissar je in seinem Leben gesehen hatte. Aber Produktdesigner machten ja heute vor nichts mehr halt.

»Mensch Karl, das ist ja wohl der Hammer, dass wir uns noch mal über den Weg laufen! Schön, dich zu sehen. Bist noch ganz der Alte.«

Rünz drückte angeekelt die schweißnasse Hand des Wichtels. Er musste improvisieren.

»Du hier? Unglaublich. Mensch, wie viele Jahre ist das jetzt her? Wahnsinn, wie die Zeit vergeht. Hast dich prächtig gehalten, Alter! Was machst du so, beruflich meine ich?«

Fragen stellen konnte nicht schaden, vielleicht bekam er ein paar Informationen, die seinem Gedächtnis auf die Sprünge halfen.

»LKA. Innendienst. Controlling, wenn dir das was sagt.«

Der Wichtel versuchte weltmännisch dreinzuschauen, wahrscheinlich tippte er von morgens bis abends Spesen-abrechnungen in eine Excel-Tabelle ein. Rünz schob anerkennend die Unterlippe vor.

»Nicht schlecht, hast dich ja ganz schön hochgearbeitet seit damals.«

»Kann man wohl sagen. Willst du uns nicht vorstellen?«, fragte der Kobold und grinste Rünz' Frau an wie ein geiler Gartenzwerg.

»Äh ja, natürlich«, stotterte Rünz. »Das ist meine Frau Karin. Karin, der alte Haudegen hier gehört zu dem Teil meiner Vergangenheit, den ich eigentlich immer vor dir geheim halten wollte. Wir hatten eine ziemlich wilde Zeit damals, und er war einer von denen, mit denen man Pferde stehlen konnten, und ich meine *wirklich* Pferde stehlen konnte. Wenn es damals einen gab, der das Herz auf dem rechten Fleck hatte, einen, auf den man sich unbedingt verlassen ...«

»Hat er auch einen Namen?«, unterbrach ihn seine Frau. Sie nippte an ihrem Tomatensaft und schaute ihren Mann so eiskalt berechnend an wie die Klapperschlange das Kaninchen. Rünz begann zu schwitzen. Josef? Janosch? Jasper? Jens? Nein – Jochen! Natürlich, Jochen hieß er. Na endlich. Er atmete erleichtert auf.

»Klar hat der alte Haudegen einen Namen, stimmts Jochen?«

Rünz klopfte dem alten Bekannten kameradschaftlich auf die Schulter, aber der Gnom reagierte reserviert. Vielleicht hatte er mit ›Jochen‹ doch haarscharf daneben gelegen? Manche Menschen reagierten da kleinlich. Aber der Kommissar hatte keine Zeit, sich für seinen Fauxpas zu schämen. Am Eingang zur Calla rumorte es, ein kleiner Aufruhr, der Rünz von seiner misslichen Lage ablenkte. Eine Traube staunender Menschen stand um irgendetwas herum, die Damen glucksten vor Begeisterung, die Männer raunten beeindruckt. Das Objekt der Begierde wurde von oben mit einem Spot angestrahlt und schien sich langsam in Bewegung zu setzen. Welchen B-Promi mochte Hoven wohl engagiert haben für die Veranstaltung? Roberto Blanco? Gunter Gabriel? Der Lichtkegel wanderte durch die Halle, die Gruppe setzte sich mit ihm in Bewegung, eine menschengesäumte Gasse bildete sich, die dem Trio den

Blick auf die Attraktion freigab. Rünz' Frau verschüttete vor Schreck fast ihren Tomatensaft, der Mann, der nicht Jochen hieß, zwirbelte wie paralysiert an den Enden seines Schnauzers. Was da auf sie zukam, war augenscheinlich kein Mensch, sondern ein Roboter, nur gut anderthalb Meter hoch. Die anatomischen Proportionen glichen exakt denen eines etwas zu klein geratenen Erwachsenen. Die Mechanik der Extremitäten war unverkleidet und sichtbar, und glich keinem der plumpen Industrieroboter, die Rünz bei seinen abendlichen Fernsehexzessen in Kabel Eins-Technikdokus gesehen hatte. Das Grundgerüst bildete ein überraschend filigranes Metallskelett aus spiegelblanken Gelenken, Stäben, Seilzügen und Umlenkrollen, überzogen von einem Netz karbongrauer Schlauchsysteme, die wie die freigelegten Muskelstränge einer plastinierten Leiche wirkten. Bei jeder Bewegung kontrahierten einige der Stränge, blähten sich dabei lautlos auf, ein Effekt, der die Ähnlichkeit mit menschlichen Muskeln noch verstärkte. Die komplizierte Technik im Rumpf steckte in einer milchweißen semitransparenten Kunststoffschale, die der Form eines menschlichen Torsos nachempfunden war. Am Kopf hatten die Ingenieure aus dem gleichen Material mit Augen, Nase und Mund eine rudimentäre humane Physiognomie modelliert. Hinter der plastisch verformbaren Gesichtsschale erzeugte eine aufwändige Feinmechanik ein beeindruckendes mimisches Repertoire, ständig zwischen ungläubigem Staunen, Neugier, kindlicher Unschuld und Frohsinn wechselnd.

Rünz spekulierte einen Moment, ob es sich um einen kleinwüchsigen Zirkusdarsteller in einem Maschinenkostüm handeln könnte, verwarf die Idee aber sofort

wieder. Der Durchmesser der Knie-, Hüft- und Arm-
gelenke war viel zu klein, um menschliche Gliedmaße
darin unterzubringen.

Was an der Maschine vor allem anderen verblüffte, war
die Perfektion, mit der sie sich fortbewegte – nichts von dem
plumpen, staksigen Gang der Gehmaschinen, die er manchmal in Wissenschaftssendungen sah. Dieser Android verla-
gerte beim Gehen überaus elegant und dynamisch den Kör-
perschwerpunkt von einem Standbein aufs andere, nutzte
den Armschwung, um das Drehmoment des Oberkörpers
zu kompensieren, glich Ungleichgewichte sofort mit einer
kleinen Eindrehung des Hüftgelenkes aus. Den einzigen
Unterschied, den Rünz zur Fortbewegung eines Menschen
ausmachen konnte, war eine gewisse Vorsicht beim Aufset-
zen der Fußplatten, so, als müssten elektronische Sensoren
in den Sohlen bei jedem Schritt zuerst die Konsistenz und
Beschaffenheit des Untergrundes prüfen.

Der Roboter drehte beim Gehen unablässig den Kopf
in alle Richtungen, als würde er jedes Detail der Innenarchitektur abspeichern. Er reagierte auf Zurufe, blieb ab
und an stehen, schien dann für mehrere Sekunden einen
Menschen in dem Auflauf zu fokussieren, als wartete er
auf Anweisungen und Befehle. Manchen Gästen schüttelte
er die Hand und ließ sich zum allgemeinen Amüsement
auf kurze Wortwechsel ein. Stets dicht hinter ihm, mit
wachsamen Augen wie ein persönlicher Bodyguard, ging
ein etwa sechzigjähriger, seriöser Mann mit Glatze und
Smoking. Als der Kunstmensch Rünz und seine beiden
Gesprächspartner erreicht hatte, blieb er kurz stehen,
betrachtete jeden der Dreiergruppe von oben bis unten,
als würde er Ganzkörper-Scans anfertigen. Die Krücke

des fleischnasigen Wichtels interessierte ihn besonders, er ging leicht in die Knie, um die Metallstange über eine Minute lang anzustarren. Vielleicht hielt er sie für eine besonders schlanke Artgenossin. Dann richtete er sich wieder auf und wechselte ein paar Worte mit den Dreien, tauschte einige Nettigkeiten aus und verabschiedete sich. Anschließend ging er mit seinem Leibwächter und seiner Fangemeinde langsam durch das Foyer auf die Treppenaufgänge zu, die Gäste formierten sich in seinem Schlepptau wie die Kinder hinter dem Rattenfänger von Hameln. Rünz schloss sich mit seiner Frau der Prozession an, sie stiegen den Treppenaufgang zur zweiten Ebene hinauf, folgten der Menge über die Rampen zu den Rängen des großen Saales. Der kleine alte Bekannte, der nicht Jochen hieß, war im Gedränge irgendwie verloren gegangen, aber Rünz trauerte ihm nicht nach.

Nachdem alle Festgäste im Saal Platz genommen hatten, spielte das Landes-Polizeiorchester mit einem Glenn-Miller-Potpourri auf. Eine peinliche Darbietung, swingende Polizisten wirkten auf Rünz wie ein Bischofs-Konzil beim Limbo-Tanz. Auch Hoven litt sichtlich unter der Blasmusik, sicher hätte er gerne seine trendige Zeitgenossenschaft mit einem Auftritt eines brandaktuellen englischen Singer-Songwriters unterstrichen, aber manchmal musste auch er Konzessionen machen. Er saß einige Meter vor Rünz in der ersten Reihe, zwischen seiner grauslich aufgebrezelten blaublütigen Gattin und einer langhaarigen jungen Blondine. Hatte Hoven eine erwachsene Tochter? Davon hatte Rünz nie gehört. Die Baronesse schaute sich kurz um, und Rünz erschrak bei ihrem Anblick. Sie hatte sich aus gegebenem Anlass die Lippen frisch aufspritzen lassen, schlimmer als Donatella Versace sah sie aus, gerade so, als hätte sie ein Hornissennest geknutscht.

Dann begannen die Reden, und recht bald kristallisierte sich Hovens perfide Choreografie für die ganze Veranstaltung heraus. Jeder hatte ihm zugetraut, die Verabschiedung des Alten für eine ausführliche Selbstdarstellung zu nutzen, aber ein Abendprogramm, bei dem die Würdigung eines Altgedienten unter ›Sonstiges‹ abgehandelt wurde, verblüffte selbst Rünz. Gleich zu Beginn stürmte Hoven mit Headset die Bühne. Sprühend vor Vitalität, Mitteilungsdrang und Reformlust, hüpfte er bei der Anmoderation mit der Spannkraft einer jungen Antilope über die ganze Bühnenbreite hin und her wie ein Motivationstrainer. Auf der Leinwand hinter ihm erschienen elegische Weitwinkelaufnahmen der hessischen Heimat, spielende Kinder an den schneebedeckten Hängen des Vogelsberges, spektakuläre Hubschrauberperspektiven der Frankfurter Hochhaustürme, folkloristisches Fachwerkidyll im Spessart, internationale Forscherteams in Laboren der hessischen Universitäten, kontrastiert mit Aufnahmen attraktiver junger Polizistinnen und Polizisten mit hochgekrempelten Hemdsärmeln, die in hypermodernen Einsatzzentralen engagiert vor großformatigen Displays ihre Fahndungsmaßnahmen diskutierten. Und immer wieder drei Worte, animiert, in allen Größen, Schrifttypen und Farben:

we create confidence.

Das war es also, das neue Leitmotto der hessischen Ordnungshüter. Oder, besser gesagt, die neue *Tagline*. Mit ›Wir schaffen Vertrauen‹ wäre die Aussage natürlich die gleiche gewesen, aber wer traute einer Organisation mit einem so biederen deutschen Slogan schon Erfolg zu im globalisierten Überlebenskampf. Die Reaktion des Publikums war durchwachsen. Seit dem Börsencrash nahm ihn niemand mehr richtig ernst, aber einen Reformideologen wie ihn focht das nicht an. Welche Zumutungen würde Hoven noch aus der Schublade ziehen? Vielleicht mussten sie später alle über glühende Kohlen laufen und ›Tschacka‹ rufen. Rünz rechnete mit dem Schlimmsten und war erst beruhigt, als der Rest der Entourage mit seinen Festvorträgen begann. Zuerst sprach der Ministerpräsident, dann der hessische Innenminister, schließlich der scheidende Landespolizeipräsident Paul Weller. Rünz kannte Weller noch aus seiner Ausbildungszeit, der Alte war damals Rektor und Dozent an der hessischen Polizeischule in Wiesbaden gewesen. Er hatte bei Rünz einen zwiespältigen Eindruck hinterlassen – hochintelligent und kompetent, aber ein brillanter und gnadenloser Zyniker, wenn es darum ging, einen nicht ganz so hellen Mitschüler vor versammelter Mannschaft herunterzuputzen. Nach Weller sprach sein designierter Nachfolger, danach der Oberbürgermeister der Stadt Darmstadt. Der größte Teil des Publikums zeigte inzwischen deutliche Erschöpfungssymptome, vereinzelt klappten Augenlider herunter und Köpfe auf die Brust, hier und da war leises Schnarchen zu vernehmen. Die Ehefrauen reagierten meist mit einem kräftigen Ellenbogenstoß in die Rippen. Hoven dagegen, der mit seinen Begleiterinnen in der ersten Reihe zwischen den Ehrengästen und Gratulanten saß, war hellwach und aufgekratzt. Er gab sich alle Mühe, seine euphorische Stimmung nicht allzu offensichtlich zu zeigen, aber sein Oberkörper wippte ständig kaum merklich vor und zurück, als litte er an Hospitalismus wie eine Raubkatze im Zoo. Ab und an schaute er sich um, beobachtete die Reaktionen der Gäste auf die Vorträge. Immer wieder beugte er sich zu dieser Blondine herüber und flüsterte ihr kleine Bonmots ins Öhrchen, die sie mit leisem Kichern quittierte. Seine Frau saß wie betoniert daneben und ertrug die Kränkung tapfer. Nach über anderthalb Stunden konnten die Gäste kaum noch die Augen offen halten. Um Himmels willen, dachte Rünz, bitte jetzt nicht noch mal Hoven. Doch sein Stoßgebet blieb unerhört. Just als die ersten Gäste auf den Rängen schon voll Vorfreude aufstanden, um das Buffet zu stürmen, sprang Hoven wieder auf die Bühne und bat den Ministerpräsidenten und den scheidenden Polizeipräsidenten zu sich. Gleichzeitig stieg auf einem Hubpodest im hinteren Teil der Bühne wie aus dem Nichts der Android auf, im Hintergrund sein väterlicher Begleiter. Hoven stellte die beiden vor, der Mann im Smoking hieß Rühmann, war Professor an der Technischen Universität und Schöpfer dieses Kunstmenschen. Das Duo schritt aus dem Hintergrund nach vorne ins Scheinwerferlicht zu den drei anderen, der Android balancierte auf seinen Händen ein poliertes Holzkästchen, das im Scheinwerferlicht glänzte.

Rünz ahnte, was jetzt folgen würde – die Wilhelm-Leuschner-Medaille, die höchste Auszeichnung des Landes Hessen. Der Android positionierte sich akkurat zwischen Hoven und dem Ministerpräsidenten und fingerte an der Box herum, um sie zu öffnen. Die Symbolik war so platt wie offensichtlich – Robocop, Repräsentant der Zukunft des Bundeslandes, unterstützt den Ministerpräsidenten bei der Ehrung der Altvorderen. Eine Schmierenkomödie ganz nach Hovens Geschmack. Ein Raunen ging durch den ganzen Saal, Hoven rieb sich die Hände, grinste breit wie eine offene Motorhaube. Es fiel ihm sichtlich schwer, nicht lauthals zu verkünden, dass der ganze Zauber auf seiner Idee beruhte.

Doch von diesem Augenblick an, dem Höhepunkt des ganzen Programms, lief etwas entschieden aus dem Ruder. So vieles geschah gleichzeitig, dass Rünz auch später im Rückblick die Ereignisse kaum noch richtig sortieren konnte. Es begann mit einem eigentümlich ruhigen, fast kontemplativen Moment kollektiver, gespannter Erwartung, unterbrochen nur von den Blitzlichtern der anwesenden Pressefotografen. Dreihundert Menschen starrten den Androiden an, warteten darauf, dass er die Box öffnete und dem Ministerpräsidenten dienstbeflissen die Medaille für die Ehrung des Pensionärs überreichte. Dreihundert Menschen waren bereit für den erlösenden Applaus und den Sturm aufs Buffet. Aber der Roboter stand einfach nur reglos da und starrte ins Publikum. Etwas schien seine Aufmerksamkeit von seiner eigentlichen Aufgabe abzuziehen, und seiner Kopfhaltung nach zu urteilen, schien sich das Objekt der Begierde irgendwo in Rünz' Nähe zu befinden, genauer gesagt, an einem imaginären Punkt schräg unter ihm. Das Schweigen im Saal dehnte die Sekunden, Hoven entgleisten die Gesichtszüge, er schaute flehend zu dem Betreuer des Androiden. Der Professor machte einen Schritt nach vorne, zwischen seinen Schützling und den Landesvater, in der Absicht, den Kunstmenschen zur Erfüllung seines Auftrages zu bewegen. Rünz hörte einen gedämpften Knall, wahrscheinlich ein durchgebrannter Scheinwerfer. Fast gleichzeitig schoss der linke Arm des Kunstmenschen mit atemberaubender Geschwindigkeit nach oben, die Bewegung war gar nicht als solche erkennbar, sie glich der abgehackten Motorik der Figuren in alten Zeichentrickfilmen. Die Metallhand krachte mit Wucht gegen die Kinnspitze des Betreuers, der sofort kraftlos zusammensackte. Der Schlag wirkte seltsam lakonisch und unspektakulär, wie der eines Shaolinpriesters, der seinem Gegner im Kampf so haushoch überlegen war, dass er ihn für den tödlichen Hieb nicht einmal anschauen musste. Alle Menschen im Raum waren für einen Augenblick wie paralysiert. Auch das überall im Raum verteilte Sicherheitspersonal traf das Geschehen auf der Bühne völlig unvorbereitet. Die Bodyguards waren darauf konditioniert, Bedrohungen aus dem Publikum oder von den Zugängen her zu identifizieren und abzuwehren, aber keiner von ihnen hatte mit einem Aggressor gerechnet, der sich schon auf der Bühne befand. Rühmann brach zusammen, der Android stand einfach reglos da, starrte zusammen mit dem Landesherrn, Hoven und dem scheidenden Polizeipräsidenten auf den reglosen und am Kopf blutenden Körper zu ihren Füßen. Auch der Kunstmensch hatte die Kollision nicht schadlos überstanden. Sein Arm hing kraftlos herunter, aus den schlauchförmigen Aktoren seiner linken Schulter strömte helles Gas wie Wasserdampf aus einem Teekessel. Dann, nach vielleicht zwei Sekunden, waren die Security-Männer aus ihrer Lethargie erwacht und verwandelten den ganzen Saal in einen Hexenkessel. Ein halbes Dutzend von ihnen gruppierte sich wie ein Schildkrötenpanzer um den Ministerpräsidenten, eine weitere Gruppe gab den Kugelfängern bei ihrer Flucht Richtung Ausgang Geleitschutz, mit den Waffen im Anschlag. Der scheidende Landespolizeipräsident erfuhr die gleiche Sonderbehandlung, allerdings mit etwas weniger Sicherheitspersonal. Aus den Zugängen links und rechts des Parketts stürmte Verstärkung in den Saal, SEK-Männer mit Helmen und schusssicheren Westen. Sie sahen den leblosen Körper auf der Bühne, und da ihnen noch keiner den Hergang erklärt hatte, schienen sie von einem Heckenschützen auszugehen, der sich irgendwo im Publikum aufhielt. Mit entsicherten Waffen im Anschlag durchkämmten sie die Ränge. Wer vom Geschehen auf der Bühne noch nicht in Panik geraten war, der bekam spätestens jetzt einen heftigen Adrenalinstoß. Die Gäste standen auf, stürmten zu den Ausgängen, verkeilten sich gegenseitig, bildeten menschliche Pfropfen. Plötzlich kam Bewegung in den ganzen Saal, das Bühnentor hob sich, als wollte der Regisseur dieses Dramas zum Finale hin die Bühne erweitern, das Foyer, ja die ganze Darmstädter Innenstadt in den Showdown mit einbeziehen. Auch die Saalpodien bewegten sich, schienen langsam mit den wenigen noch sitzenden Gästen nach unten zu gleiten. Mein Gott, dachte Rünz, ein Erdbeben. Die Rheintal-Randverwerfung. Irgendwo, wahrscheinlich in der ›Darmstädter Allgemeinen‹, hatte er davon gelesen. Das Darmstadtium war exakt auf einer tektonischen Verwerfungslinie gebaut worden, und den Preis für diesen Schildbürgerstreich zahlte jetzt die gesamte Führungsebene der hessischen Polizei. Er hatte immer gehofft, einmal einen spektakulären Tod zu sterben, aber der hier übertraf seine kühnsten Erwartungen. Bei der Verabschiedung des obersten Dienstherren mit dem Wahrzeichen der Stadt in den glutflüssigen Hades des Erdmantels hinabgezogen zu werden, das war pures Drama. Der mitreißende Abschluss einer mediokren Ermittlerexistenz. Aber er hatte sich zu früh gefreut. Als alle Podien einen ebenen Saalboden bildeten, kam wieder Ruhe ins Bauwerk.

Auf der Bühne spielte sich indes, unter Missachtung des saalflüchtigen Publikums, ein dramatisches Schauspiel ab. Einige besonnene Ordnungshüter aus den ersten Reihen sprangen nach vorne und versuchten, den leblosen Körper des Professors vom Androiden weg zu ziehen. Der Roboter reagierte sofort, ging in die Knie, schnappte sich mit seiner funktionsfähigen Hand einen Arm seines leblosen Betreuers und stemmte sich gegen den Zug. Aber er hatte mit seinen anderthalb Metern Größe dem Gewicht der Männer nichts entgegenzusetzen und wurde einfach auf seinem Stahlhintern mitgeschleift. Die groteske kleine Kolonne zog eine blutige Spur quer über das Bambusparkett der Bühne. Ein Zwei-Meter-Mann vom ersten Revier disponierte um, versuchte, dem stählernen Täter die Kunsthand auf den Rücken zu drehen – und erlitt prompt einen heftigen Stromschlag. Auf dem Boden liegend krampfte sein ganzer Körper wie nach einer Überdosis mit dem Defibrillator. Der Android bekam einen seiner Arme zu fassen, drehte ihn um, bis ein deutlich hörbarer Knacks Rünz Gänsehaut bescherte. Einer der Bodyguards sprang um die Gruppe herum, die Pistole auf den Roboter gerichtet, fand aber keine Schussposition, die den panisch herumspringenden Menschen ausreichend Sicherheit vor einem Querschläger gegeben hätte. Und dann tauchte plötzlich, wie aus dem Nichts, Wedel auf der Bühne auf, mit freiem Oberkörper, in der Hand ein Fotostativ mit einer mächtigen Videokamera. »Deckung!«, schrie er, hielt das Dreibein an den Füßen

und schwang es kreisförmig rotierend wie ein Hammer-
werfer sein Sportgerät. Nach drei Rotationen krachte die
Kamera gegen den Kopf des Androiden, Wedel nahm noch
einmal Schwung und erwischte die Maschine beim zweiten
Mal an der Schulter. Bläulicher Rauch stieg auf, es blitzte
und brutzelte wie bei Schweißarbeiten. Der Android lag
auf dem Bauch, seine Gliedmaßen zuckten unkoordiniert
in alle Richtungen, bewegten sich immer langsamer und
kamen völlig zu Ruhe, als die letzten Gäste den Saal flucht-
artig verlassen hatten. Alle – bis auf Rünz und seine Frau.
Rünz war sitzen geblieben, weil es die vernünftigste aller
Optionen war. Warum hätte er sich im Gedränge an einem
der Ausgänge in Gefahr begeben sollen? Und auf der Bühne
den Heldentenor zu geben – solche Kindereien überließ er
lieber seinem Assistenten. Er wusste, wann man sich besser
heraushielt. Außerdem, so musste er sich eingestehen,
wollte er Hovens Debakel unbedingt von der Ouvertüre
bis zum Finale als Zuschauer auskosten. Er schaute zu
seiner Frau auf dem Nebensitz, sie war kreidebleich und
schien unter Schock zu stehen. Erst jetzt registrierte er, dass
sie seine Hand umklammert hatte. Rührend. Sie hatte die
ganze Zeit über keinen Ton von sich gegeben, nur als Wedel
seinen Neandertaler-Auftritt hatte, war von ihr ein leises
›Oh‹ zu hören gewesen. Am Anfang war das Feuer.

3

Dieser Rühmann war noch auf dem Weg ins Krankenhaus gestorben. Der Schlag des Roboters wäre nicht tödlich gewesen, aber die Erschütterung hatte ein angeborenes Aneurysma an seiner Halsschlagader zum Platzen gebracht. Doch solche Feinheiten interessierte die Presse nicht, sie hatte ihren Blockbuster für das Herbstloch. So viel Medienrummel hatte es seit dem toten britischen Piloten im Woog nicht mehr gegeben, und die Neugier der Pressemeute, die das Präsidium belagerte wie eine Horde blutrünstiger Sioux eine Wagenburg weißer Siedler in der Prärie, wurde durch Hovens Schweigegebot noch angestachelt. Niemand, nicht mal sein Pressesprecher, durfte Statements zu den Ereignissen des Vorabends abgeben. Rünz hatte einen Spießrutenlauf über den Parkplatz absolvieren müssen, bis er sich zum Eingang durchgekämpft hatte. Im Besprechungszimmer seiner Ermittlungsgruppe saß Wedel mit einer Arschbacke lässig auf dem Tisch und blätterte in der aktuellen Kicker-Ausgabe. Auf einem der Computermonitore lief eine RTL-Sondersendung mit Liveberichterstattung, Rünz konnte sich mit zweiminütiger Verspätung noch einmal beim Überqueren des Präsidiums-Parkplatzes bewundern. Dann folgte eine pixelige und verwackelte Filmsequenz von Wedels Einsatz als Terminatorkiller auf der Bühne des Darmstadtiums, den irgendein kaltblütiger Festgast mit dem Handy aufgenommen und meistbietend versilbert hatte.

»Verdammt, Sie werden ein richtiger B-Promi, Wedel. Wahrscheinlich lädt VOX Sie bald zum Promi-Dinner ein. Oder haben Sie schon Anrufe aus Hollywood? Die wollen Sie doch sicher zusammen mit Schwarzenegger und Brigitte Nielsen für ›Conan IV‹ buchen. Lässt die Dame sich nicht sowieso gerade unten in der Rosenparkklinik die Arschbacken festtackern?«

»Das war letztes Jahr, Chef.«

Auf dem Bildschirm interviewte RTL-Anchorman Peter Kloeppel einen selbsternannten Experten, der angeblich an irgendeiner US-amerikanischen Universität über Robotik forschte. Sobald irgendwo auf der Welt ein Sack Reis umfiel, kamen sie aus den Löchern, die Experten, hatten alles schon immer gewusst und vorhergesagt. Jedenfalls ähnelte dieser Spezialist erstaunlich einem Wichtigtuer, den Claus Kleber zwei Tage zuvor im Heute-Journal zum Thema Börsencrash interviewt hatte, und glich verblüffend dem Fachmann, der vor einer Woche Tom Buhrow in den Tagesthemen Hintergründe über den Afghanistan-Einsatz der Bundeswehr geliefert hatte. Entweder hatte die Welt nach da Vinci, Goethe und Humboldt endlich mal wieder einen Universalgelehrten, oder Rünz schaute einfach zu viel in die Glotze.

»Musste mich letzte Nacht um meine Frau kümmern. Hat Hoven schon nach mir gefragt?«

»Höchstens acht oder neun Mal. Er wirkt etwas – angespannt. Auch, weil Sie letzte Nacht nicht erreichbar waren.«

Im Gegensatz zu dir, dachte Rünz. Sein heldenhafter Einsatz am Vorabend hatte Wedel offensichtlich nicht weiter mitgenommen, er sah entspannt und ausgeschlafen aus. Durch seinen kleinen Kampf mit dem Androiden hatte er seinen Adrenalinspiegel wahrscheinlich einfach auf natürliche Weise abgebaut. Er trug ein lindgrünes Poloshirt und Twill-Shorts von Abercrombie & Fitch mit Camouflage-Muster – ein mutiges Beinkleid für die Jahreszeit. Rünz stellte mit Bestürzung fest, dass sein Mitarbeiter rasierte Beine hatte. Wenn auf diesem Planeten eine Spezies existierte, die Rünz noch weniger verstand als die Frauen, dann waren das metrosexuelle Männer, die sich ihre Körperbehaarung rasierten.

»Das wundert mich nicht«, sagte Rünz. »Der war ja vor dem Fiasko schon völlig durchgeknallt. Hat nachmittags am Telefon etwas von einer Geiselbefreiung am Luisenplatz gefaselt!«

»Alles Show, Chef. Im Moment knallen alle etwas durch, liegt an der neuen schwedischen Praktikantin.«

Weiter kam Wedel nicht, sein Handy brummte, er zog das Gerät aus der Gesäßtasche seiner Kampf-Shorts. Rünz verstand nichts von dem, was der Anrufer sagte, er musste von Wedels kurzen Satzbruchstücken auf den Inhalt des Telefonats schließen.

»Wie bitte? Nein, ich bin im Moment nicht autorisiert, Interviews zu geb... Was? Ach so, sorry. Constantin Film AG? Ja klar, sagt mir was, hmm, hm, genau, klingt interessant, würde mich freuen, nehmen Sie doch einfach mal Kontakt mit meinem Agenten auf.«

Wedel diktierte dem Anrufer eine Mobilfunknummer und beendete das Gespräch. Dann widmete er sich wieder kommentarlos der aktuellen Kicker-Ausgabe. Rünz wagte nicht, nachzuhaken.

»Wo ist Meyer?«, fragte er.

»Gelber Urlaubsschein«, sagte Wedel, ohne aufzublicken.

»Krankgeschrieben? Baut der nicht gerade ein Haus für seine Frau und die Gören?«

»Korrekt, Chef. Statistisch gesehen erhöht sich der Krankenstand von Angestellten, die sich privat in einer Bauphase befinden, um achtzig Prozent. Die Muskelhypothek, wenn Sie mich fragen.«

»Aber Bunter kommt doch wohl noch? Sie wussten wahrscheinlich von seiner Kündigung?«

»Klar Chef. Negativ. Ist auf Weiterbildung in Wiesbaden.«

»Weiterbildung? Der gönnt sich kurz vor seinem Wechsel nach Nordrhein-Westfalen noch auf Kosten unseres herrlichen Bundeslandes Hessen eine Weiterbildung? Wer genehmigt denn so was?«

»Sie, Chef.«

»Verdammt, ich sollte mir den Kram besser anschauen, den ich jeden Tag unterschreibe. Wenn ich das richtig verstehe, sind Sie jetzt mein Team?«

Wedel legte die Zeitschrift auf den Tisch, nahm Haltung an, klackte die Fersen zusammen und legte die ausgestreckte Hand an die Stirn.

»Obergefreiter Wedel meldet: Ermittlungsgruppe Darmstadt City einsatzbereit!«

»Rühren. Was soll diese dämliche Sammeldose auf dem Tisch. Sind Sie bei der Heilsarmee?«

»Eine Rettungsaktion für den SV 98, Chef. Die haben derzeit ein Liquiditätsproblem.«

»Selbst schuld, die sollten sich mal die richtigen Sponsoren suchen. Zum Beispiel den Dolly-Buster-Shop unten in der Elisabethenstraße. Da eröffnen sich doch ganz neue Marketing-Perspektiven: ›SV 98 – und das Ding ist drin‹ oder ›Frei-Stoß für die Lilien‹.«

Wedel reagierte nicht, er verstand keinen Spaß, wenn es um Fußball ging. Rünz riss sich am Riemen, wenn er Wedel auch noch vergraulte, verdiente die Ermittlungsgruppe ihren Namen nicht mehr. Dann konnte Hoven lange auf seine *results* warten.

»Was ist mit diesem Roboter? Ich will wissen, ob man dieses Ding fernsteuern kann, ob irgendjemand diese Blechdose darauf programmiert hat, Rühmann zu töten.«

»Ist auf dem Weg nach Wiesbaden. Die Habich wird sich morgen mit ersten Ergebnissen melden. Hat sie jedenfalls gesagt.«

»Was hatte dieser Rühmann für eine Funktion an der Uni?«, fragte Rünz. »Schon was rausgefunden?«

»Habe heute Morgen mal ein wenig rumtelefoniert. Er war Dekan des Fachbereiches Elektrotechnik und Informatik an der TU. Dieser Android wurde in seinem Fachbereich entwickelt.«

»Und wer gibt dieser Truppe den Auftrag, mit Steuergeldern Terminatoren zusammenzuschrauben?«

»Keine Steuern, Chef. Finanziert wird das Ganze fast ausschließlich über Drittmittel. Einziger Geldgeber ist die Nakatomi Corporation, ein japanischer Konzern, ein internationaler Dienstleister für Industrieautomation. Die scheinen eine Höllenangst vor Industriespionage zu haben – das Labor ist ein Hochsicherheitstrakt, inklusive Personenschleuse mit Iris- und Fingerabdruckscanner. Habich ist mit den Kollegen von der Spurensicherung vor Ort. Die werden erstmal den ganzen Trakt versiegeln, wenn sie fertig sind.«

»Hm«, knurrte Rünz. »Also Vatermord. Was mögen Rühmanns letzte Worte gewesen sein? ›Auch du, mein Sohn Blechdose?‹ Was ist mit unseren Pensionsgästen?«

»Die Frau heißt Annette Wyss, eine Schweizerin, in Lausanne geboren. Wir haben sie heute Morgen mit gepackten Koffern zu Hause erwischt, mit einem Ticket der JAL nach Tokio. Arbeitet hier an der Uni unter Rühmann als Leiterin des Robotik-Institutes. Die beiden haben im Fachbereich das Entwicklungsteam für den Roboter geleitet. Der Zweite, Franz Wogner, ist seit acht Jahren wissenschaftlicher Mitarbeiter in diesem Institut und leitet das Entwicklungsteam. Annette Wyss ist seine Chefin. Sie hat ihn vor zwei Jahren bei einem Berufungsverfahren für die Institutsleitung ausgestochen. Wogner haben wir gestern Nacht in seinem Labor gefunden, er hat fleißig Akten in den Schredder gesteckt und Dateien gelöscht. Hoven ist letzte Nacht fast Amok gelaufen, als die Staatsanwältin angeordnet hat, die beiden mal kurz zu internieren.«

»Wie war die Stimmung unserer Gäste beim Zellenfrühstück?«

»Die Wyss scheint der Verlust ihres Chefs nicht sonderlich mitzunehmen, oder sie lässt sich nichts anmerken. Ziemlich cool und selbstbewusst, Typ toughe Businessfrau, jedenfalls nicht das, was ich mir unter einer weltfremden Forscherin vorgestellt habe. Wogner ist ziemlich am Boden, wirkt verwahrlost und brabbelt unverständliches Zeug vor sich hin – der klassische *Mad Scientist*, wenn Sie mich fragen. Vielleicht ist er traumatisiert, aber er lehnt ärztliche Hilfe ab.«

»Haben sich die beiden schon um einen Rechtsbeistand gekümmert?«

»Wyss' Anwalt ist schon eingelaufen und hat sich gleich mit einem Haftprüfungsantrag wichtig gemacht. Wogner scheint alles völlig schnurz zu sein. Wir müssen die beiden bis spätestens heute Abend dem Haftrichter vorführen – oder freilassen.«

»Wer hatte sonst noch Zugang zu diesem Labor?«

»Mindestens ein Dutzend Leute, Studenten, Diplomanden, Doktoranden, darunter ein paar japanische Mitarbeiter des Geldgebers. Wir haben noch keine vollständige Liste.«

»Sie suchen sich noch zwei Kollegen und befragen die TU-Leute aus dem Umfeld des Projektes – alle, die Sie heute erwischen können. Machen Sie Kurzinterviews. Ich nehme mir die beiden Projektleiter vor. Ich werde mich zuerst mit Wogner unterhalten, die Lady lassen wir noch etwas schmoren, vielleicht wird sie richtig sauer und geht heute Nachmittag etwas aus sich heraus, wenn ich mich mit ihr unterhalte. Konfiszieren Sie alles, was von den Festgästen an Fotos, Videos und Tonaufnahmen im Darmstadtium gemacht wurde, und lassen Sie sich von den Presseleuten Kopien ihrer Aufnahmen geben. Arrangieren Sie für morgen oder übermorgen eine kleine Vorführung, bei der wir das Material sichten können.«

»Haben wir denn schon einen offiziellen Ermittlungsauftrag?«, fragte Wedel.

»Gehen Sie nur auf Partys, wenn Sie eingeladen sind? Sie sind ja ein richtiger Spießer, Wedel.«

4

Keine fünf Minuten hatte es Rünz mit Franz Wogner im Verhörraum ausgehalten, die Geruchsmischung aus kaltem Rauch und altem Schweiß, die der Forscher verströmte, war einfach unerträglich. Zum Glück benötigte der Mann Medikamente aus seiner Wohnung in der Bismarckstraße. Da sein Allgemeinzustand jede Fluchtgefahr abwegig erschienen ließ, hatte Rünz ihn in die Stadt chauffiert, die Fenster des Autos während der Fahrt weit geöffnet und das Gebläse auf höchste Stufe gestellt. Damit Wogner gar nicht erst auf die Idee kam, Rünz in seiner muffigen Wohnung zu einem brackigen Kaffee einzuladen, hatte der Kommissar eilig einen Gang durch den Herrngarten vorgeschlagen. Jetzt saßen sie auf den Steinbänken am Goethedenkmal einander gegenüber. Das kleine, gekieste Halbrund zu Füßen des Dichters trennte sie, aber Rünz war überaus dankbar um die paar Meter Abstand. Anfangs redete keiner von beiden, Wogner rauchte Ernte 23 und Rünz betrachtete die Laubblätter, die von den Ästen segelten. Herbst im Herrngarten. Herrlich, der Natur beim hemmungslosen Verlottern zuzuschauen. Wie sie ihre vergilbten alten Kleider abwarf und frivol ihre runzlige alte Haut zu Markte trug – wie ein Haufen schamloser greiser Naturisten an der Mecklenburger Seenplatte. Der Herbst war die einzige wirklich authentische Jahreszeit. Während alle anderen Phasen entweder Optimismus, Aufbruch oder Ausgelassenheit, zumindest aber Besinnlichkeit oder Festlichkeit heuchelten – haarsträubend sinnlose Stimmungen angesichts der abgrundtiefen Tragik menschlicher Existenz – sandte der Herbst eine einfache und klare Botschaft: Es geht bergab. Kalt wird es, dunkel und feucht. Du wirst nass, du wirst frieren, und deine Heizölrechnung wird dich den nächsten Urlaub kosten. Und irgendwann wirst du sterben. Lass also besser alle Hoffnung fallen. Die Einzigen, die dieses wunderbar morbide Stillleben störten, waren eine Gruppe spielender Kinder und die gut gelaunten Studenten, die auf den Grünflächen lagen, sich die Spätsommersonne auf den Rücken scheinen ließen, Mails in ihre Netbooks tippten, flirteten und lachten. Rünz verachtete junge Menschen aus einem einfachen Grund – sie waren jung. Und anstatt sich für diesen völlig unverdient zugeteilten Überlebensvorteil zu schämen und mit gesenktem Kopf, Entschuldigungen murmelnd, nachts durch die Gassen zu schleichen, zelebrierten sie die Gnade der späten Geburt meist noch mit albernen Sportarten, öffentlichen Knutschereien und ekstatischen Bewegungen zu Negermusik, deren Bedeutungsebenen von Greisen wie Rünz schlichtweg nicht mehr zu decodieren waren.

Etwas abseits, zwischen dem Buschwerk, stand eine Gruppe abgerissener junger Männer und Frauen um einige Marokkaner – vielleicht waren sie auch Tunesier – herum und versorgten sich mit Drogen.

Rünz betrachtete seinen Gesprächspartner. Der Mann auf der Parkbank gegenüber hatte den Kopf gesenkt, das Gesicht in seinen Händen vergraben. Wulstige Finger hatte er, wie die eines Bergmanns oder Maurers, die Nägel bis ans Fleisch abgekaut, Zeige- und Mittelfinger der rechten Hand nikotingelb verfärbt. Der Kommissar starrte auf seinen Schädel, den schmalen Streifen rosiger Kopfhaut an der Scheitellinie, eingerahmt von einer unglaublichen Menge an Haaren, dichtes, glattes und langes hellgraues Haar, wie ein zugezogener Vorhang vor der Stirn herunterhängend. Dann richtete Wogner sich auf, teilte mit den Zeigefingern die Löwenmähne vor seinen Augen, strich sich die Haare hinter die Ohren und starrte Rünz schweigend an. Er wirkte handfest und massiv, fast bedrohlich in seiner körperlichen Präsenz und hatte so gar nichts von einem kopfgesteuerten Akademiker. Sein Gesicht war feist und rund, die Haut gedunsen und rötlich, die Augen glasig und blutunterlaufen wie die eines Alkoholikers. Rünz erwog einen Moment, ihn zuerst einer Blutprobe zu unterziehen. Wonach auch immer dieser Mensch aussah, er wirkte nicht wie ein Wissenschaftler, der an einer Universität arbeitete. Und wenn doch, dann hatte Wedel recht, dann war er definitiv ein *Mad Scientist*.

Aus den Augenwinkeln sah Rünz, wie sich einer der Dealer aus der Gruppe löste und auf sie zukam.

»Braucht ihr was?«, fragte der junge Goldkettchen-Träger, als böte er Vanilleeis an. Rünz lupfte seine Dienstmarke.

»Ja, zwei Sekunden, um dir die Scheiße aus dem Arsch zu treten.«

Der Dealer war eine Sekunde völlig perplex, dann nahm er die Beine in die Hand und flüchtete Richtung Westen durch den Park. Nach hundert Metern drehte er sich im Lauf um, checkte, ob Rünz ihm folgte. Er blieb stehen und zeigte ihnen den Mittelfinger.

»Nazi!«, schrie er. Dann ging er betont lässig weiter, nicht ohne sich ab und zu mit einem Blick über die Schulter über Rünz' Fahndungsaktivitäten zu vergewissern.

»Wir sehen wohl so aus, als hätten wir es nötig, Kommissar«, sagte Wogner.

»War das Ihr Hausapotheker? Sorry, ich hoffe, ich habe ihn nicht für immer vergrault.«

»Nein, meine Droge heißt Nikotin, und die kann man legal erwerben – noch. Warum haben Sie sich den Burschen nicht vorgenommen?«

»Nicht meine Baustelle. Andere Dienststelle«, erklärte Rünz und schaute dem jungen Dealer nach. »Ein wenig aus dem Ruder gelaufen, Ihre Maschine. Finden Sie nicht?«

Der Wissenschaftler schwieg. Wie Mitte sechzig wirkte er, aber Rünz hatte den Unterlagen entnommen, dass er zehn Jahre jünger war.

»Haben Sie irgendeine plausible Erklärung für diese Geschichte?«, fragte Rünz.

»Wo ist er jetzt?«

»Sie meinen Ihren toten Chef, Professor Rühmann?«

»Ich meine Kastor.«

»Kastor? Nennen Sie so Ihren Roboter? Oder das, was die Bodyguards, die ihn im Kongresszentrum unschädlich machen wollten, von ihm übrig gelassen haben?«

Als hätte Rünz ihm von einem schweren Unfall eines nahen Verwandten erzählt, verzog der Grauhaarige das Gesicht.

»Das *Ding* liegt im Kriminaltechnischen Institut beim BKA in Wiesbaden«, informierte Rünz. »Einige unserer Experten untersuchen die Innereien auf verwertbare Spuren.«

Sein Gesprächspartner schüttelte den Kopf.

»Ihre Leute werden nichts herausfinden. Nicht mehr jedenfalls als Kleinkinder, die an einem Computer herumschrauben.«

Er beugte sich nach vorne und schaute Rünz herausfordernd an.

»Lassen Sie mich den Androiden untersuchen. Nach höchstens drei Tagen kann ich Ihnen sagen, was schiefgelaufen ist.«

»Ho, langsam mit den Pferden. Wir reden hier nicht über einen kleinen Parkrempler auf dem Aldi-Parkplatz. Technisches Versagen ist nur eine von mehreren Optionen. Es geht um fahrlässige Tötung, möglicherweise Totschlag oder Mord. Und Sie und Ihre Kollegin sind haushohe Favoriten in unserer kleinen Casting-Show. Ihr ›Kastor‹ ist die Tatwaffe, und die werden Sie frühestens vor Gericht wiedersehen. Wenn überhaupt.«

»Ist er schwer verletzt – ich meine, ist er stark beschädigt?«

»Den Kollegen, die er vor seiner Stilllegung mit Frakturen, Prellungen und ausgerenkten Gelenken versorgt hat, geht es schon wieder etwas besser – danke der Nachfrage. Erklären Sies mir: Wie kann ein anderthalb Meter großer Spielzeugroboter einen zwei Zentner-Mann aufs Kreuz legen und ihm den Unterarm brechen? Was ist das für eine verdammte Killermaschine, die Sie da konstruiert haben?«

»Das hätte nie passieren dürfen, wir haben redundante Sicherheitssysteme eingebaut, auf allen Systemlevels. Gefährliche Kollisionen mit Humanoiden waren eigentlich unmöglich!«

»Erklären Sie das mal den Leibwächtern des Innenministers und meinen humanoiden Kollegen in den Städtischen Kliniken. Also, wer hatte in den Tagen und Stunden vor dem Auftritt Zugang zu Ihrem Terminator, wer hat ihn für diesen Auftritt programmiert, und wer von diesen Menschen war fähig und in der Lage, ihn für eine solche Tat zu manipulieren. Wer hatte gestern Abend die Kontrolle über diese Maschine?«

Wogner kicherte und schüttelte den Kopf.

»Sie haben ja keine Ahnung. Einmal Buntwäsche, dreißig Grad Celsius einstellen und dann auf ›Start‹ drücken, stellen Sie sich das so vor, Kommissar? Kastor ist keine Waschmaschine. Sie können nicht schnell mal ein kleines Programm schreiben, das er dann abarbeitet. Er agiert autonom – innerhalb definierter Grenzen. Niemand kann seine Aktionen präzise vorhersagen, allenfalls Wahrscheinlichkeiten.«

»Ziemlich weit gesteckte Grenzen für einen Autonomen, wenn Sie mich fragen. Was ist mit einer Fernsteuerung? Irgendjemand muss doch an diesem Ding herumgeschraubt haben?«

Wogner ignorierte die Frage und steckte sich eine neue Zigarette an. Rünz zog seinen Notizblock aus der Tasche und schlug ihn auf.

»Gehen wirs doch mal systematisch an. Sie wurden 1955 in München geboren, haben von '73 bis '79 an der RWTH Aachen Maschinenbau, Elektrotechnik und Kybernetik studiert – was immer das sein soll – und vier Jahre später Ihre Promotion abgeschlossen. Danach verschiedene Stellen als Postdoktorand, in Berlin, Dresden, Karlsruhe, zuletzt am Max-Planck-Institut für Hirnforschung in Frankfurt. Seit 2000 arbeiten Sie an der TU Darmstadt. Stimmt das so weit?«

»Schön, dass Sie wissen, wie man im Internet recherchiert.«

»Aber fehlt da nicht noch das i-Tüpfelchen auf Ihrer Karriere, eine ordentliche Professur? Ihre Promotion ist doch schon über zwanzig Jahre her.«

Der Grauhaarige verzog angesäuert sein Gesicht.

»Ich arbeite noch an meiner Habilitationsschrift«, knurrte er.

»Klingt interessant«, sagte Rünz. »Worum gehts da genau? Killer-Roboter?«

»Künstliche neuronale Netze, evolutionäre Algorithmen – nichts, was Sie wirklich interessiert, nehme ich an.«

»Nichts, was ich wirklich verstehe, nehmen Sie an, stimmt's? Dann versuchen wir es doch von der praktischen Seite. Erzählen Sie mir was über Kastor, Ihr Baby. Was war sein Job, mal abgesehen davon, einen TU-Professor ins Jenseits zu befördern. Wofür haben Sie ihn konstruiert?«

»Es ging nie um einen bestimmten Anwendungszweck – auch wenn meine Kollegin Annette Wyss Ihnen da sicher etwas anderes erzählen wird. Das Projekt war von Anfang an reine Grundlagenforschung, es geht um KI – künstliche Intelligenz.«

»Aber warum ein Roboter? Warum müssen Sie einem intelligenten Computer noch Arme und Beine anschrauben, mit denen er Dummheiten anstellen kann? Ich meine – reichen Ihnen nicht Tastatur und Bildschirm, um sich mit einer Maschine zu unterhalten?«

Der Forscher seufzte auf und blickte gelangweilt über den Park. Rünz' Niveau war ihm offenbar zu niedrig, um aus der Unterhaltung intellektuellen Gewinn zu ziehen.

»Weil Computer ohne Arme und Beine nie wirklich intelligent werden können. Haben Sie schon mal was von *Embodied Artificial Intelligence* gehört? Schauen Sie sich die Kinder drüben auf der Wiese an. Sie entwickeln ihre Fähigkeiten durch Interaktion mit der Umwelt – Sehen, Sprechen, Hören, Fühlen und Bewegen. Wenn wir so etwas simulieren wollen, können wir nur die Basis bereitstellen, eine funktionsfähige Plattform mit geeigneter Sensorik und Mobilität, dazu Softwaremodule, die in der Lage sind, selbständig zu lernen und sich fortzuentwickeln. Der Rest entwickelt sich von allein, durch Kontakt mit Umwelt, Versuch und Irrtum, kontinuierliche Aneignung von Fähigkeiten. Wir kommen ja auch nicht als Erwachsene auf die Welt.«

Und manche werden es nie, dachte Rünz, weil ihm spontan sein Schwager Brecker einfiel.

»Und wie stehts mit Erziehung? Bei Kastor haben die Eltern auf der ganzen Linie versagt, finden Sie nicht? Was schlagen Sie vor? Sollen wir seine Überreste wieder zusammenschrauben und ihn dann für zehn Jahre in die JVA Weiterstadt schicken? Mit anschließender Sicherungsverwahrung?«

»Ich schlage vor, wir untersuchen ihn, finden die Ursache für die Fehlfunktion, und schließen solche Zwischenfälle für die Zukunft aus.«

Wogner inhalierte tief, und plötzlich schien er eine Idee zu haben, in seinen müden Augen blitzte so etwas wie Begeisterung auf. Er schien mehr zu sich selbst als zu Rünz zu sprechen.

»Aber wer weiß, vielleicht ist dieses deviante Verhalten ein Anzeichen für ein höheres Autonomie-Level, von dem wir noch nichts ahnen.«

»Ah, Sie sind in Gedanken schon wieder bei der Arbeit. Und Ihr Professor? Ein Kollateralschaden im Dienste der

Grundlagenforschung. Kein schlechter Einfall. Wer ist auf die Idee gekommen, Kastor bei dieser Veranstaltung auftreten zu lassen?«

»Vor einer Woche kam Rühmann mit einem Freund ins Labor, Höven oder Huven hieß der Mann …«

»Hoven. Sven Hoven.«

»Genau. Sie kennen ihn?«

»Flüchtig.«

»Jedenfalls hat Rühmann ihm Kastor gezeigt, hat ihn ein paar seiner Kunststückchen vorführen lassen, das übliche Programm, mit dem wir normalerweise potenzielle Kunden beeindrucken, die uns hier besuchen. Dieser Hoven war wohl ziemlich begeistert, aber ich habe sein Gespräch mit Rühmann nur mit einem Ohr wahrgenommen. Vorgestern kam Rühmann dann mit der Ankündigung, Kastor auf dieser Veranstaltung im Darmstadtium auftreten zu lassen. Wir haben im Team eine Weile heftig diskutiert, aber er hat die Entscheidung grundsätzlich nicht zur Disposition gestellt.«

»Wer ist *wir*?«

»Rühmann, Annette Wyss und ich. Von den Japanern in unserem Team ist diese Woche niemand in Deutschland, die haben zu Hause eine Tagung. Die Wyss war natürlich gleich Feuer und Flamme, die lässt ja nie eine Gelegenheit für PR in eigener Sache aus.«

»Und Sie waren dagegen?«

»Natürlich war ich dagegen. Kastor existiert seit rund sechs Monaten in seiner aktuellen technischen Konfiguration. Seine Interaktion mit Menschen beschränkt sich seitdem auf einen definierten Kreis von zwölf Mitarbeitern der Forschungsgruppe, sein Aktionsradius auf unseren Laborbereich im Institutsgebäude, gleich neben dem Kongresszentrum. Keiner von uns wusste, wie lange er im Darmstadtium brauchen würde, um eine digitale Repräsentation des Raumes um ihn herum aufzubauen, mit der er sich sicher bewegen konnte – noch dazu bei einer so komplexen Architektur. Und dann der Kontakt mit hunderten unbekannten Menschen. Wie würde sein sensorisches System auf diese Menge an Dateninput reagieren?«

»Sie wollen sagen, Sie hatten von Anfang an Sicherheitsbedenken?«

»Natürlich. Aber ich habe mir nicht nur Sorgen um die Sicherheit der Gäste gemacht. Es ging mir auch um Kastor! Von der Informationsflut mal abgesehen – wer konnte garantieren, dass ihn nicht irgendein angetrunkener Besucher die Treppe runterstößt? Mir war völlig schleierhaft, wie Rühmann so ein Risiko eingehen konnte. Noch dazu ohne Absprache mit den Japanern.«

»Warum haben Sie sich nicht durchgesetzt?«

»Ich will es mal so formulieren: In der Gegenwart von Frau Wyss war Rühmann für rationale Abwägungen nur bedingt empfänglich.«

»Was meinen Sie damit? Hatte sie die Hosen an? Hatten die beiden ein Verhältnis? Rühmann war verheiratet …«

»Ich weiß nicht, ob sie mit ihm ins Bett gegangen ist. Ich weiß nur, er hat ihr aus der Hand gefressen. Seit sie zum Team gehörte, wusste doch keiner mehr so recht, wer eigentlich den ganzen Fachbereich leitete.«

»Wer hat sie überhaupt nach Darmstadt geholt? Sie hatte einen gut dotierten Posten als Dozentin an der ETH Zürich, den gibt man doch nicht so leicht auf …«

»Sie hat sich im Rahmen eines Berufungsverfahrens beworben. Aber eigentlich hat Rühmann sie abgeworben, ich bin sicher, er hat ihr die Institutsleitung in Aussicht gestellt …«

»… die eigentlich Ihnen zugestanden hätte?«

Wieder Grummeln.

»Wissen Sie, wie so ein Berufungsverfahren heute läuft, Kommissar? Da sitzen Erbsenzähler in der Kommission, die Sie auf Ihren *Impact Faktor* prüfen. Und wie sieht deren Checkliste aus? Zum Beispiel müssen Sie Forschungsaufenthalte im Ausland nachweisen, am besten an irgendeiner Elite-Uni in den USA. Und Sie müssen möglichst erfolgreich Dritt- und Fördermittel eingeworben haben. Stellen Sie sich das vor – Sie weisen Ihre wissenschaftliche Qualifikation nach, indem Sie möglichst geschickt Förderanträge formulieren! Dieses ganze System spült heute angepasste Karrieristen nach oben, aber keine Wissenschaftler. Ich muss Ihnen nicht erklären, wie weit Albert Einstein in dieser Struktur gekommen wäre. Mein Gott, schauen Sie mich nicht so an, Kommissar. Mit einer Hausberufung hatte ich ohnehin schlechte Karten, und es war ja nicht Rühmann allein, der die Personalentscheidung getroffen hat. Also versuchen Sie jetzt bitte nicht, aus dieser Personalie ein Motiv zu stricken.«

»Was genau war ihre Aufgabe?«, fragte Rünz.

»Die Wyss hatte zu Anfang einen klar definierten Auftrag. Sie sollte die Weiterentwicklung des motorischen Systems von Kastor koordinieren und vorantreiben. Aber Rühmann hat schnell herausgefunden, was für ein goldenes Händchen sie hatte, wenn es darum ging, Industriekontakte zu knüpfen und Drittmittel einzuwerben. Irgendwann hat sie dann nur noch Geldgeber akquiriert, hat die CEOs irgendwelcher High-Tech-Konzerne durch unser Institut geführt und sich danach beim Abendessen im Fürstenbahnhof von ihnen anbaggern lassen.«

»Eifersüchtig? Sie ist eine intelligente und attraktive Frau, war doch sicher nicht angenehm, zu sehen, wie gut sie sich mit Rühmann und diesen Managern verstand.«

»Attraktiv vielleicht, aber intelligent? Bauernschlau und raffiniert, das trifft es wohl eher. Fachlich hatte sie nicht viel auf dem Kasten, wenn Sie mich fragen. Aber Sie glauben ja gar nicht, wie weit man es heute bringt, wenn man ein gewisses Talent zur Selbstdarstellung hat.«

Oh doch, dachte Rünz, das weiß ich.

»Haben Sie mit ihr gesprochen?«, fragte Wogner. »Hatten Sie das Gefühl, sie würde um Rühmann trauern? Sie hat ihn als Sprosse auf ihrer Karriereleiter benutzt. Wyss ist eine völlig inspirations- und kreativitätsfreie Karrierefrau. Sie war in all diesen albernen akademischen Frauen-Netzwerken aktiv – Mentorinnen-Netzwerk, SciMento, ProProfessur, Femtec. Früher musste man mal erfolgreich forschen, um nach oben zu kommen. Heute reicht es aus, die richtigen Gender-Programme zu kennen. *Frauenforschungszentrum*, wenn ich das schon höre. Herrgott, manchmal hat man den Eindruck, es gäbe mehr Frauen- und Gleichstellungsbeauftragte als Wissenschaftler an den Unis. Wussten Sie, dass die Wyss letztes Jahr mit dem ›UNESCO-L'Oréal-Stipendium zur Förderung exzellenter Frauen mit Kindern in der Forschung‹ ausgezeichnet wurde? Da erübrigt sich doch jeder Kommentar, oder?«

Ah, ein Chauvinist alter Schule! Rünz wurde er langsam sympathisch. Eigentlich sprach er ihm aus der Seele.

Hätten sie sich unter anderen Umständen kennengelernt – vielleicht wären sie richtige Buddies geworden?
Zusammen mit Brecker hätte Wogner bei konsensfähiger
frauen- und globalisierungsfeindlicher Grundeinstellung
etwas intellektuelle Klasse in den Männerbund gebracht.
Aber dies war eine Befragung, und Rünz musste den Ver-
dächtigen ein wenig aus der Reserve locken.

»Haben Sie ein Problem mit erfolgreichen Frauen? Sind
Sie gekränkt, weil eine Frau Sie in der Innenkurve über-
holt hat?«

Jesus, dachte Rünz, er sollte das Verhör unbedingt
nachher im Präsidium nachprotokollieren und der Paartherapeutin vorlesen. Wie er hier über sich hinauswuchs – er
schien sich zum Frauenversteher zu entwickeln. Vielleicht
würde er selbst nach der Frühpensionierung noch eine
therapeutische Laufbahn einschlagen.

»Nicht mit solchen, die ihren Job als Wissen-
schaftlerinnen ernst nehmen«, antwortete Wogner.
»Sie haben doch keine Ahnung, was an Universitäten
heute los ist. Hochschulen waren früher mal Orte des
freien intellektuellen Diskurses und der unabhängigen
Forschung – heute sind sie die Handlanger der Wirtschaft
und in der Gewalt wild gewordener *Evaluierer* – Erbsenzähler, die jedes Jahr die Anzahl ihrer Veröffentlichungen
protokollieren und die Häufigkeit, mit der sie von Fach-
kollegen zitiert werden. Und die Folge? Nassforsche Jung-
Karrieristen, die sich seit Jahren an den Unis breitmachen
wie Mäuse im Getreidesilo, die genau wissen, wie man
dieses blödsinnige System für seine Zwecke ordentlich
zureitet. Was meinen Sie, warum die Wyss sich in diesem
Projekt engagiert? Weil KI und Robotik gerade angesagt

sind, sexy. Menschen wie Wyss forschen nicht an Themen, für die sie brennen, sondern an solchen, die sie *weiterbringen* – völlig unbeeinträchtigt von Neigung, Neugier und Leidenschaft, Inspiration und Kreativität. Immer schön den geraden Weg. Die wissen, wie ihr Lebenslauf aussehen muss, damit man ihnen Exzellenz zuschreibt. Ab und an ein Forschungsaufenthalt an MIT in Cambridge, Oxford oder Stanford, die Forschungsergebnisse immer schön in papierdünne Salamischeiben schneiden, um den Publikationsindex hochzutreiben, und mit ein paar Gleichgesinnten ein kleines informelles Zitationskartell bilden, damit der Zitationsindex gut ausschaut. Evaluierung erzeugt die Menschen, die sie zu evaluieren vorgibt, wenn Sie mich fragen.«

Wogner redete sich in Fahrt, in diesem gebrochenen Mann schien doch mehr Energie zu schlummern, als anfangs zu vermuten war.

»Und bei den Studenten sieht es nicht viel besser aus. Immer schön brav, schnell und akkurat die Lernmodule abarbeiten, Punkte sammeln, ohne nach links und rechts zu schauen. Wenn ich heute versuche, mit Studenten – ziemlich helle Köpfe übrigens – darüber zu diskutieren, welche potenziellen gesellschaftlichen Folgen KI-Forschung hat, fragen die mich, ob das klausurrelevant sei. Dann bohre ich etwas weiter, und was stellt sich heraus? Die Besten von ihnen hängen als Stipendiaten am Geldtropf irgendeines Software-Konzerns. Da wird eine ganze Generation von jungen Leuten herangezogen, die kein Interesse mehr an Erkenntnis hat, sondern nur noch an der *ökonomischen Verwertung* von Erkenntnis.«

Wogner stand auf und ging auf dem kleinen gekiesten

Platz hin und her, der junge Bronze-Goethe schaute stoisch an ihm vorbei.

»Wissen Sie noch, wie vor zwanzig Jahren der Unicampus aussah? Überall hingen Plakate, lagen Flugblätter, Ankündigungen für Konzerte, Lesungen, Diskussionsrunden, Partys, da herrschte Leben. Gehen Sie heute mal über das Gelände, Kommissar. Ich sage Ihnen, in ein paar Jahren können Sie den Campus nicht mehr unterscheiden von der Telekom-City an der Rheinstraße. Alles sauber, geleckt, glänzend und stromlinienförmig. ›Clean design‹ nennt das TU-Präsidium die Strategie. Alles Widerspenstige und Oppositionelle wird dieser Institution ausgetrieben. Die Universität ist bald ein Fall für die Historiker.«

Wogner setzte sich wieder auf die Steinbank und schaute müde in die Baumkronen.

»Kennen Sie die Bedeutung des Wortes Universität, Kommissar? *Universitas magistrorum et scholarium*, Gemeinschaft der Lehrenden und Lernenden. Tauchen in dieser Bezeichnung irgendwo die Begriffe Profit, Gewinn, Performance oder Rentabilität auf? Ich finde sie nicht! Die ganze sogenannte Hochschulreform ist ein Euphemismus für die Privatisierung der Universitäten.«

Rünz wurde aufmerksam, da existierte eine beeindruckende Parallele zwischen seinem Berufsalltag und dem dieses Wissenschaftlers. Was Wogner schon hinter sich hatte – die Privatisierung der öffentlichen Institution, die ihn in Lohn und Brot setzte – stand Rünz noch bevor. Wenn er Wogner etwas provozierte und am Reden hielt, konnte er sicher noch lohnende Informationen für den Kampf gegen Hovens Reformpläne bekommen.

»Na und?«, fragte er. »Läuft seitdem nicht alles etwas

effizienter an den Unis? Etwas Konkurrenz kann so einen muffigen Laden doch nur beleben?«

»Effizienz? Eine der unverschämtesten Lügen der Marktliberalen ist die, staatliche Strukturen seien immer starr und verkrustet, während die Marktwirtschaft mit ihren schlanken und intelligenten Methoden unentwegt effiziente Güter und Leistungen hervorbringt. Sagen Sie mal selbst, Kommissar – halten Sie Windows Vista für ein effizientes Betriebssystem? Ist ein siebener BMW – fast zwei Tonnen Metall und Kunststoff – eine effiziente Art, einen oder zwei Menschen von A nach B zu bringen? Und haben Sie mal versucht, bei einem Umzug Ihren Internetprovider zu wechseln? Danach können Sie einen kleinen Roman schreiben über starre und verkrustete Strukturen. Die hochgelobte Marktwirtschaft erzeugt Tag für Tag unzählige Produkte und Dienstleistungen, die haarsträubend ineffizient und überflüssig sind – abgesehen davon, dass sie manchen Unternehmen Gewinne verschaffen. Und das scheint heute das eigentliche Kriterium für Effizienz zu sein.«

Beide starrten sich einen Moment schweigend an.

»Rühmann ist tot«, sagte Rünz. »Wer wird seine Position übernehmen?«

»Fragen Sie die Japaner. Für die ist das Ganze nicht mehr und nicht weniger als ein PR-Gau. Die werden wahrscheinlich das ganze Projekt aus der Uni abziehen und in einem halben Jahr unter einem anderen Namen irgendwo relaunchen.«

»Ohne Sie?«

Wogner grinste triumphierend.

»Ohne die Wyss vielleicht, aber ganz sicher nicht ohne mich!«

»Was macht Sie so unverzichtbar für die Nakatomi-Leute?«

»Ich habe einige Schlüsseltechnologien in das Projekt eingebracht, deren Funktionsprinzipien ausschließlich hier abgespeichert sind.« Er tippte sich mit dem Finger an die Schläfe.

»Meine persönliche *unique selling position*, wenn Sie so wollen. Das ist es doch, was ihr so zu schaffen macht. Erbsenzähler wie Wyss haben ein Problem mit kreativen Menschen. Sie beneiden uns. Und weil sie uns beneiden, ärgern sie uns mit dem bisschen, was sie können – Projektmanagement, Termin- und Kostenkontrolle, Reporting, Businesspläne.«

»Zurück zu diesem Roboter. Sie haben mir immer noch nicht gesagt, wer ihn für diesen Auftritt programmiert hat.«

Wogners Gesicht lief rot an.

»Sie haben es immer noch nicht kapiert, Kommissar. Kastor braucht keine Anweisungen. Er ist intelligent.«

»Schluss damit, Maschinen sind nicht intelligent. Wer hatte den Hut auf?«

Der Forscher schien mühsam einen cholerischen Ausbruch zu unterdrücken und sprach übertrieben ruhig.

»Stellen Sie sich ein kleines Gedankenexperiment vor, Kommissar. Eine Versuchsanordnung mit drei Teilnehmern. Eine Maus in einem kleinen Labyrinth, die dem Duft eines Käsewürfels folgt, Michelangelo beim Malen in der sixtinischen Kapelle, und ein fiktives, vielleicht außerirdisches Wesen, das den italienischen Maler so weit an Intellekt überragt wie der die Maus. Würde Michelangelo die Maus im Labyrinth betrachten, käme er wohl kaum auf die Idee, ihr für ihre stupide Leistung bei der Futtersuche Intelligenz und Kreativität zuzuschreiben. Und Michelangelos Arbeit im Vatikan? Ein Künstler auf dem Höhepunkt seiner Fähigkeiten. Ein Genie. Intelligent und kreativ, mit Intuition und Ideen, die Inkarnation dessen, was uns Menschen so einzigartig macht. Und jetzt, Kommissar, versetzen wir uns in die Lage dieses fiktiven außerirdischen Hochbegabten, der dem Italiener bei der Arbeit im apostolischen Palast zuschaut. Sagen Sie mir *einen* guten Grund, warum dieser Kreatur Michelangelos Wirken nicht genauso simpel, durchschaubar und berechenbar vorkommen sollte wie dem Italiener die Futtersuche der Maus im Labyrinth? Der Entwurf der fantastischen, prophetischen Freskenpanoramen, letztlich Ausdruck eines überschaubaren Reiz-Reaktions-Musters, Ergebnis einer Kombination genetischer Ausstattung, erworbener Fähigkeiten und verarbeiteter Umwelteindrücke. Intelligenz und Kreativität sind eine Frage der Perspektive, sie sind *relativ.*«

Hm, dachte Rünz, wo war wohl Brecker anzuordnen in dieser Versuchsanordnung? Sicher, zwischen Michelangelo und der Maus. Aber sehr nahe an der Maus. Rünz hatte genug von dem akademischen Gelaber, er wurde ungeduldig.

»Schluss mit den Exkursen, erzählen Sie etwas über Ihren Tagesablauf gestern. Fangen Sie morgens an.«

»Wie Sie wollen, Kommissar. Mein Arbeitstag begann um neun Uhr mit einer dreistündigen Diskussion mit Rühmann und Wyss.«

»Worum ging es?«

»Unter anderem um Kastors temporäre lethargische Zustände ...«

»Oh, bitte alles für Otto Normalverbraucher, Herr Wogner.«

»Eigentlich begann die Geschichte vor sechs Monaten. Kastor hatte bereits ein Lernpensum von anderthalb Jahren hinter sich, die Ergebnisse waren überaus vielversprechend. Die Motorik entwickelte sich hervorragend, die Topologie seines künstlichen neuronalen Netzes wurde komplexer, Sprachverständnis und Artikulationsfähigkeit stiegen kontinuierlich an, er wurde zunehmend menschlicher in seiner sozialen Interaktion. Er beherrschte ein einfaches Niveau von Small Talk, mit dem er uns immer wieder verblüffte – Redewendungen und Bonmots, die er irgendwo aufgeschnappt hatte, nahm er sofort in seinen aktiven Wortschatz auf und verwendete sie, wenn ihm der Kontext geeignet schien. Im Prinzip lief alles nach Plan, bis auf einen schwachen, aber beunruhigenden Trend – sein Lerntempo schien allmählich abzunehmen, ganz so, als würde sich die Lernkurve asymptotisch den physikalischen Leistungsgrenzen der Systemplattform annähern. Bis zum 23. April dieses Jahres. Ich betrat morgens das Labor, um acht Uhr, aber Kastor begrüßte mich nicht. Ich sprach ihn an, drückte seine Hand – keine Reaktion. Ich prüfte den Status der Brennstoffzellen – einwandfrei. Sofort begann ich mit einem Standard-Systemcheck, ohne Ergebnis. Also schloss ich seine Schnittstellen an eine Reihe von Messeinrichtungen an und setzte ihn einer definierten Folge akustischer, optischer und mechanischer Reize und Impulse aus, mit steigender Intensität. Die Ergebnisse waren völlig unverständlich. Es gab keinerlei Reizübertragung von seinen Sensoren zu den zentralen Verarbeitungseinheiten, aber gleichzeitig zeigte das neuronale Netz starke

Aktivität, so als würde ein Bürocomputer arbeiten, ohne dass ihm irgendein Angestellter Befehle über eine Tastatur gibt. Erst ab einem bestimmten Reizniveau reagierte er, mit unpräzisen Bewegungen und verbalen Mitteilungen, die konfus wirkten und weit hinter seinen sonstigen Möglichkeiten zurückblieben. Schaltete ich die Reize ab, verfiel er sofort wieder in Passivität.«

»Und das nennen Sie einen Durchbruch? Vielleicht ist Ihre Blechbüchse in die Pubertät gekommen und hat angefangen, Drogen zu nehmen. Und im Kongresszentrum ist er durchgeknallt, weil er auf Entzug war.«

»Rühmann kam mit Wyss ins Labor, die Dame war gleich ganz aufgekratzt, hat von einem schweren Rückfall gesprochen, von Krisenmanagement, *Contingency Plans* und *Exit Strategies*. Die hat im Geiste schon unsere japanischen Geldgeber abspringen sehen. Ich war dafür, ein großes Testprogramm zu fahren. Das hätte uns sicher zwei Wochen gekostet, aber ich war zuversichtlich, die Ursache für dieses Phänomen zu finden. Aber Rühmann hat uns beide gebremst. Er hat beschlossen, erst mal gar nichts zu unternehmen. Stellen Sie sich das vor! Für den übernächsten Tag war ein wichtiges Quartalsmeeting mit Vertretern der Nakatomi Corporation angesetzt. Kastor schien an einem fundamentalen Systemfehler zu leiden – und Rühmann beschloss, *nicht* zu handeln. Der Alte muss es damals sofort geahnt haben. Ich habe Rühmann unterschätzt. Sechs Stunden habe ich Kastor regungslos gegenübergesessen, bis er wieder aktiv wurde. Sechs Stunden. Ich bin nicht mal aufs Klo gegangen.«

»Er hat sich selbst repariert?«

»Diese passiven Phasen kehrten in den folgenden Tagen

immer wieder, für jeweils fünf bis sechs Stunden pro Tag, und hörten immer ohne unser Zutun auf. Aber in den aktiven Phasen lernte er plötzlich schneller und effektiver als je zuvor!«

Wogner setzte sich wieder auf die Bank, rutschte nach vorne und starrte Rünz mit weit aufgerissenen, glasigen Augen an.

»SCHLAF. Kastor hat geschlafen, verstehen Sie?«

Rünz lachte.

»Hören Sie auf, Maschinen schlafen nicht.«

»Sie haben völlig recht. *Maschinen* schlafen nicht. Aber die Topologie seines selbstwachsenden neuronalen Netzwerkes hatte einen Komplexitätsgrad erreicht, der dem höherer Säugetiere nahekommt. Warum konnte er nach seinen Ruhephasen schneller lernen als je zuvor? Weil er sich in den Pausen regenerierte, die im Wachzustand empfangenen sensorischen Empfindungen verarbeitete. Kastor hat bewiesen, dass das Phänomen Schlaf – oder wie auch immer Sie das bei ihm nennen wollen – zwangsläufig auftritt, wenn intelligente Systeme einen bestimmten Schwellenwert an struktureller Vielfalt überschreiten.«

Rünz schwieg einen Moment und schaute Wogner skeptisch an.

»Und Wyss und Rühmann sahen das ähnlich?«

»Rühmann hat es von Anfang an geahnt. Aber Wyss? Die war außer sich vor Sorge, hat permanent gefaselt von mangelnder Zuverlässigkeit und kontinuierlicher System-Performance, die wir dem Kunden bieten müssen. Diese Ignorantin hat überhaupt nicht kapiert, um was für einen Quantensprung es hier ging. Die interessiert sich einen Scheißdreck für die wahre Bedeutung dieser Geschöpfe.

Was sie interessiert, ist die Frage, ob wir ein Produkt mit Marktpotenzial entwickelt haben. Sie hat dann angefangen, die ganze Projektgruppe zu terrorisieren, hat Qualitäts-management-Handbücher gefordert und wöchentliche Reports über die Aktivitäten jedes Einzelnen. Wir kamen vor lauter Papierkram nicht mehr zum Arbeiten, und genau darum drehte sich die Diskussion.«

»Und? Kamen Sie zu einem Ergebnis?«

»Ich konnte ihr klar machen, dass sie sich ihr ganzes Reporting und Berichtswesen sonst wohin stecken muss, wenn wir mit dem Projekt weiterkommen wollen.«

»Vielleicht hat sich Ihr Kastor bei seiner Menschwerdung noch ein paar andere archaische Instinkte angewöhnt – Mord und Totschlag. Sie haben ›unter anderem‹ gesagt, worüber haben Sie noch diskutiert?«

»Genau darum ging es. Um meine Sicherheitsbedenken. Haben Sie je Science-Fiction gelesen, Kommissar? Kennen Sie Isaac Asimov? Er hat die drei Gesetze der Robotik definiert. Erstens – ein Roboter darf keinen Menschen ver-letzen oder durch Untätigkeit zu Schaden kommen lassen. Zweitens – ein Roboter muss den Befehlen eines Menschen gehorchen, es sei denn, solche Befehle stehen im Wider-spruch zum ersten Gesetz. Drittens – ein Roboter muss seine eigene Existenz schützen, solange dieser Schutz nicht dem ersten oder zweiten Gesetz widerspricht. Für Wyss war die ganze Sache einfach. Wir übersetzen diese Gesetze in ein paar Algorithmen, die im Programm-Kernel ver-ankert werden und Priorität vor allen anderen Routinen haben.«

»Und, klingt doch plausibel, wo war das Problem?«

»Das Problem? Ganz einfach. Nehmen wir an, Sie haben

einen Haushaltsroboter, der sich diesen Regeln hundertprozentig verpflichtet fühlt. Eine ziemlich smarte Maschine, ein richtiger Schutzengel, immer an Ihrer Seite. Sie sitzen zu Hause in Ihrem Wohnzimmersessel, schauen ›Wetten, dass …‹ und zünden sich eine Zigarette an. Der Android beobachtet, wie Sie den Rauch inhalieren. Seine Sensoren registrieren allerlei Gifte im Dunst, Kohlenmonoxid, Formaldehyd, Blausäure. Er kennt die biochemische Struktur Ihres Körpers und leitet daraus die toxische Wirkung ab, die diese Substanzen auf Sie haben. Was wird er tun, wenn er konsequent den drei Gesetzen folgt? Ihnen die Zigarette wegnehmen, um Sie nicht durch Untätigkeit zu schädigen? Und wenn Sie sich wehren, wird er Gewalt anwenden? Er hadert mit einem echten Zielkonflikt, und niemand weiß, wie er ihn löst. Ein wirklich intelligenter Android wird im Umgang mit Menschen nie hundertprozentig sicher sein – ein systemimmanentes Problem. Aber erklären Sie so was mal einer Businessfrau wie der Wyss.«

»Also gut«, unterbrach ihn Rünz. »Sie haben den ganzen Vormittag über diese Fragen diskutiert. Was dann?«

»Um zwölf oder halb eins bin ich in die Stadt gegangen, einen Happen essen.«

»Nicht in die Mensa?«

»Nennen Sie mich konservativ, aber ich finde, die Studenten sollten auch mal Gelegenheit haben, in Ruhe über die Dozenten zu lästern. Den ganzen Nachmittag habe ich damit verbracht, Kastor auf die Veranstaltung vorzubereiten.«

»Warum das?«

»Ich wollte ihn vor einem Overkill durch Reizüberflutung bewahren. Also habe ich das Ansprechverhalten und die Reizschwellen der gesamten Sensorik etwas erhöht und die gesamte System-Perfomance ein wenig herunter-geregelt ...«

»Sie meinen, Sie haben ihm so eine Art *Beruhigungs-mittel* verabreicht?«

»Ja, so könnte man das nennen, stark vereinfacht.«

»Hat nicht so richtig funktioniert, würde ich sagen. Wie nennt man das unter Medizinern? Paradoxe Reaktion? Vielleicht haben Sie die Medikamentenschachteln ver-wechselt.«

»Glauben Sie mir, wir experimentieren mit diesen Modi-fikationen und Einstellungen, seit Kastor existiert, und nie haben sie zu grundsätzlichen Verhaltensänderungen geführt. Eine völlig risikofreie Standardprozedur. Kurz vor zwanzig Uhr habe ich mit einigen Hiwis den Roboter zum Kongresszentrum rübergebracht. Um Punkt acht Uhr sollte er die Kongresshalle durch den Haupteingang betreten, mit Rühmann durchs Foyer gehen und dann bis zu seinem Bühnenauftritt backstage warten.«

»Also mussten Sie ihn doch irgendwie fernsteuern oder programmieren, woher hätte er sonst wissen sollen, was er tun soll? Er hätte spontan entscheiden können, lieber in die Krone zu gehen, um ein Bierchen zu trinken!«

»Rühmann war die ganze Zeit bei ihm und hat ihm Kommandos gegeben.«

»Er hat also doch Anweisungen befolgt?«

Wogner zögerte einen Moment.

»Meistens – eigentlich fast immer.«

Wogner schien das Thema nicht zu passen, er wechselte wieder zu seinem Steckenpferd – Wyss-Bashing.

»Ich sage Ihnen was: Wyss gehört zu den Menschen,

denen der Ausverkauf der Hochschulen an die freie Wirtschaft gar nicht schnell genug gehen kann. Hat Sie Ihnen von ihrer Arbeit für das ›Centrum für Hochschulentwicklung‹ erzählt? Wahrscheinlich nicht. Das CHE ist eine GmbH, die sich gemeinnützig schimpft, gegründet vor über zehn Jahren von der Hochschulrektorenkonferenz und der Bertelsmannstiftung. Seit der Gründung arbeitet das CHE an der Privatisierung der Hochschulen. Die nennen das natürlich anders, stellen sich dar als Reformwerkstatt für die Entfesselung der Hochschulen, arbeiten angeblich für die autonome, wettbewerbsfähige und internationalisierte Universitätslandschaft. Profis in Sachen Lobbyarbeit, kann ich Ihnen sagen, denen fressen Medien und Politiker aus der Hand.«

»Na und? Ist doch nichts dagegen zu sagen, wenn sich große Konzerne für die Bildung engagieren.«

»Finden Sie? Dieses CHE wird zu drei Vierteln von der Bertelsmannstiftung finanziert, einem Think Tank, besetzt von marktradikalen Ideologen, die die politische Klasse in Berlin so intensiv unterwandert haben, dass sie seit Schröder schon eine Art Nebenregierung bilden.«

»Hören Sie auf mit diesen Verschwörungstheorien, kommen Sie zur Sache!«

»Ich bin gerade dabei. Die Stiftung hält fünfundsiebzig Prozent des Aktienkapitals. Die Bertelsmann AG hat dadurch zwei Milliarden Euro an Erbschafts- und Schenkungssteuer gespart. Dazu kommt noch die steuerfreie Ausschüttung der Dividenden. Wissen Sie, was das unterm Strich heißt? Da wird mit öffentlichen Geldern der Ausverkauf des Staates an die Wirtschaft vorangetrieben. Unterm Strich geht es darum, die Unis zu willfährigen Dienstleistern der

Konzerne umzubauen. Ein interessantes Modell, finden Sie nicht? Das ist ungefähr so, als würden Sie jemandem viel Geld dafür bezahlen, damit er über Ihr Privatleben bestimmt. Skurril, das müssen Sie zugeben.«

»Mag sein, aber was hat das mit unserem Killerroboter zu tun?«

»KASTOR IST KEIN KILLER. Herr Rünz, Sie sind ein intelligenter Mann. Treten Sie einen Schritt zurück, versuchen Sie das ganze Bild zu sehen. Wenn Konzerne die Hochschulen kontrollieren, welcher Wirtschaftszweig würde sich für ein Projekt wie Kastor am meisten interessieren? Klar, die Japaner lieben Gadgets, Technikspielzeug mit süßen Stimmen und bunten Lichtern. Aber die potentesten Interessenten wären sicher nicht Spielzeugkonzerne.«

»Bitte fangen Sie jetzt nicht mit dem korrupten militärisch-industriellen Komplex an. Ich bekomme Ausschlag, wenn ich von diesen Verschwörungstheorien höre.«

»Die Hunderttausend-Euro-Frage, Kommissar. Wer war der Erste, der vor dem militärisch-industriellen Komplex warnte?«

»Keine Ahnung, sicher irgendein paranoider Internet-Blogger, der dann von der CIA verhaftet wurde.«

»Vergessen Sie die Blogger. Dwight D. Eisenhower. Auf seiner Abschiedsrede, im Jahr 1961. Was meinen Sie, Herr Kommissar, werden die profitabelsten Zukunftsmärkte für humanoide Roboter sein?«

»Keine Ahnung. Haushaltshilfen, Altenpflege, Rasen mähen, Müll einsammeln, Brennstäbe in Atomkraftwerken austauschen, Leute aus brennenden Häusern retten ...«

»Hat Ihnen die Wyss das erzählt? Wie rührend. Vergessen Sie das alles. Vergessen Sie alles, was Sie in der Öffentlichkeit über die segensreichen Nutzungsmöglichkeiten für humanoide Roboter hören. Es geht um SEX und KRIEG. Wann hatten Sie zum letzten Mal Sex, Kommissar?«

Rünz fing intuitiv an, nachzurechnen, besann sich aber sofort wieder. »Das steht hier nicht zur Debatte, glaube ich.«

»Schon länger her? Und hatten Sie beide Lust, oder haben Sie es getan, weil Ihre Frau wollte? Oder Ihre Frau dachte, sie muss Sie mal wieder ranlassen, damit Sie nicht auf dumme Gedanken kommen? Sicher hatte einer von Ihnen beiden Kopfschmerzen. Mag Ihre Frau die Stellungen, die Sie bevorzugen? Unwahrscheinlich. Hatten Sie beide einen Orgasmus? Glückwunsch. Auch noch gleichzeitig? Hervorragend, so selten wie ein Lottogewinn. Sex zwischen lebendigen Menschen ist ein Minenfeld, mit einem kleinen Unterschied – zwischen den Minen ist kein Platz zum Auftreten. Sie können eigentlich nur Fehler machen, einer ist danach immer unzufrieden. Von den hygienischen Problemen mal ganz abgesehen.«

Hygienische Probleme? Rünz wurde aufmerksam.

»Unter Biologen streitet man bis heute darüber, ob nicht vielleicht Bakterien und Viren die Menschen zum Geschlechtsverkehr stimuliert haben, um ihre Verbreitungswege zu optimieren«, sagte Wogner. »Fortpflanzung wäre dann nur ein zufälliger Nebeneffekt. Nun stellen Sie sich vor, Sie hätten einen wunderschönen Androiden in Gestalt von Scarlett Johansson in Ihrem Kleiderschrank. Sie stünde immer zu Ihrer Verfügung. Nie Kopfschmerzen, keine Menstruation. Und glauben Sie mir, sie wüsste, was Ihnen

Freude bereitet. Ejaculatio praecox? Kein Problem – sie kommt immer so schnell wie Sie. Garantiert. Und Ihre Frau? Wen würde sie wählen? Will Smith? George Clooney oder Brad Pitt? Klar, die Stars würden sich die Lizenzen für ihre Kopien ordentlich vergolden lassen. Wie viel würden Menschen für eine so perfekte Lustmaschine zahlen? 10.000 Euro? 20.000? Meine Prognose: mehr als für einen VW-Golf. Die Gewinnspanne bei einer Produktion in Großserie können Sie sich vorstellen.«

Wogner verschränkte selbstzufrieden die Hände hinter dem Kopf.

»Und wer hat den ersten Entwurf eines Androiden zu Papier gebracht? Leonardo da Vinci. Einen Kampfroboter hat er konstruiert. Glauben Sie ernsthaft, der Deutsche Bundestag würde der Bundeswehr noch ihr Mandat für den Afghanistan-Einsatz verlängern, wenn bei einer Groß-offensive der Taliban Hunderte deutscher Soldaten inner-halb weniger Tage sterben würden? Mit humanoiden Kampfrobotern wird ein kleiner Infanterieeinsatz zu einem normalen Instrument der Diplomatie – keine Niederlagen an der heimatlichen Medienfront, keine Reha-Kosten für verwundete Soldaten, keine erschütternden Bilder trauernder Angehöriger zur Primetime in den Abend-nachrichten, keine geheuchelten Kondolenzgesten des Verteidigungsministers. Allenfalls eine kleine Haushalts-debatte im Bundestag über das Wartungsbudget für die künstliche Infanterie.«

Wogners Redestrom endete so plötzlich, wie er über Rünz hereingebrochen war, er hatte alles gesagt, was er sagen wollte. Rünz versuchte, ihm noch einige Details aus der Nase zu ziehen – seit wann er Rühmann kannte, ob er private Kontakte mit ihm hatte, wie beliebt er war am Institut, ob es Streit und Auseinandersetzungen mit anderen Lehrkräften und Studenten gab – aber der Wissenschaftler antwortete nur noch kurz angebunden und mürrisch. Eine kleine Entenfamilie näherte sich, Wogner fingerte ein paar Brotkrumen aus seiner Jackentasche und fütterte sie. Rünz betrachtete ihn schweigend. Ein gebrochener Mann jenseits seines Zenits, an dem der Zug der Zeit vorbeigefahren war. Er würde nie mehr Fuß fassen in diesem völlig reorganisierten akademischen Milieu. Er würde seine spärlichen sozialen Kontakte nach und nach abbrechen, sich zu Hause einigeln, Fachliteratur lesen und in den einschlägigen Internetblogs immer konfusere Ideen und Theorien veröffentlichen. Und irgendwann, in zehn oder zwanzig Jahren, würde einer seiner Nachbarn den Vermieter verständigen, weil es im Treppenhaus unangenehm roch.

5

Etwas stimmte nicht mit der Sitzordnung in der Kantine. Alle Männer drängelten sich an einem Tisch in der Ecke, sie saßen sich fast gegenseitig auf den Beinen, trugen alle ihre Dienstwaffen, viele telefonierten lautstark mit den Handys, ab und an sprang einer auf und stürmte aus dem Saal, als wäre Osama bin Laden im Luisencenter aufgetaucht. Die Kolleginnen saßen mit mürrischen Blicken an den leeren Tischen über den ganzen Saal verteilt.

»Was ist hier los, hat Hoven die Scharia eingeführt?«, fragte Rünz. Und schnell, bevor Brecker antworten konnte: »Nein, lass mich raten – die schwedische Praktikantin.«

»Bingo! Sitzt hinten mitten im Männerpulk. Ausnahmezustand. Die Kollegen sind nicht mehr zurechnungsfähig, seit sie da ist«, antwortete Brecker. »Hast du sie schon kennengelernt?«

»Kein Bedarf«, sagte Rünz. »Ich stand nie so auf diesen nordischen Agnetha-Typ. Ich stehe mehr auf diese anabolikageschwängerten osteuropäischen Hammerwerferinnen, mit ordentlich Bartwuchs auf der Oberlippe. Was ist mit dir? Warum balzt du nicht mit?«

»Ich liebe meine Schannin.«

»*Janine*, Klaus. Deine Freundin heißt *Janine*.«

»Also gut. Ich liebe die Schanine.«

»Verdammt, Klaus. Du kannst keine Frau lieben, die von Hartz IV und einer Katzenpension in ihrer Kranichsteiner Plattenbauwohnung lebt. Die hat einfach keinen Stil.«

»Sie ist ein einfaches und ehrliches Mädchen«, säuselte Brecker zärtlich. »Außerdem hab' ich einen Stiel, der muss reichen.«

»Herrgott Klaus, was soll diese Waltons-Nummer? Klingt, als wolltet ihr euch einen Bauernhof in der Lüneburger Heide kaufen.«

Rünz hob seinen Teller vom Tablett und hielt ihn auf Augenhöhe gegen das Licht. Dann setzte er ihn wieder ab, nahm den Pfefferstreuer und bedeckte den Tellerrand ringsum gleichmäßig mit einer dünnen Schicht Pfefferpulver. Er pustete das Pfefferpulver vom Porzellan und nahm entspannt das Besteck in die Hände. Brecker bekam bei der Aktion eine volle Gewürzladung ins Gesicht, er schnaubte und nieste, dass der Tisch wackelte.

»Verdammt, was machst du da, Karl?«, fragte Brecker. »Willst du dir den Teller würzen? Iss doch erstmal das Schnitzel und die Pommes, vielleicht wirst du davon satt?«

»Ich suche nach Fingerabdrücken. Eigentlich müssen alle Kantinenmitarbeiter Latexhandschuhe tragen, wegen der Hygiene. Aber ich kenne die Kameraden, die ziehen die Dinger nicht gerne an, sagen, sie hätten Gummi-Allergien. Sie gehen schnell mal aufs Klo, waschen sich nicht die Hände und zack, patschen sie mit den schmutzigen Fingerchen auf dem Teller rum, und du hast eine hübsche kleine Bakterienkolonie in deinem Essen.«

»Du bist krank im Kopf«, sagte Brecker und steckte sich ein Stück Fleisch in den Mund. Er konnte die Lippen kaum schließen, der Saft lief ihm aus den Mundwinkeln Richtung Doppelkinn. Nachdem er den Brocken heruntergewürgt hatte, wischte er sich mit dem Hemdsärmel das Gesicht ab.

»Erzähl mir lieber genau, was da gestern ablief im Darmstadtium«, forderte er.

Rünz lieferte seinem Schwager einen ausführlichen Bericht über die Ereignisse und ließ sich durch Breckers kindliche Neugier zu der einen oder anderen Übertreibung hinreißen, dramatisierte hier, überspitzte dort, ließ Wedels heldenhaften Einsatz aus und flocht fiktive Details ein, die *ihn* als Retter schöner junger Ministergattinnen darstellten. Als er durch war, schaute ihn Brecker mehrere Sekunden schweigend mit offenem Mund an, dann suchte er nach Worten.

»Wenn du mich fragst«, meinte Brecker, »... dieser Terminator hatte eine schizoide Embolie.«

»Eine *was*?«

»Schizoide Embolie. ›Total Recall‹ mit Arnold Schwarzenegger, der Achtzigerjahre SciFi-Kracher. Erinnerst du dich nicht?«

Erinnerungsfetzen wehten durch Rünz' Großhirn, verschwommene Bilder einer knackfrischen Sharon Stone in einem hautengen, rosafarbenen Lycra-Aerobicdress.

»Klaus, auch auf die Gefahr hin, dich zu kränken – die denken sich in solchen Filmen manchmal Sachen aus, die gar nicht existieren.«

Brecker schaute drein wie ein Sechsjähriger, dem man die Wahrheit über den Weihnachtsmann erzählt hatte. Aber er ließ sich nicht aus dem Konzept bringen.

»Ist doch klar, worauf das hinausläuft. Robocops!«, sagte Brecker. »Hoven will uns alle feuern, er will eine Brigade dieser Blechdosen hier einsetzen. Null Fehltage durch Krankheit, kein Jahresurlaub, Einsatz rund um die Uhr, nur einmal im Jahr die Fettpresse an die

Schmiernippel, TÜV-Abnahme und neue Brennstäbe einsetzen.«

Brecker sinnierte wieder kurz, ein neuer Gedankengang schien sich in seinem frontalen Kortex zu formieren.

»Dieser Rühmann, wie alt war der?«, fragte er.

»Du stellst Fragen! So um die sechzig würde ich sagen. Warum?«

Brecker kratzte sich nachdenklich am Kinn.

»Hör auf zu denken«, sagte Rünz. »Ist nicht dein Fachgebiet.«

»Also noch im zeugungsfähigen Alter«, murmelte Brecker, » …kein gutes Zeichen. War er mit einer Jüngeren verheiratet? Oder hatte er eine jüngere Freundin?«

»Klaus, entweder du sagst mir jetzt, was zwischen deinen Ohren abgeht, oder ich lasse dich einweisen.«

Brecker sprang vom Stuhl auf und knallte die Fäuste auf den Tisch.

»Ihr müsst sie sofort unter Polizeischutz stellen, sie ist in Gefahr!«

Die Kolleginnen ringsum schauten herüber, sichtlich erfreut, dass nicht alle Männer bei der Balzerei um die Schwedin mitmachten. Rünz reagierte demonstrativ gelassen und schob sich entspannt ein Stück Schnitzel zwischen die Lippen. Brecker schien sich ein wenig zu beruhigen und setzte sich wieder.

»Verdammt, Karl. Die Terminator-Story, Aufstand der Maschinen. Dieser Android kam wahrscheinlich aus der Zukunft, mit dem Auftrag, Rühmann und seine Frau zu vernichten, weil die beiden sonst einen Sohn zeugen werden, der 2030 als Rebellenführer gegen die Termina …«

»Gaaaanz ruhig, Schwager. Ich kenne die Geschichte.

Wir gehen das lässig an. Du kannst ja immer noch deinen Kevin zum Rebellenführer ausbilden.«

Brecker sackte deprimiert zusammen.

»Schlechtes Thema, Karl. Schlechtes Thema.«

»Wieso, was ist los mit deinem Kleinen? Haben sie ihn auf der Sonderschule abgelehnt wegen zu schlechter Leistungen?«

Rünz amüsierte sich prächtig über seinen Witz, aber Brecker war nicht aufzuheitern.

»Meine Ex hat einen Neuen.«

»Na und, du hast doch auch eine Neue. Ist doch alles prima.«

»Der Typ ist so ein Hoven-Klon, ein Business-Lutscher, arbeitet für irgendeine Consulting-Firma. Dieses Arschloch meint, Kevin hätte *massive Entwicklungsdefizite*. Weißt du, was er damit meint?«

Rünz widmete sich wieder seinem Schnitzel und antwortete mit vollem Mund. »Massiv ist immer gut, also mach dir keine Gedanken.«

»Der faselt dauernd was von Sypnasen oder Sanypsen, die sich nur bei optimaler Frühförderung richtig verdrahten. Dabei haben sich Kevins Spynasen prima entwickelt! Er fängt gerade an, sich für Kriegsspielzeug und Egoshooter zu interessieren, alles völlig normal für sein Alter. Aber weißt du, was das Schlimmste ist? Er will Kevins Namen ändern! Er sagt, Kevin wäre ein *Unterschichtenname*. Damit würde er später im Berufsleben kein Bein auf den Boden kriegen. Und jetzt ist ihm die Mornewegschule nicht mehr gut genug für die Einschulung. Er hat Gisela überredet, den Kleinen auf diese nagelneue internationale Schule in Dreieich- Sprendlingen zu schicken. Ich schwöre dir, Karl, ich ramme diesem Lutscher die zweidreiviertel Zoll meiner 500er Smith & Wesson zwischen die rasierten Arschbacken.«

Rünz spürte, wie langsam auch in ihm Wut und Empörung aufstiegen.

»Ist das nicht so eine Exzellenzschmiede für Kleinkinder, in der Dreieinhalbjährige mit Chinesisch, SAP und Human Resource Management indoktriniert werden?«, fragte er entrüstet.

Brecker nickte verzweifelt.

»Jetzt reicht's«, rief Rünz. Er schob das Tablett zur Seite, beugte sich über den Tisch und schaute seinem Schwager tief in die Augen.

»So kann man mit jungen Menschen nicht umgehen. Klaus, wir werden deinen Kleinen da raushauen.« Er reckte die Faust nach oben als Zeichen seiner Entschlossenheit im Kampf gegen das Establishment. »Wir werden es diesen Globalisierungsterroristen zeigen.«

Dann erlahmte sein Revolutionseifer so schnell, wie er gekommen war. Auch für Brecker schien das Thema abgehakt, er kramte in der Innentasche seiner Jacke herum, zog ein paar Fotos heraus und flippte sie zu Rünz über den Tisch. Der schaute sich die ersten an und breitete dann alle Aufnahmen auf dem Tisch aus.

»Sind die alle echt?«

»Worauf du einen lassen kannst!«, versicherte Brecker. »Sieh dir diese Barhocker an. Sauber ausgestopfte Füße erwachsener afrikanischer Elefantenbullen. Perfekte Arbeit, ich habe mir die Dinger angesehen. War kein Amateur, der Präparator.«

»Wo steht das ganze Zeug?«

»Im Asservatenlager des Zolls am Frankfurter Flughafen. Dieter, ein angeheirateter Schwippschwager meines Großcousins, arbeitet beim Flughafenzoll. Der hat mir die Aufnahmen geschickt.«

»Du meinst, jemand hat versucht, diesen Riesenhaufen an Großwildmumien in Deutschland einzuschmuggeln? Für so was wirst du hier von irgendwelchen PETA-Freaks und BUND-Ideologen gelyncht!«

»Ein Deutschstämmiger, der dreißig Jahre lang in Namibia eine Farm bewirtschaftet hat. Über sein Hobby brauche ich dir wohl nichts zu erzählen. Jedenfalls beschließt er eines Tages, sich hier in Deutschland auf sein Altenteil zurückzuziehen – wegen der medizinischen Versorgung. Also sucht er sich einen Nachfolger für seine Farm, reserviert sich in Bad Homburg eine Luxusbude in einem Wohnheim für Silver-Ager, chartert sich bei Lufthansa Cargo zwei Container für seine Jagdtrophäen, und fällt in Frankfurt aus allen Wolken, als ihm der Zoll die Hölle heiß macht. Für den ist ein Barhocker aus Elefantenfüßen so anstößig wie für uns ein Ikearegal.«

»Hm, gesunde Einstellung. Was passiert jetzt mit dem ganzen Zeug?«

»Wird verbrannt. Normalerweise.«

Rünz wurde aufmerksam.

»Und wenn nicht ›normalerweise‹?«

Brecker beugte sich nach vorne und senkte die Stimme.

»Dieter kennt einen der Fahrer der Spedition, die das Zeug immer vom Flughafen abholt und in die Müllverbrennung hier nach Darmstadt bringt. Und der kennt einen von den Angestellten der ZAS, der immer Empfang und Vernichtung des Materials für den Zoll quittiert.«

»Aha. Und diese Beziehungskette eröffnet eine gewisse Flexibilität bei der Wahl der Entsorgungswege der sichergestellten Asservate, sehe ich das richtig?«

Brecker lehnte sich grinsend zurück und verschränkte die Arme vor der Brust.

»Verdammt, Karl, ich wünschte, ich könnte so geschwollen daherreden wie du.«

»Wie können wir diesen Fahrer für uns gewinnen?«

»Er hat ein paar Ordnungswidrigkeitsverfahren an der Backe, falsches Parken, Geschwindigkeitsüberschreitungen – Peanuts. Wenn wir ihn in diesen Angelegenheiten etwas unterstützen, wäre er sicher dankbar …«

6

Grauer Hosenanzug mit Stehkragen und überschnittenen Schultern, burgunderrote Plateaupumps an den Enden sehr langer Beine, dezentes Make-up, in der Rechten eine elegante kleine Clutch-Bag. Sie hatte die Haare hinter dem Kopf zu einem Dutt zusammengebunden, den zwei lange, mit asiatischen Schriftzeichen verzierte Holzstäbchen zusammenhielten. Eine klare, konzentriert und selbstbewusst wirkende Mittdreißigerin. Rünz hatte noch nie einen Menschen erlebt, der nach einer Nacht in einer Zelle so knackfrisch herausgeputzt ausschaute. Vielleicht war sie selbst ein Android? Ihr Anwalt hatte ihr einen Cappuccino von McDonalds mitgebracht, an dem sie mit halb geschlossenen Augen ab und an nippte. Sie hatte die weißen Stöpsel eines iPod in den Ohrmuscheln, offensichtlich wollte sie ihrem Anwalt die Kommunikation überlassen. Der Jurist wirkte erstaunlich jugendlich, wie frisch aus dem Staatsexamen entlassen. Braungebrannter Teint, legere beige Breitcordhose, etwas zu extravagante Schuhe aus grünem Krokoleder, ein knallgelbes Einstecktuch im Sakko und eine seltsame Lesebrille, deren Rahmen vorne genau mittig geteilt war und durch kleine Magneten zusammengehalten wurde. Jedes Mal, wenn er sie absetzte – und er nahm sie oft ab und setzte sie wieder auf – zog er den Rahmen an den Bügeln auseinander und ließ ihn auf seiner Brust wieder zusammenklacken, ein eitles und neckisches kleines Ritual. Typ smartes und arrogantes

Oberklasse-Kid, wahrscheinlich mit Papis Unterstützung über Salem, Sankt Gallen und Cambridge wie selbstverständlich in die gesellschaftliche Elite hineingewachsen. Würde sich sicher prima mit Hoven verstehen.

»Herr Rünz, es ist jetzt genau 13.30 Uhr, meine Mandantin wurde gestern um 20.00 Uhr festgesetzt. Sie haben noch exakt 6,5 Stunden Zeit, Frau Wyss einem Haftrichter vorzuführen. Ich muss Ihnen wohl nicht erklären, dass in diesem Land kein Richter existiert, der aus diesem tragischen Unglücksfall gestern Abend – der, nebenbei bemerkt, auf meine Mandantin eine deutlich traumatisierende Wirkung hatte – einen dringenden Tatverdacht ableiten würde. Eine länger andauernde Untersuchungshaft ist weder verhältnismäßig noch durch irgendwelche anderen besonderen Haftgründe gerechtfertigt. Warum kürzen wir die Sache hier also nicht ab? Frau Wyss hat gestern mit Professor Rühmann auf tragische Art und Weise eine wichtige Bezugsperson verloren. Wir ersparen ihr also einen ohnehin nicht zumutbaren weiteren Aufenthalt in Ihrem Etablissement hier, und Ihnen eine peinliche Niederlage vor dem Haftrichter. Was halten Sie von meinem Vorschlag?«

Rünz spielte mit der Visitenkarte des Advokaten.

Ludwig Preminger
Preminger & Partner
Anwaltssozietät, Frankfurt am Main

Na also, Beruf Sohn, wahrscheinlich direkt von der Uni in Papis Fußstapfen. Der Kommissar reagierte nicht auf die Frage des jungen Aufsteigers.

»Seltsam, Frau Wyss. Ihr Mitarbeiter aus dieser Forschungsgruppe, Franz Wogner, ist die ganze Sache viel entspannter angegangen. Nicht so verkrampft, wenn Sie wissen, was ich meine. Kein Rechtsanwalt, keine läppischen Drohungen mit Haftprüfungsanträgen und -beschwerden. Ich hatte heute Vormittag ein richtig langes und entspanntes Gespräch mit ihm, er war sehr auskunftsfreudig. Und was er mir erzählte, hatte Hand und Fuß.«

Der Anwalt zog sein Brillengestell auseinander und beugte sich nach vorne.

»Vielleicht haben Sie mich nicht richtig verstanden, Herr Rünz. Frau Wyss wird Ihnen hier keine weiteren Auskünfte geben. Sie möchte entweder sofort einem Haftrichter vorgeführt werden oder dieses Präsidium jetzt mit mir verlassen. Sie können dann gerne telefonisch mit mir Kontakt aufnehmen für die Vereinbarung eines Termins, wenn Sie meine Mandantin noch einmal befragen ...«

Eine kleine Handbewegung der Wissenschaftlerin reichte aus, um ihn zum Schweigen zu bringen. Sie zog sich die Ohrstöpsel aus den Gehörgängen. Bevor sie den iPod ausgeschaltet hatte, konnte Rünz ein paar Takte der Musik hören, es klang nach Jazz und Klavier.

»Entschuldigen Sie einen Moment, Herr Rünz.«

Sie flüsterte ihrem Rechtsbeistand etwas ins Ohr, Rünz verstand nichts, merkte aber an der Reaktion des Juristen, dass er mit den Absichten seiner Mandantin nicht einverstanden war. Ein kurzer Wortwechsel entstand, schließlich richtete sich der Anwalt auf.

»Herr Rünz, meine Mandantin hat gegen meinen Rat entschieden, der Vernehmung ohne meine Präsenz beizuwohnen. Frau Wyss, ich warte draußen und stehe zu Ihrer Verfügung.«

Rünz stand auf, strahlte ihn an und reichte ihm die Hand.

»Hat mich gefreut, Ihre Bekanntschaft zu machen, Herr Preminger. Kleiner Tipp noch: Laufen Sie mit diesen Krokoschuhen besser nicht in Darmstadt herum, wenn meine Frau Sie sieht, gibts Ärger. Artenschutz, Sie verstehen?«

Lachend schlug er ihm kumpelhaft mit der Hand auf den Oberarm, als hätten sie schon Jahre gemeinsam am Stammtisch verbracht. Wyss wartete, bis ihr Rechtsbeistand knurrend den Raum verlassen hatte.

»*Was* hat Wogner Ihnen erzählt?«

»Er glaubt jedenfalls nicht an einen Kurzschluss im Sicherungskasten, was den Amoklauf Ihres Roboters angeht. Er hielt den Auftritt von Kastor von Anfang an für ein Sicherheitsrisiko. Sieht aus, als hätte er recht gehabt.«

»Das ist absurd. Wenn je ein Sicherheitsrisiko existierte, dann war es die Folge seines konfusen Arbeitsstils. Der temporäre Systemausfall war eindeutig auf Wogners mangelndes Qualitätsmanagement zurückzuführen. Er ist ein Chaot, außerstande, seine Arbeit systematisch und nachvollziehbar zu strukturieren und zu dokumentieren. Im Nachhinein wundert mich dieser Rückschlag überhaupt nicht, er hätte eigentlich schon viel früher kommen müssen.«

»Jedenfalls hat er recht behalten.«

»Eine selbsterfüllende Prophezeiung! Er arbeitet schlampig und warnt dann prophetisch vor den Gefahren seiner schlampigen Arbeit.«

»Ich glaube, er meinte etwas anderes. Er hat ein grundsätzliches Problem mit der Sicherheit dieses Roboters. Eine Maschine mit diesem Intelligenzniveau kann niemals hundertprozentig sicher sein, sagt er. Hätten Sie als Institutsleiterin diese Bedenken nicht ernst nehmen müssen?«

»Hören Sie mir auf mit dieser Asimov-Geschichte. Sein Steckenpferd. Wogner hat zu viel Science-Fiction gelesen. Kastors Bewegungsapparat beruht auf einem völlig neuen motorischen System, einer bionischen Plattform, die den Muskeln und Sehnen von Menschen nachempfunden ist. Im Gegensatz zu einem Industrieroboter muss die Sicherheit in der Interaktion mit Menschen nicht erst durch Sensoren und aufwändige Software erzeugt werden, sondern sie ist schon im mechanischen System implementiert.«

»Jetzt müssen Sie mir nur noch erklären, wie diese zarte Stahl-Ballerina neunzig Kilo schwere Bodyguards aufs Kreuz legen kann.«

Wyss öffnete ihr Clutch-Bag und checkte kurz mit einem Spiegelchen ihr Make-up.

»Können wir eine Minute *off record* sprechen, Herr Rünz?«

Ihre Stimme klang leise und intim. Rünz war auf alles gefasst. Würde sie ihn jetzt zum Abendessen einladen? Nicht, dass es ihn gewundert hätte. Er war ein Mann in den besten Jahren, besaß Charme und Humor, sah blendend aus und hatte einen aufregenden Beruf. Er senkte seine Stimme zu einem maskulinen Bariton.

»Nur zu, hier läuft kein Tonband, Frau Wyss.«

Wyss beugte sich vor, als säße irgendwo im Raum noch ein Mithörer, und Rünz hatte einen hinreißenden Einblick in ihren Ausschnitt.

»Ich bin mir sicher, dass er Kastor manipuliert hat. Verstehen Sie mich richtig, er wollte sicher nicht Rühmann oder irgendeinen anderen Menschen in Gefahr bringen, aber er wollte das ganze Projekt mit Pauken und Trompeten möglichst öffentlichkeitswirksam in den Sand setzen.«

»Warum sollte er so etwas tun? Er hat Jahre seines Berufslebens in diese Maschine investiert.«

»Weil er sich in eine Art innere Emigration zurückgezogen hat. Ich kenne ihn ja erst seit zwei Jahren, aber Kollegen, die schon länger mit ihm zusammenarbeiten, berichten nichts anderes. Ende der neunziger Jahre soll er sich noch intensiv und engagiert an der Diskussion um die Hochschulreform beteiligt haben. Er hängt diesem alten Bildungsideal an, will mit freier Lehre junge Menschen zu mündigen Bürgern machen. Aber seine linken Ideen waren nicht mehr gefragt, also hat er innerlich mit dem System abgeschlossen. Und dann unsere Kooperation mit einem Konzern wie der Nakatomi Corporation – so eine riesige Kröte konnte er nicht mehr schlucken, sie ist ihm im Hals stecken geblieben. Wogner ist ein Fossil in der modernen Universitätslandschaft, er hat noch nicht verstanden, woher der Wind weht. Die Zeiten, in denen vogelfreie, staatsfinanzierte C4-Professoren bis zur Emeritierung ihre lieb gewonnenen wissenschaftlichen Steckenpferde reiten konnten, sind vorbei. Ein Staat, der solche Privat-Refugien finanzieren könnte, existiert nicht mehr. Forschung kostet viel Geld, dieses Geld kommt aus Unternehmen, und diese Unternehmen wollen Ergebnisse sehen. Produkte, die sie vermarkten können. Das ist ihr Recht. Und Wogner? Der hatte immer das Gefühl, sich die Hände waschen zu müssen, wenn er einen Fundraiser der TU oder einen Manager der Nakatomi Corporation begrüßt hatte.«

Sie lehnte sich wieder zurück und sprach in normaler Lautstärke weiter.

»Sie schauen so skeptisch drein, Herr Rünz. Lassen Sie mich raten. Er hat Ihnen das Märchen von der hehren Grundlagenforschung im Elfenbeinturm der Wissenschaft aufgetischt. Sicher hat er wieder seine Lieblingsnummer aufgewärmt – Einstein, der im stillen Kämmerlein im Patentamt in Bern die Weltformel entdeckt, ein Genie, das heute durch alle Evaluierungsraster fallen würde. Wogner mag ein genialer KI-Forscher sein. Aber was Forschung und Gesellschaft im einundzwanzigsten Jahrhundert angeht, wird er immer ein Alt-Achtundsechziger bleiben. Wenn Sie mich fragen – er ist ein Vulgärmarxist, ein Salonrevolutionär. Er macht sich nicht gerne am schnöden Mammon die Hände schmutzig. Aber Geld ausgeben konnte er, mit beiden Händen.«

»Was war mit diesen Systemstörungen vor sechs Monaten?«

Wyss schüttelte den Kopf und zog deprimiert die Mundwinkel nach unten.

»Keine Krise, ein richtiger Albtraum. Der Rahmenterminplan für das ganze Projekt war in Gefahr, beim Controlling gingen nur noch rote Lichter an. An ein systematisches Projektmanagement war überhaupt nicht mehr zu denken, ich habe nur noch als Troubleshooter agiert. Dieser Rückschlag kam in einer kritischen Phase, im Vorstand der Nakatomi Corporation wurde heftig diskutiert über die zukünftige Budgetierung des Projektes. Und statt sich methodisch auf die Fehlersuche zu machen, kam Wogner mit dieser Theorie vom *schlafenden Roboter*, faselte etwas von einem fundamentalen Durchbruch der KI-Forschung. Völliger Unsinn. Wir hatten einen Heisenbug oder einen Mandelbug. Eine spezielle Form von Software-fehlern, die schwierig zu lokalisieren sind, weil ihr Verhalten chaotisch ist und nicht determiniert werden kann.«

Sie nestelte wieder an ihrem Clutch-Bag und zog, bevor sie weitersprach, eine Schachtel mit Minzpastillen heraus.

»Und was hätte ich unseren japanischen Geldgebern wohl sagen sollen? ›Sie können unseren Roboter zwar nicht verkaufen, weil er immer wieder für einige Stunden ein Nickerchen macht – aber Sie haben mit Ihren Millionen Yen einen wichtigen Durchbruch in der Grundlagen-forschung finanziert!‹ Die wären sicher begeistert gewesen! Wogner hatte von Anfang an ein viel zu emotionales Ver-hältnis zu unserem Produkt.«

Sie schien selbst zu merken, wie sie sich in ihre Empörung hineinsteigerte, und versuchte sich wieder zu beruhigen.

»Die Kommunikation zwischen uns lief zeitweise extrem schlecht, ich musste vor einem Jahr einen Mediator hinzu-ziehen, damit wir uns wenigstens über die notwendigsten Arbeitsgrundlagen einigen konnten.«

Rünz schmunzelte, Wogner war darüber sicher so begeistert wie er über seine Paartherapie. Wahrscheinlich hatte er deswegen nichts von diesem Mediator erzählt.

»Und hatten Sie Erfolg mit Ihrer Mediation?«

»Nun, ich konnte Wogner erfolgreich klarmachen, dass wir ohne ein Mindestmaß an strukturierter Dokumentation unserer Arbeit nie zum Ziel kommen werden.«

Sie nippte an ihrem Cappuccino, und auf ihrer Oberlippe blieb ein hinreißendes kleines Schaumbärtchen stehen. Rünz hätte es ihr gerne auf der Stelle weggeleckt.

»Chaoten wie Wogner haben ein grundsätzliches Problem mit gut organisierten Menschen. Sie beneiden uns um unsere strategischen Fähigkeiten. Also ärgern sie uns mit dem bisschen, was sie können – Unordnung, Konfusion, Anarchie – und nennen es das *kreative Chaos*.«

Rünz lachte, sie schaute ihn fragend an.

»Was amüsiert Sie so?«

»Nichts, ich glaube nur, Wogner teilt Ihre Einschätzung – mit etwas anderen Vorzeichen. Sie haben ihn im Berufungsverfahren für die Leitung des Projektes und des Institutes ausgestochen, hat er Ihnen das übel genommen?«

»Übel genommen? Ich wette, er hat mich gehasst dafür. Für alles, was ich mir erarbeitet habe. Aber er hatte überhaupt keinen Grund dazu. Er war selbst auf der Bewerberliste und hat seine Chance gehabt. Eine erfolgreiche Hausberufung ist äußerst selten hier in Deutschland, da muss man schon besondere Qualifikationen vorweisen und sich exzellent präsentieren. Er hätte sich jederzeit mit größeren Erfolgschancen an irgendeiner anderen Uni hier oder im Ausland bewerben können, einige hätten ihn mit Handkuss genommen. Fragen Sie ihn, warum er diesen Schritt nicht gemacht hat, ich weiß es nicht. Sicher hat er die alte Litanei über die ungerechte Frauenförderung vorgetragen. Hat er Ihnen auch erzählt, wie viele Professuren in Deutschland von Frauen besetzt sind? Nicht mal fünfzehn Prozent. Haben Sie eine Ahnung davon, wie lange man braucht, wie gut man als Frau sein muss, um sich in der Scientific Community erfolgreich zu etablieren und gegen diese Old-Boys-Netzwerke durchzusetzen? Wogner macht für sein wissenschaftliches Versagen Frauen-Förderprogramme und Gender-Forschung verantwortlich. Er sollte sich an die eigene Nase fassen.«

Sie zögerte einen Moment, bevor sie weiter redete.

»Ich bin mir absolut sicher – insgeheim ist er doch froh darüber, dass er nicht berufen wurde. Er sehnt sich doch zurück nach einer Zeit, in der ein Professor beamteter Herrscher über ein kleines Fürstentum war, der nichts und niemandem Rechenschaft ablegen musste über seine Arbeit. Heute muss jeder seine Leistung auf den Prüfstand stellen. Nicht nur Professoren geben Studenten Noten, sondern Studenten bewerten auch die Lehrkräfte, und das schmeckt ihm nicht. Er wittert an jeder Ecke die schreckliche Ökonomisierung der Hochschule.«

»Warum haben Sie dieses Labor in einen Hochsicherheitstrakt verwandelt? Wollten Sie die Welt vor Ihrem Roboter schützen, oder den Androiden vor der Welt?«

»Das Herzstück des Projektes, die Endmontage des Systems, hier an der TU anzusiedeln, war alles andere als selbstverständlich. Ein Wunder, dass Nakatomi überhaupt auf dieses Kooperationsmodell eingegangen ist. Normalerweise läuft so etwas ganz anders.«

»Wie läuft das denn sonst?«

»Normalerweise geben internationale Konzerne ihr Know-how für so komplexe Gesamtsysteme wie Kastor nicht aus dem Haus. Sie kooperieren mit Unis in der ganzen Welt, aber jeweils nur für die Entwicklung ganz bestimmter Teilbereiche, Softwaremodule mit definierten Schnittstellen, mechatronische Subsysteme, Energiezellen mit bestimmten Leistungsanforderungen. Oder für die Entwicklung von Algorithmen für die Programmierung der Software.«

»Und warum lief das hier anders? Hat es vielleicht mit Wogners Schlüssel-Know-how zu tun?«

Wyss lachte.

»Welche Version hat er Ihnen erzählt? ›Wie ich die Japaner zwang, den Roboter in Darmstadt zu bauen‹? Das ist absurd. Zugegeben, weltweit ist niemand so weit wie er beim Aufbau artifizieller biochemischer Neuronennetze. Künstliche Nervensynapsen, wenn Sie so wollen. Ein Quantensprung, verglichen mit klassischer Chip-Architektur auf Siliziumbasis.«

»Das ist doch unglaubwürdig. Weltweit forschen Hunderte von Topleuten in Elite-Unis an solchen Sachen, und ausgerechnet ein zerstreuter Darmstädter Professor soll über dieses Geheimwissen verfügen?«

»Sie haben recht. Das Problem waren in diesem Fall die Grenzen interdisziplinärer Arbeit. Um solche Systeme zu entwickeln, müssen Sie Biologen, Biochemiker und Ingenieure an einen Tisch bringen. Aber da stoßen Welten aufeinander. Biologen sind Naturwissenschaftler, die wollen die Welt *verstehen*. Ingenieure sind Macher, die wollen sie *verändern*. Wogner ist einer der seltenen Fälle, in denen beide Begabungen zusammenkommen. Er neigt ja zum Pathos, wahrscheinlich würde er Ihnen jetzt so etwas sagen, wie ›Die Welt verstehen, indem man sie verändert‹ – oder so ähnlich. Jedenfalls wollte Nakatomi diese Technologie zum Herzstück des Androiden-Projektes machen, aber Wogner war nicht ohne Weiteres bereit, seine Erkenntnisse exklusiv an einen Konzern zu verschachern. Seine Bedingung war, das ganze Projekt in das universitäre Forschungsumfeld zu integrieren. Nakatomi hat ihm einen siebenstelligen Betrag geboten, um ihn exklusiv an das Unternehmen zu binden – vergebens. Die ganze Kooperation schien zu platzen. In dieser Phase hat Rühmann mich mit ins Boot geholt. Ich konnte die Japaner in langen Diskussionen davon überzeugen, dass wir ihnen hier auf dem Darmstädter Campus mehr zu bieten haben als Wogners Spezialkenntnisse. Wir verfügen hier schließlich über einen einzigartigen Hightech-Cluster auf engstem Raum – funktionale Werkstoffe, Bionik, Nanomaterialien, grafische Datenverarbeitung, mechatronische Systeme und Computational Engineering, Spracherkennung und -generierung. Und Kastor war von Anfang an als multidisziplinäres Projekt angelegt. Die Nakatomi Corporation hatte hochgesteckte Ziele, und wir konnten ihnen die besten Technologien aus allen Forschungsschwerpunkten konzentriert an einem Ort bieten. Letztendlich waren alle technisch-naturwissenschaftlichen Fachbereiche beteiligt – Elektrotechnik, Informatik, Maschinenbau, Mechanik und so weiter. Die Nakatomi-Leute ließen sich schließlich überzeugen, und unsere einzige Konzession für den Zuschlag war dann dieser Hochsicherheitstrakt auf dem City-Campus.«

»Aus Angst vor Industriespionage?«

»Genau. Eine berechtigte Sorge! Robotik gehört zu den aussichtsreichsten Zukunftsmärkten, da lässt man sich nicht gerne in die Karten schauen, was die Forschungsaktivitäten angeht. Aber trotz dieser Geheimhaltung für das Kernprojekt hat die ganze Sache hervorragende Impulse für andere Fachbereiche geliefert. Wir haben mehrere Ausgründungen in den Startlöchern, Startups, die direkt von der Uni mit ihren Ideen und Produkten an den Markt gehen.«

»Wogner hat da seine ganz speziellen Befürchtungen, was die zukünftigen Einsatzgebiete für Ihre humanoiden Roboter angeht«, sagte Rünz.

»Oh, bitte nicht diese paranoiden Ideen vom *Universal Soldier*. Er hatte ja schon unsere Hausmeister im Verdacht, für das Pentagon zu spionieren. Fragen Sie ihn doch mal, warum er ausgerechnet in einem Forschungsbereich aktiv ist, der angeblich so interessant für das Militär ist? Er könnte sich doch um Wasseraufbereitung für die Dritte Welt kümmern, oder was auch immer! Nein, die Realität ist weniger spektakulär, aber wirtschaftlich äußerst vielversprechend: Optimierung industrieller Produktionsprozesse, Agrarwirtschaft, Labortechnik. Gerade die bionische Plattform kann neue Märkte erobern, Anwendungen, für die klassische motorische Systeme zu unsensibel waren.«

»Na ja, so richtig sensibel war Ihr Android ja auch nicht. Waren Sie anwesend, als Sven Hoven mit Rühmann über Kastors Auftritt im Darmstadtium gesprochen hat?«

Ihr linkes Augenlid zuckte, das erste kleine Anzeichen einer Verunsicherung in ihrem Gespräch. Hoven hatte sie angebaggert. Er muss sich an sie rangemacht haben. Sie schwebten voll auf der gleichen Wellenlänge – beide waren Innovations-, Fortschritts- und Reformfanatiker. Aber sie ging nicht auf seine Frage ein, sondern gleich wieder in die Offensive.

»Hat Ihnen Wogner denn auch verraten, was er mit seinem Preisgeld macht?«

»Preisgeld? Was für ein Preisgeld?«

»Vor zwei Jahren hat Wogner den Bernstein-Preis für Computational Neuroscience gewonnen, für seine Leistungen auf dem Gebiet der neuronalen Codierung

visueller Verarbeitungsstufen. Das Bundesforschungs-
ministerium dotiert die Auszeichnung jedes Jahr mit
1,25 Millionen Euro.«

»Wow!«, staunte Rünz. »Wer geht danach denn noch
arbeiten?«

»Die Summe ist zweckgebunden, die Preisträger sind
aufgefordert, mit den Geldern an ihren Instituten Arbeits-
gruppen zu gründen und ihr Forschungsprofil auszu-
bauen.«

»Und? Lassen Sie mich raten – Wogner hat zusammen
mit dem AStA eine Rote Agitprop-Zelle gegründet.«

»Er hat an unserem Institut ein eigenes Team aufgebaut, mit zwei Doktoranden und zwei Postdocs, die
ihm treu ergeben sind. Das erklärte Forschungsziel war
die Modellierung der Signalverarbeitung in Neuronen.
Zwei Jahre ist das jetzt her, er hat inzwischen zwei Drittel
der Mittel abgerufen, ohne jeden Leistungs- und Ver-
wendungsnachweis. Niemand weiß, was diese Truppe da
eigentlich genau macht. Die haben ihm das bis jetzt nur
durchgehen lassen, weil er einen kurzen Draht zu irgendeinem Ministerialdirigenten im BMBF hat. Ich finde, es ist
langsam Zeit für ihn, die Karten auf den Tisch zu legen.«

7

»Mama sagt, es ist besser, wenn ein Erwachsener auf ihn aufpasst.«

Rünz grummelte. Schon wieder die kleine Keimschleuder aus dem ersten Stock. Warum klingelte Oskar mit traumwandlerischer Sicherheit immer dann, wenn seine Frau unterwegs war? Und warum ließ Oskars Mutter zu, dass der kleine Rotzlöffel einfach unschuldige Nachbarn kontaminierte? Herrgott, die Welt war voll von Nannys, Au-pair-Mädchen, Babysittern und Kindergärtnerinnen, warum sollte ausgerechnet er sich mit dem Kleinen befassen? Die Katze schlüpfte durch seine Beine hindurch ins Treppenhaus und huschte die Stufen hinunter. Rünz gab sich keine Mühe, sie einzufangen. Mit etwas Glück geriet sie unten auf der Straße unter die Niederquerschnittsreifen eines Groß-Gerauer BMW-Fahrers. Kurz und schmerzlos – die beste Lösung für alle Beteiligten.

»Aufpassen? Auf wen? Warum?«

Oskar hielt ihm einen grünen Stoffdinosaurier entgegen, von der Nase bis zur Schwanzspitze vielleicht dreißig Zentimeter lang. Rünz graute beim Anblick – wie viele getrocknete Überreste verschiedenster kindlicher Körperflüssigkeiten mochten in der flauschigen Hülle stecken?

»Wir fahren in Ferien, an die Nordsee, sagt Mama. Er darf nicht mit. Mama sagt, er kann zu leicht kaputtgehen.«

»Ein Stofftier? Ist doch unkaputtbar. Ich denke, da kannst du ganz gut selbst drauf aufpassen.«

Es war kühl und zugig im Treppenhaus. Oskar stand barfuß im Schlafanzug auf dem steinernen Absatz. Wenn Rünz ihn nicht hineinließ und einfach ein paar Minuten hinhielt, würde ihm sicher kalt werden und er verschwände wieder zu seiner Mutter ins Erdgeschoss.

»Ist kein Stofftier. Ist Pleo. Pleo lebt. Aber im Moment ist er müde.«

»Hallo Pleo, wie geht's?«

Rünz versuchte, für eine halbe Sekunde einen freundlichen Gesichtsausdruck hinzubekommen. Wenn es um Einfühlung in zarte Kinderseelen ging, konnte ihm keiner das Wasser reichen.

»Hör zu, Oskar, ich habe hier keinen Platz für deinen Pleo, und ich habe auch keine Zeit, mich um ihn zu kümmern. Am besten, ihr beiden geht schnell wieder zu Mami, sonst erkältet ihr euch noch. Gute Nacht, ihr zwei!«

Rünz ging zwei Schritte zurück in den Wohnungsflur, schloss die Tür und wartete zwei Minuten. Dann blinzte er durch den Türspion. Das Licht im Treppenhaus war ausgegangen, Oskar stand mit seinem Pleo immer noch regungslos vor der Tür. Was war das nur für eine Rabenmutter da unten, die ihren Sohn nicht vermisste? Und die anderen Nachbarn? Bemerkte denn niemand dieses einsame Kind im kalten Treppenhaus? Er wartete noch einmal zwei Minuten, dann öffnete er wieder die Tür.

»Ist auch nur für zwei Wochen«, sagte Oskar, als hätte die kleine Gesprächsunterbrechung gar nicht stattgefunden, als hätte er genau gewusst, dass Rünz wieder öffnen würde. Der Kleine schien an das Gute im Kommissar zu glauben. Was war der schnellste und einfachste Weg, diese hochinfektiöse Konversation abzubrechen? Oskar den Dinosaurier abzunehmen und ihn am nächsten Tag mit einem gepfefferten Kommentar seiner Mutter um die Ohren zu schlagen. Aber dazu würde er das schmuddelige Stofftier berühren müssen. Rünz grübelte, dann hatte er die rettende Idee.

»Na gut, Kleiner, warte mal.«

Der Kommissar ging in die Küche und fand unter der Spüle ein Paar neuer Putzhandschuhe aus Latex. Er zog sie an, legte auf der Arbeitsplatte einen frischen Müllbeutel zurecht und ging zurück an die Wohnungstür.

»So Oskar, dann mal her mit dem kleinen Pleo. Hab mir extra ein paar Handschuhe angezogen, wer weiß, vielleicht will er mich beißen!«

Rünz lachte über seinen Witz wie ein pädophiler Pfarrer, der seinen Messdienern schlüpfrige Zoten erzählt. Oskar schaute verdutzt drein und gab Rünz den Dinosaurier.

»Der beißt nicht, der will nur spielen. Du musst ihn jeden Tag streicheln, unterm Kopf mag er es besonders. Und mit ihm reden. Und ihm vorlesen. Außerdem guckt er gerne aus dem Fenster.«

Am ausgestreckten Arm hielt Rünz das Tier mit größtmöglichem Abstand zum Körper, für ein Stofftier seiner Größe hatte es ein erstaunlich hohes Gewicht, außerdem fühlte sich die Füllung unerwartet hart und kantig an.

»Mach dir keine Sorgen, Oskar. Wir zwei werden uns schon verstehen. Und jetzt schnell zurück zu Mami!«

Ein paar Minuten später saß Rünz wieder an seinem Schreibtisch und widmete sich der Planung für die Safari-Lodge. Der Schießstand am Böllenfalltor bedurfte sowieso einer grundlegenden Sanierung, also wollten er und seine Kameraden vom Polizeischützenverein Nägel mit Köpfen machen. Was die Innenarchitektur anging, schwebte ihnen thematisch irgendetwas zwischen *Jenseits von Afrika*, *Daktari* und der *Schlacht von El Alamein* vor, ohne dass einer von ihnen präzise Vorstellungen gehabt hätte. Aber mit den Trophäen des namibischen Farmers kam natürlich richtig Schwung in die Angelegenheit. Rünz hatte sich allerlei Informationsmaterial über den schwarzen Kontinent besorgt – Reiseführer, Bildbände, alte Expeditionsberichte – um sich Anregungen für Möblierung und Dekoration zu holen.

Pleo stand im Bücherregal über ihm, luftdicht im Müllbeutel versiegelt, zwischen George Markhams Standardwerk über die Handfeuerwaffen der Wehrmacht im Zweiten Weltkrieg und der Chuck Norris-Autobiografie ›Against all Odds: My Story‹ in der englischen Originalausgabe, die Rünz mangels Fremdsprachenkenntnissen weniger als Informationsquelle, denn als Reliquie nutzte.

Neidvoll betrachtete Rünz das alte Schwarz-Weiß-Foto eines triumphierenden britischen Kolonialisten am Oberlauf des Sambesi, der den rechten Fuß auf den mächtigen Kopf eines frisch erlegten Elefantenbullen gesetzt hatte, die schwere Großwildbüchse wie einen Ersatzphallus hoch aufragend in die Hüfte gestützt. Über dem Kommissar knisterte und raschelte etwas, er zuckte vor Schreck zusammen und schaute hoch. Stille. Pleo lugte unschuldig durch die Folie des Müllbeutels, nichts regte sich. Rünz beugte sich wieder über seine Unterlagen und wurde sofort wieder aufgeschreckt. Er starrte auf das Bücherregal – alles war an seinem Platz. Nur mit Pleo stimmte etwas nicht.

Sein Kopf wies eben noch nach rechts zur Zimmertür, jetzt blickte er definitiv nach links zum Fenster. Alle Gesundheitsgefahren ignorierend nahm der Kommissar den Müllbeutel aus dem Regal, stellte ihn auf den Schreibtisch und befreite den kleinen Dino aus seinem Foliengefängnis. Was dann folgte, war so etwas wie die Kindergarten-Version von ›Chucky, die Mörderpuppe‹. Das kleine Dino-Baby streckte sich wie eine Katze nach dem Schlaf, fing an zu gurren und klimperte mit den Augen. Rünz zwickte sich in den Unterarm, aber das hier schien kein Traum zu sein. Nachdem das Tier den Schlaf aus den Gliedern geschüttelt hatte, begann es, die Gegend zu erkunden. Es schnüffelte an Rünz' Reiseführern, versuchte in die Ecken seiner Notizblätter zu beißen, bestieg einen kleinen Aktenstapel und hielt dem Kommissar dann erwartungsvoll den Kopf hin. Zu erstaunt, um an hygienische Probleme zu denken, streckte Rünz langsam und vorsichtig die rechte Hand aus, bis er den Kopf des Stofftiers mit den Fingerspitzen berührte. Zufrieden grunzend drückte Pleo seinen kleinen Schädel gegen Rünz' Finger, wie ein kleines Kätzchen um eine Extraportion Streicheleinheiten bettelnd. Rünz fasste Zutrauen und strich ihm mit der Hand über Hals und Rücken bis zur Schwanzspitze. Gurren, surren, zufriedenes Räkeln – Pleo schien die Zuwendung zu genießen. Wenn man genau hinhörte, konnte man bei jeder Bewegung des Dinos kleine Servomotoren im Innern hören. Die Täuschung, hier ein lebendiges Wesen vor sich zu haben, war also alles andere als perfekt, aber dennoch fühlte Rünz den Hauch eines beunruhigend unbekannten Gefühls aufsteigen, und er war ziemlich sicher, es musste sich um die Emotion handeln, die seine Frau ›Zuneigung‹ nannte. Es klingelte wieder. Rünz ließ den Dino alleine und öffnete die Wohnungstür. Schon wieder Oskar.

»Mama sagt, wenn du nicht auf ihn aufpassen willst, soll ich einen anderen Nachbarn fragen.«

»Was? Nicht aufpassen?«, stotterte Rünz. »Nein, kein Problem. Wir beide haben uns schon angefreundet und verstehen uns bestens. Mach dir keine Sorgen, ich werde gut auf ihn auspassen.«

»Hier, zum Aufladen.«

Oskar reichte ihm ein schwarzes Ladegerät, machte wortlos kehrt und verschwand wieder Richtung Erdgeschoss.

Zwei Stunden später fand Rünz' Frau ihren Gatten bei seiner Lieblingsbeschäftigung – Fernsehen.

»Sag mal, zum wievielten Mal siehst du dir eigentlich diese alten Texas-Ranger-Staffeln aus den Achtzigern an? Wird das nicht langsam langweilig?«, fragte sie.

»Eine Symphonie von Beethoven hört man sich doch auch nicht nur einmal im Leben an«, konterte er. »Du kannst jedes Mal etwas Neues entdecken, tiefere Bedeutungsebenen, verborgene Motive und Zitate, überraschende Sinnzusammenhänge, subtile Anspielungen und Querverweise. Vorausgesetzt natürlich, man ist grundsätzlich offen für so etwas.«

»Chuck Norris ist ungefähr so subtil wie der Papst evangelisch. Was ist das für ein Stofftier neben dir?«

»Was, den hier meinst du? Das ist Pleo, ähm, ich meine ein Kuscheltier, von Oskar. Der Kleine war eben hier, hat ganz schüchtern gefragt, ob wir uns um den Dino kümmern können, während er in Urlaub ist. Süß, nicht? Ich meine, ist ja eigentlich nur ein Stofftier, so was braucht ja keine Betreuung.«

»*Du* findest es *süß*, wenn ein Kind dich fragt, ob du auf sein Kuscheltier aufpassen kannst? Hast du keine Angst, dich mit irgendwas anzustecken? Gib mir das Ding her, ich verstaue es sicher, sonst machst du mit dem Fell noch deine Waffen sauber.«

»Nein warte ...«

Seine Frau war mit der Hand schon auf Augenhöhe mit Pleo, der Dino erwischte die Spitze ihres Zeigefingers und klemmte sie zwischen seinen zahnlosen weichen Kiefern sanft ein. Frau Kommissar stand wie vom Donner gerührt.

»Was zum Teufel ist das?«

»Pleo.«

Sie zog vorsichtig ihren Finger aus dem Mäulchen. Der Dino legte seinen Kopf schief, schaute sie keck an und klimperte mit den Augenlidern. Er schien zu flirten.

»Ich habe nicht gefragt, wie es heißt, sondern WAS ES IST!«

»Na ja, im Prinzip einfach nur ein harmloser kleiner Spielzeug-Roboter.«

Auf der Mattscheibe zerlegte Norris gerade einen bitterbösen Oberschurken mit einigen zielgenauen Fußkicks auf den Solarplexus. Der ungleiche Zweikampf erregte Pleos Aufmerksamkeit.

»Warum hältst du ihm die Hand vor die Augen?«, fragte Rünz' Frau.

»Na ja, ich denke, er sollte so etwas noch nicht sehen. Er ist einfach noch zu jung.«

Sie ging vorsichtig ein paar Schritte zurück, ohne den

Blick von ihrem Mann und seinem kleinen Schützling abzuwenden.

»Ich habe das Gefühl, hier läuft etwas falsch«, stammelte sie. »Hier läuft etwas in eine ganz falsche Richtung.«

Sie schaute sich suchend im Wohnzimmer um.

»Wo ist Blümchen?«, fragte sie.

»Keine Ahnung, vor ein paar Stunden ist sie noch hier rumgesprungen.«

»Vor ein paar Stunden? Sie ist dir rausgeschlüpft. Gib zu, dass sie dir rausgeschlüpft ist. Verdammt, du weißt – um diese Zeit ist unten das Hoftor auf. Und dir ist doch wohl klar, was abends unten auf der Straße los ist?«

»Um Himmels willen …«, sagte Rünz, ohne den Blick von der Mattscheibe zu wenden. »Mal bitte nicht gleich den Teufel an die Wand! Muschi kommt schon klar, ist doch ein großes Mädchen.«

Draußen quietschten Autoreifen.

8

»Haben Sie heute schon Nachrichten gelesen, Herr Rünz?«

»Außer dem Bessunger Anzeigenblättchen, meinen Sie? Nein. Viel zu viel Information, wenn Sie mich fragen. Ich mag es, wenn alles übersichtlich bleibt.«

»Können Sie sich unter dem Ausdruck ›schlechte Presse‹ etwas vorstellen?«

»Weiß nicht so recht, aber ich vermute, es macht Menschen wie Ihnen definitiv mehr Bauchschmerzen als ein Serienkiller im Waldorfkindergarten.«

»Das ist ein echtes *Worst-Case-Scenario*. Die oberste Priorität hat jetzt die *Business Continuity*. Ich erwarte eine unterbrechungsfreie *Performance*, wir müssen beim Krisenmanagement alle an einem Strang ziehen, Herr Rünz.«

Hoven breitete eine aktuelle Kollektion von Ausdrucken aus den Newsportalen der deutschsprachigen Tagespresse und Wochenmagazine auf dem Tisch aus. Alle Medien hatten die Meldung prominent unter den Rubriken gebracht, die man ›Panorama‹, ›Deutschland und die Welt‹ oder ›Vermischtes‹ nannte und die Nachrichten aufnahmen, die sich keinem anderen Ressort richtig zuordnen ließen. Rünz überflog die Seiten. Die Yellow Press hatte das Ereignis zur Terminatoren-Revolution aufgesext – ›Judgement Day‹, ›Aufstand der Killer-Roboter‹, ›Die Rache der Maschinen‹. Der Spiegel hatte seine Story über das Debakel der hessischen Polizei mit ›Bedingt abwehrbereit‹ überschrieben, einer recycelten Headline aus einer Zeit, in der das Blatt noch ein politisches Magazin war. Der Stern illustrierte die Geschichte im Darmstadtium mit einer hinreißenden nackten Frau. Rünz rätselte einen Moment, in welchem thematischen Zusammenhang der Vorfall mit dem Motiv stand, dann wurde er auf die Bildmontage aufmerksam, die hinter der transparenten Bauchdecke der Schönen die künstlichen Eingeweide eines Roboters zeigten. Das Blatt war mal wieder seiner Linie treu geblieben, grundsätzlich jedes Thema mit Titten zu illustrieren. Die Bildzeitung hatte mit ›Diese Versager leben von unseren Steuern‹ dem gesunden Volksempfinden wieder tief in die Hose geschaut, und ein vergeistigter Zeit-Feuilletonist hatte das Debakel für eine luzide Reflexion über das fragile Verhältnis staatlicher Sicherheitsdienste zu ihrer eigenen Sicherheit genutzt. Die tagesaktuellen Ausgaben der Frankfurter Rundschau und der FAZ hielt Hoven so fest in seiner Hand wie ein Geier seine Beute – vielleicht hoffte er, die Berichterstattung beider Blätter so noch geheim halten zu können.

»Das nennen Sie schlechte Presse?«, fragte Rünz. »Was ist mit der Financial Times, der Wirtschaftswoche und dem Manager Magazin, den einzigen Blättern, die einem Entscheider von Ihrem Format an den Karren fahren könnten?«

Hoven ignorierte die Provokation.

»Das Krisenmanagement ist angelaufen, wir haben einige effektive Sofortmaßnahmen initiiert, die den Imageschaden begrenzen werden. Wir haben uns professionelle Unterstützung an Bord geholt.«

Sieh an, Hoven hatte aus seinem Medien-Malheur nach der Entdeckung des toten britischen Kampfpiloten im Woog gelernt. Eine professionelle Agentur, die sich mit nichts anderem als kommunikativem Krisenmanagement befasste, bereitete wahrscheinlich gerade mundgerechte Satzbausteine für Interviewstatements und Presseerklärungen vor. Ein echter Fortschritt.

»Darüber hinaus«, fuhr Hoven fort, »hat das Chaos im Kongresszentrum dem Innenminister und mir eine elementare Schwachstelle unseres verkrusteten Apparates aufgedeckt.«

Dem Innenminister und mir. Und wo war Gott mal wieder? Auf der A5 im Stau stecken geblieben?

»Sag ich doch seit Jahren«, unterbrach ihn Rünz. »Das Kantinenessen ist schuld. Die Hygienestandards in der Kantine sind einfach nicht ...«

»Herr Rünz, es ist nicht das Essen, es sind die Menschen! Unser Humankapital ist unser wichtigstes Asset. Wir müssen unser Recruitment auf völlig neue Beine stellen. Ich meine die komplette Line: Wir müssen High Potentials identifizieren und durch die Talent Pipeline nach oben pumpen, wir brauchen Succession Planning für Führungskräfte, Attraction, Recruiting, Development – und natürlich Retention.«

Hoven stand auf, ohne zu unterbrechen, schloss die Tür zum Sekretariat, legte die Waffe ab, nahm ein frisch gebügeltes Hemd aus seinem Büroschrank und zog sich ungeniert um. Danach schnell mit dem Kamm durch die Haare, die Titanbrille auf die Nase und die klassische Vacheron Constantin ans Handgelenk – im Handumdrehen hatte er sich vom harten Cop wieder in einen dynamischen und erfolgreichen Performer verwandelt.

»Wir müssen über Internal Talent Allocation und Assessments nachdenken, und Gender- und Age-Diversity sind

Big Issues für die Zukunft. Außerdem müssen wir unser Talent Branding auf Vordermann bringen. Wir müssen auf dem Arbeitsmarkt als professionelle Marke auftreten. Und Sie werden mich bei der ganzen Sache unterstützen, Rünz.«

Der Kommissar schrumpfte auf seinem Stuhl, er fühlte sich wie eine aufblasbare Puppe, aus der man den Stöpsel gezogen hatte. So musste es Oskar ergangen sein, als er dem Kleinen einmal am Beispiel seiner Ruger Super Redhawk den Zusammenhang zwischen Laborierung, Geschossmasse, Lauflänge und Mündungsgeschwindigkeit zu erklären versucht hatte. Warum erzählte Hoven ihm das alles? Weil er ein perfides Arschloch war, weil er genau wusste, wem er diese Aufgabe übertrug. Einem südhessischen Polizeihauptkommissar, der bei Human Resources Management an Organhandel dachte. Aber die Frage, die ihn noch mehr beschäftigte war, wieso Hoven nach dem Fiasko im Kongresszentrum nicht für alle Zeiten vor Scham im Boden versank. Aber vielleicht war genau das sein Erfolgsgeheimnis. Vielleicht war es genau diese Kombination aus Bauernschläue, Eitelkeit, Schamfreiheit und völligem Mangel an Selbstzweifeln, die Leute wie ihn in dieser Welt nach oben brachte. Wenn irgendwo eine Baustelle absoff, eröffnete er einfach zwei Blocks weiter eine neue.

»Als Startschuss habe ich dem Innenminister ein Toolkit für ein zeitgemäßes Talent Branding versprochen. In zwei Tagen.«

Die Einschläge kamen näher.

»Stellen Sie mir bitte etwas zusammen. Oberste Priorität.«

Treffer. Rünz suchte fieberhaft nach einem Ausweg.

»Was ist mit den Ermittlungen? Die Staatsanwaltschaft wird sich mit einem technischen Defekt als Ursache nicht zufriedengeben.«

»Lassen Sie sich von Frau Behrens nicht ins Bockshorn jagen. Aus einer tragischen Verkettung unglücklicher Umstände wird noch kein Fall, nur weil ein paar Gossenschreiber Herbstlöcher auffüllen wollen und die zuständige Staatsanwältin ihre Tage bekommt.«

»Kann ich das so an Frau Behrens weitergeben?«

»Klar, wenn Sie in Zukunft in der Tiefgarage die Bodenmarkierungen erneuern wollen. Ah, da kommt sie ja gerade.«

Staatsanwältin Simone Behrens betrat das Zimmer. Sie trug ein hellblaues Kaschmirkleid über einem schwarzen Rolli, ihre langen grauen Haare hatte sie zu einem Zopf geflochten, den sie sich wie einen Heiligenkranz um den Kopf gewickelt hatte. Die Frisur erinnerte Rünz an eine ukrainische Politikerin, deren Name ihm nicht mehr einfiel. Für eine Frau von Mitte Fünfzig war die Behrens blendend in Form.

»Nehmen Sie bitte Platz«, sagte Hoven nach dem Begrüßungsritual und schob der Staatsanwältin galant den Stuhl unter die Hinterbacken.

»Ihr Kleid steht Ihnen ausgezeichnet, Frau Behrens.«

»Oh, danke.«

Sie lächelte verlegen, als wäre das letzte Kompliment schon einige Jahre her.

»Möchten Sie einen Kaffee? Ich kann Ihnen einen exzellenten indonesischen Kopi Luwak anbieten.«

»Nein danke, ein Glas Wasser wäre nicht schlecht. Sie haben sich neu eingerichtet? Interessant. Irgendwie *Retro*.«

»Ab und an brauche ich mal einen Tapetenwechsel. Fördert die Kreativität«, erklärte Hoven.

»Also ich nehme gerne ein Tässchen von diesem Kofi Lubrak«, rief Rünz. Hoven machte ein zerknirschtes Perlen-vor-die-Säue-Gesicht, schenkte der Staatsanwältin Evian ein und schlenderte dann lässig zu seiner kleinen Anrichte, um mit Wasserkocher und Frenchpress für sich und Rünz Kaffee zu bereiten.

»Ich schwöre auf den Chambord, nur er garantiert das volle Aroma«, schwadronierte er.

»Kontaktieren Sie doch mal den Hersteller«, sagte die Staatsanwältin. »Vielleicht suchen die noch ein Testimonial für eine Anzeigenkampagne.«

Rünz lehnte sich entspannt zurück. Ein prima Einstieg. Hoven kam mit den Tassen zurück und setzte sich.

»Ja nun …«, eröffnete er die Besprechung, »… eine wirklich dumme Geschichte.«

»Ein hübscher Euphemismus für einen Vorfall, der uns mit einem Toten und mehreren Verletzten zurücklässt«, kommentierte die Behrens.

»Na, da haben Sie aber auch die kleinen Kratzer mitgezählt«, scherzte Hoven jovial. Er schien davon auszugehen, dass er die Staatsanwältin mit seinem kleinen Begrüßungskompliment schon sturmreif geschossen hatte. Da niemand schmunzelte, wurde er sofort wieder ernst. Sehr ernst.

»Professor Rühmann ist ein schrecklicher Verlust. Ich kannte ihn seit Jahren. Wir spielten Polo im gleichen Verein. Mein Gott …«

Er schüttelte den Kopf, stützte die Ellbogen auf den Tisch und legte das Gesicht in die Hände. Großes Kino.

»… hätte ich ihn doch nicht zu diesem Auftritt mit dem Roboter überredet.«

Dann rührte er langsam seinen Kaffee um und blickte schweigend und versonnen an seinen Gästen vorbei durch das Fenster in die Ferne, als dächte er wehmütig an frühere Zeiten mit seinem verstorbenen Jugendfreund zurück. Eine alles in allem ganz ordentliche dramatische Darstellungsleistung, befand Rünz. Hoven durfte jetzt nur nicht überdrehen und Tränen rauspressen. Der Kommissar testete den Kaffee, er schmeckte anders als alles, was er bis dato getrunken hatte, ein seltsam würziges und aromatisches, aber gleichzeitig überraschend mildes Aroma. Das Metallsieb hatte einige Pulverpartikel durchgelassen, die ihm zwischen den Zähnen knirschten.

»Mein Beileid für den Verlust Ihres Freundes«, kondolierte die Behrens. »An Tatzeugen wird es diesmal ja wohl nicht mangeln. Haben Sie schon mit den Verantwortlichen für dieses Roboterprojekt gesprochen? Existieren Indizien für eine Manipulation dieses Androiden?«

»Wir haben acht der zwölf Mitarbeiter des Forschungsteams vernommen, die vier, die uns noch fehlen, sind zurzeit in Japan. Sie gehören zu dem Unternehmen, von dem das ganze Projekt finanziert wird. Ich habe zwar noch keine Ergebnisse vom Kriminaltechnischen Institut, aber der Nachweis einer Manipulation wird hier wahrscheinlich etwas schwieriger als bei einer durchgeschnittenen Bremsleitung an einem Auto. Wir werden externe Fachleute und Experten brauchen.«

Die Staatsanwältin nippte an ihrem Evian, zog eine Umlaufmappe aus ihrer Aktentasche und überreichte sie Rünz. Warum behandelte sie Hoven wie heiße Luft?

»Das könnte Probleme bereiten. Ein Schriftsatz einer Frankfurter Kanzlei. Die Anwälte vertreten die japanische Nakatomi Corporation, ein Konzern, der in Professor Rühmanns Forschungsprojekte involviert war. Die Damen und Herren drohen unverblümt mit einer ganzen Reihe schmerzhafter juristischer Schritte gegen die Ermittlungsbehörden, sollten im Rahmen der Ermittlungen und kriminaltechnischen Untersuchungen an dieser Maschine, insbesondere durch Zuschaltung externer Sachverständiger und Gutachter, technische Details publik werden.«

Hoven rutschte unruhig auf seinem Stuhl hin und her.

»Frau Behrens, Sie haben völlig recht, wir sollten die Sache mit Fingerspitzengefühl angehen und nicht unnötig aufblasen …«

»Ich habe nicht untersagt, zusätzliche Expertisen einzuholen, …«, unterbrach ihn die Staatsanwältin kühl, »… ich habe auf mögliche Konsequenzen hingewiesen.«

Einen Moment schaute sie Hoven nüchtern taxierend an, wie der Bauer das Schlachtvieh.

»Herr Hoven, in Ihrer derzeitigen Verfassung kommt es Ihnen sicher nicht ungelegen, wenn Sie mit der Ermittlungsarbeit in diesem Fall nicht belastet werden. Die – auch aus Befangenheitsgründen – sauberste Lösung wäre sicher, das Ermittlungsverfahren in einem anderen Präsidium anzusiedeln. Ich verzichte aber nur ungern auf Herrn Rünz' regionale Detailkenntnisse. Daher schlage ich vor, dass Kommissar Rünz in dieser Angelegenheit direkt an mich berichtet. Sollten im Laufe der Ermittlungen keine Indizien auftauchen, die Ihr Verhältnis zu Professor Rühmann in irgendeinen Zusammenhang zu seinem Tod bringen, werde

ich Sie natürlich sofort wieder in das Verfahren mit einbeziehen – sofern Sie sich dann schon in der Lage dazu
fühlen.«

Hoven vergaß zu atmen und Rünz strahlte, als hätte er
gerade die letzte Paartherapie hinter sich.

9

Sie stand am Ende des Flurs, vielleicht zehn Meter von Rünz entfernt am Kopierer und sortierte ihre Unterlagen. Ein halbes Dutzend Kollegen schwirrte um sie herum wie Fliegen um den Kuhfladen. Einer lud unten Papier nach und schien dabei an ihren langen Beinen zu kleben, ein anderer wischte ihr mit einem Kleenex die Glasauflage sauber, ein dritter erklärte ihr allen Ernstes, dass man zum Kopieren den Start-Button drücken musste. Rünz konnte sich nicht erinnern, am Kopierer jemals einen solchen Service genossen zu haben. Der Vierte brachte ihr einen Kaffee und der Rest der Mannschaft lief hektisch und angespannt um sie herum, alle mit zerknitterten weißen Hemden, die Dienstwaffen in den Holstern und an den Ohren die neueste Generation futuristischer Motorola-Handys. Sie redeten aufgeregt durcheinander, als ginge es bei ihren Telefonaten um Leben und Tod, Rünz verstand nur einzelne Satzfetzen:

Hör zu Bob, ich brauche einen Datenabgleich, check alle Serienkiller, die ein Dauerabo im Staatstheater haben, und zwar sofort …‹

Wenn das SWAT-Team nicht in zehn Minuten am Schloss ist, kann ich für die Sicherheit der Geiseln nicht garantieren …‹

Schickt mir den Heli rüber, ich nehme von Frankfurt aus die Sondermaschine nach Barbados ...‹

... ja Sweetheart, ich weiß, die Sache ist nicht ganz ungefährlich, aber es ist verdammt noch mal mein Job! Ich muss das jetzt durchziehen.‹

Ich will Ihnen mal was sagen, Chef: Während Sie und die anderen Sesselfurzer auf Ihrer Etage sich hier die Eier kraulen, riskieren wir jeden Tag draußen auf der Straße unseren Arsch, verstehen Sie?‹

Das gesamte Präsidium war auf dem besten Weg, sich in einen Narrenkäfig zu verwandeln, und dieses blonde Schneewittchen musste der Grund dafür sein. Rünz sah sie zum ersten Mal. Zugegeben, sie wirkte auf einige Entfernung durchaus attraktiv: groß, schlank, glatte, schulterlange blonde Haare, ein hübsches leichtes Sommerkleid, im Gegenlicht leicht durchscheinend – aber mit einigem Abstand wirkten viele Frauen attraktiv, besonders, wenn man schon länger keinen Sex mehr hatte. Kein Grund also, in Wallung zu geraten, sagte sich Rünz. Die übliche Geschichte – wenn sie näherkäme, würde er körperliche Mängel an ihr entdecken, die sein Begehren auf ein erträgliches Maß herunterschraubten. Ein paar Fettpölsterchen, unreine Haut, eine schiefe Nase, ein Doppelkinn oder schlechte Zähne, und sofort würde der Testosteronspiegel wieder auf Normalmaß sinken. Normalerweise. Aber diesmal war alles anders. Mit ihren Kopien unter dem Arm kam sie ihm entgegen, einen Tross von schwanzgesteuerten Einsatzkräften im Schlepptau – und sie ging nicht, sie schwebte. Und sie wurde schöner. Mit jedem Schritt. Ihre Makellosigkeit hatte etwas Unwirkliches, fast Künstliches, und einen Moment dachte Rünz an Wogners Visionen von perfekt ausgestatteten künstlichen Lust-Androiden, geschaffen zu nichts anderem, als Begehren zu wecken und zu befriedigen. Alles an ihr schien zu sagen: ›Ich bin ein junges, fruchtbares, genetisch perfekt ausgestattetes Weibchen, bitte begatte mich‹. Rünz' Wahrnehmung und Zeitgefühl änderten sich innerhalb von Sekunden, er entwickelte einen Tunnelblick, alles um den Fokus seiner Aufmerksamkeit herum schien zu verschwimmen, nur noch sie und er und dieser schmale Flur existierten, und es war zu offensichtlich – er erlitt den gleichen Blackout, an dem alle Männer in ihrer Nähe erkrankt waren. Je näher sie sich kamen, umso langsamer schien die Zeit zu vergehen, ein relativistischer Effekt, eine erotische Diskontinuität im Raum-Zeit-Kontinuum, ein libidinöses Wurmloch. Sie schwebten einander entgegen, und dann, sie waren vielleicht anderthalb Meter voneinander entfernt, blickte sie ihn kurz an, und dieser anbetungswürdige kirschrote Lippenschwung in ihrem Gesicht deutete ein kurzes Lächeln an. Im Vorbeigehen streifte für den Bruchteil einer Sekunde ihre zarte Schulter seinen Oberarm, ein Moment, den Rünz um jeden Preis der Welt für alle Zeiten eingefroren hätte, er hätte sogar seinen Ruger dafür hergegeben. Sie hatte sich schon wieder einen Meter von ihm entfernt, als er ihren Duft in der Nase hatte, einen bezaubernden olfaktorischen Kometenschweif, der jeden in die Knie zwang, der nicht schon vor ihrem Anblick kapituliert hatte. Rünz drehte fast besinnungslos eine halbe Pirouette, torkelte rückwärts weiter, um ihr nachzuschauen, die Männer ihrer Eskorte rempelten ihn an, stießen ihn hin und her wie texanische Rinder in einer Stampede. Und dann prallte er mit dem Rücken gegen etwas Großes, Warmes und Festes.

»Sie steht auf Jack Bauer«, sagte Brecker.

Rünz versuchte, seine Gedanken zu sortieren.

»Verdammt, du hättest mich fast umgerannt. Wen meinst du mit ›sie‹? Und wer ist Jack Bauer?«, fragte Rünz.

»Du hast *mich* fast umgerannt. Verkauf mich nicht für dumm, Karl, du hast ja schon einen feuchten Fleck auf der Hose.«

»Was macht sie hier, wo kommt sie her?«

»Habe mich eben bei den Kollegen etwas schlau gemacht. Tuva ist ihr Vorname, Tochter irgendeines schwedischen Polizeipräsidenten, den dein Chef Hoven auf einem Europol-Meeting in Stockholm kennengelernt hat. Hoven hat sich von ihrem Daddy überreden lassen, ihr hier im Präsidium eine Praktikumsstelle einzurichten. Eigentlich wollte er sie drei Monate im Archiv parken, aber seit er sie zum ersten Mal gesehen hat, ist sie seine *persönliche Assistentin.*«

»Verdammt, jetzt wird mir Hovens Verwandlung klar. Du weißt ziemlich gut Bescheid für ein Streifenhörnchen.«

»Du hast ja keine Ahnung, der ganze Laden hier ist praktisch nicht einsatzfähig, seit sie da ist. Die Jungs treffen die Pissbecken nicht mehr, weil sie mit Dauerständern rumlaufen. Morgens auf dem Parkplatz hat es schon Verletzte gegeben, weil ihr zwei Dutzend Kollegen gleichzeitig die Autotür öffnen wollten. Wenn du mich fragst – im Moment ist sie hier der Boss.«

»Und wer ist dieser Jack Bauer?«

Brecker schaute ihn mitleidig an.

»Karl, irgendwann hätte ichs dir eh sagen müssen – Chuck Norris ist Vergangenheit. Er ist alt, seine Fans sind alt, du bist alt. Heute sind andere Typen und Serien angesagt. The Shield, 24, ALIAS, CSI. Um bei Tuva zu landen, kannst du dir erstmal ein paar hundert Stunden aktuelle Cop-Serien auf DVD reinziehen. Am besten, du fängst mit Jack Bauer an. 24 steht bei ihr ganz oben auf der Liste.«

10

»Ich kann nicht mehr, Chef. Ich bekomme schon Krämpfe im Sehnerv. Da ist nichts, gar nichts. Einfach nur eine Reflexion, wahrscheinlich ein falsch eingestellter Bühnenscheinwerfer, dessen Licht sich an einem dieser Lüftungsgitter spiegelt.«

»Los, einmal noch, Wedel. Gaaanz langsam, Bild für Bild. Wenn Ridley Scott Sie für Gladiator II bucht, können Sie sich auch nicht einfach so mal vom Set entfernen.«

Drei Stunden zuvor hatte Wedel noch gesprüht vor Eifer, er war mächtig stolz auf sein Werk gewesen. Er hatte alle Computermonitore im Präsidium requiriert, die mehr als siebzehn Zoll Bildschirmdiagonale hatten, und von einem professionellen Verleih noch einige große LCD-Screens besorgt, danach, mit Unterstützung des Hausmeisters, alle Displays an der Stirnseite des Besprechungsraumes zu einer großen Monitorwand zusammenmontiert. So mussten sie sich nicht all die Fotos, Videoschnipsel und Filme, die die Gäste und Presseleute im Darmstadtium gemacht hatten, nacheinander ansehen, sondern hatten sie zeitsynchronisiert komplett im Überblick. Aber jetzt hatte er einfach keine Lust mehr auf diese unzähligen, pixeligen und ruckelnden Minifilmchen, die die Gäste mit ihren Handys geschossen hatten, auf die körnigen Schwarz-Weiß-Aufnahmen der Überwachungskameras und das Material des Hessischen Rundfunks, der mit einem Team vor Ort gewesen war. Von der Zusammenkunft der Gäste im Foyer bis zu dem Fiasko auf der Bühne war die gesamte Veranstaltung praktisch lückenlos digital dokumentiert – keine Ecke in dem verwinkelten Gebäude, in der nicht zu einem beliebigen Zeitpunkt irgendwer mit einer Digitalknipse draufgehalten hätte. Früher jammerte man üblicherweise über einen Mangel an Spuren am Tatort, heute verlor man vor lauter Bildern das Wesentliche aus den Augen. Festlich gekleidete Menschen mit Sektgläsern in den Händen, die sich unterhielten, dann der Auftritt des Androiden im Foyer, der Umzug der ganzen Truppe in den großen Saal, die Ansprachen – und die wenigen Aufnahmen der Kampfszene auf der Bühne, spektakulär unscharf und verwackelt, als würde im Darmstadtium der vierte Teil des *Bourne Ultimatums* gedreht. Die einzigen Aufnahmen, von denen ein gewisser morbider Reiz ausging, waren zwei lange, ruhige Schwenks über das Publikum auf den Podien, die einer der Kameramänner vom Hessischen Rundfunk geschossen hatte. Wahrscheinlich Füllmaterial für den Schnitt eines kurzen Beitrags. Die erste Sequenz war zum Zeitpunkt der Eröffnungsansprache gedreht worden, die zweite begann einige Minuten, bevor der Roboter durchdrehte, und endete abrupt mit einem kippenden Bild, als der schneidige junge Polizeioberkommissar Ansgar Wedel die Kamera samt Stativ an sich riss und als heiliges Schwert für seinen kurzen und erfolgreichen Feldzug gegen den Terminator nutzte.

Der Charme der Aufnahme resultierte aus der Art, wie sich das dramatische Geschehen auf der Bühne in der Mimik der Zuschauer widerspiegelte. Nach dem ersten Schlag des Roboters schien bei den meisten noch die Angstlust zu überwiegen, wie bei den Zuschauern eines Horrorfilms. Die Mehrheit schien die Attacke für einen Teil der Inszenierung zu halten, ihre Gesichtsausdrücke oszillierten zwischen Schrecken und Faszination. Einige Sekunden später, als die ersten Security-Leute die Ränge stürmten, war von der Faszination nichts mehr übrig geblieben. Nur ein Mann, Reihe zehn, rechts außen, fläzte stoisch auf seinem Stuhl und grinste hartnäckig, als betrachtete er einen brillant choreografierten Life-Act.

»Sieht so aus, als hätten Sie sich gut amüsiert, Chef«, sagte Wedel.

»Sehen Sie sich das an, an der Stirnseite des Podiums, schräg unter meiner Sitzposition. Dieser seltsame Blitz ist keine Reflexion, er leuchtet praktisch zeitgleich mit der ersten Attacke des Androiden. Er hat einen hellen Kern, rechts und links eine Art Halo. Was ist unter diesen Rängen?«

»Technikzeugs wahrscheinlich, hydraulische Pressen, mit denen die Hubpodien hochgefahren werden können. Kann mir nicht vorstellen, dass da unten Platz für einen Spinner mit einer Taschenlampe ist.«

Wedel räusperte sich, bevor er weiterredete.

»Könnten wir vielleicht Schluss machen für heute, Chef? Die 98er spielen in einer halben Stunde gegen …«

»… die spielen auch ohne Sie, keine Sorge. Geben Sie mir noch mal auf den Schirm hier die Aufnahmen der vier Überwachungskameras aus dem Foyer.«

Wedel seufzte und gehorchte. Rünz starrte zum x-ten Mal auf die Empfangsszenen im Foyer, betrachtete sich und seine Frau von schräg hinten, sah, wie sein alter Bekannter, Jochen oder Jonas oder so, auf sie zukam und ihnen ein Gespräch aufdrängte. Dann der Auftritt des Roboters, seine kurze Visite bei der Dreiergruppe und der Einzug in den großen Saal. Rünz forderte auf einem anderen Bildschirm noch einmal nacheinander die beiden Publikumsschwenks über den Saal – einen Tobsuchtsanfall Wedels in Kauf nehmend. Diesmal nahm er sich besonders viel Zeit, ließ den Film immer wieder anhalten. Der Saal war zu diesem Zeitpunkt nur zu zwei Dritteln besetzt gewesen, die hinteren Reihen und der fest installierte Rang im oberen rückwärtigen Teil unbesetzt geblieben. Durch die stufenartig ansteigenden Podien waren alle Gesichter zu erkennen, die hinteren klein und unscharf, aber ausreichend für eine Identifizierung. Rünz ging alle Reihen durch, wieder und wieder. Einer fehlte. Sein alter Bekannter. Jonas. Oder Joachim.

»Sehen Sie sich diesen Typ hier im Foyer an«, sagte Rünz. »Ein Sesselfurzer aus dem LKA. Irgendein alter Bekannter von mir, weiß nicht mehr, woher ich den kenne. Hat sich mit meiner Frau und mir unterhalten. Und hier ein paar Minuten später im Saal – er sitzt nicht im Publikum.«

»Vielleicht war er gerade auf dem Klo«, schlug Wedel vor.

»Über zwanzig Minuten lang? Dieser Schwenk wurde um 20:30 Uhr gemacht, der zweite um zehn vor neun. So lange bleiben nicht mal Frauen auf dem Klo.«

»Na, dann ist ihm vielleicht schlecht geworden, und er ist früher nach Hause gegangen.«

»Nein, er war putzmunter, als wir im Foyer mit ihm geredet haben. Und er schien sich zu freuen wie ein Kind, bei dieser Vorstellung dabei zu sein. Der hat Jahre im LKA hinter einem grauen alten Schreibtisch mit Eingangs- und Ausgangskorb gesessen. Für den ist so ein Hoven-Auftritt die große weite Welt! Ich kann mir nicht vorstellen, dass er auch nur eine Minute verpasst hat.«

»Ich könnte eine Vergrößerung machen lassen und beim LKA nachfragen«, schlug Wedel vor.

»Tun Sie das«, sagte Rünz und schaute auf die Uhr. »Verdammt, wir müssen Schluss machen. Ich habe heute Kulturabend mit meiner Frau.«

Wedel strahlte.

11

Manche Ereignisse waren Rünz einfach egal. Zum Beispiel, wenn in Ruanda ein Gorillababy in der Nase popelte. Oder die Eröffnung der niedersächsischen Landesgartenschau in Winsen an der Luhe. Aber einige Vorgänge waren ihm einfach noch egaler als andere. Zum Beispiel die Veröffentlichung eines Regiokrimis durch einen blasierten Darmstädter Hobbyautoren, den sein regulärer Broterwerb offensichtlich nicht ganz auslastete. Für die Einwilligung, mit seiner Frau die Premierenlesung in der Stadtkirche zu besuchen, war sie ihm mindestens vier Wochen Befreiung von allen Beziehungsgesprächen schuldig. Der Autor, ein selbstgefälliger Schlaks mit kleinen gelben Notizkärtchen, auf denen er sich wie eine drittklassige VOX-Moderatorin Stichworte für seine Anmoderation notiert hatte, rechtfertigte seine Ambitionen als spätberufener Romancier mit seiner Midlife-Crisis, deren Untiefen er durch kreative Arbeit zu umschiffen gedachte.

»Dafür kriegst du bei mir nur mildernde Umstände!«, blaffte Rünz deutlich hörbar, aber der Debütautor ließ sich nicht aus der Ruhe bringen. Seinen Lebensunterhalt verdiente er als Marketingexperte in einem internationalen Consultingunternehmen. Na prima, dachte Rünz. Eine bessere Qualifikation war für die realistische Darstellung polizeilicher Ermittlungsarbeit ja kaum vorstellbar. Die Lesung selbst übertraf dann Rünz' schlimmste Befürchtungen. Der Autor hatte eine haarsträubende Räuberpistole zusammenfantasiert und kein Klischee ausgelassen. Sein Hauptprotagonist war ein neurotischer Zyniker mit kaputter Ehe, Alkoholproblemen und chronischem Zoff mit seinem Vorgesetzten, sein Assistent – dumm wie Eichenholz – übernahm die Rolle des humoristischen Sidekick, der Rechtsmediziner schob sich an der offenen Leiche ständig Käsebrote zwischen die Beißleiste und erzählte Ostfriesenwitze. Dialoge und Dramaturgie erinnerten an die ersten ›Polizeiruf 110‹-Staffeln des DDR-Fernsehens. Nur der Titel beeindruckte Rünz. ›Hexenkessel Kranichstein‹ – das war in all seiner archaischen und dreisten Dämlichkeit schon wieder Kunst. Der Marketing-Mann begann vorzulesen, und Rünz döste nach wenigen Sekunden ein. Seine Frau rammte ihm nach zwei Minuten den Ellenbogen in die Seite, weil er angefangen hatte, zu schnarchen. Den Rest der Zeit betrachtete er versonnen die Innenausstattung der Stadtkirche. Er konnte dem kargen Interieur protestantischer Kirchen nicht viel abgewinnen. Überhaupt konnte er mit Religionen nicht viel anfangen, empfand aber eine gewisse Sympathie für die bizarren und morbiden Rituale und Symbole der Christen. Den Leib des Herrn essen und sein Blut trinken – herrlich. Auf so etwas musste man erstmal kommen! Und dann diese wunderbaren Jagd- und Blutszenen auf all diesen Fresken, Bildern und Figuren. Da wurde nach Herzenslust gemeuchelt, gelitten, gestorben und wiederauferstanden. Besser als jeder Krimi.

Nach der Lesung gingen sie über den Marktplatz Richtung Luisenplatz, sie hatten in der Tiefgarage unter dem Luisencenter geparkt. Die frische Luft machte ihn langsam wieder munter. Und angriffslustig.

»Heilige Mutter Gottes!«, raunzte er. »Dieser Idiot hat ja wirklich kein Klischee ausgelassen. Gegen diesen Lindenstraßen-Krimi wirkt ein Pilcher-Plot ja wie ein Frühwerk von David Lynch.«

»Ich habe mir schon gedacht, dass du den Autor und das Buch abwerten würdest. Außerdem hast du die ganze Zeit geschlafen.«

Rünz schaute verdutzt drein.

»Geschlafen? Quatsch. Ich kann mich einfach besser konzentrieren, wenn ich die Augen schließe. Und was meinst du mit ›Ich habe mir schon gedacht …‹«

»Die Hauptfigur ist viel zu nah an dir dran. Und statt dir in diesem literarischen Spiegel über dich selbst klarer zu werden, verdrängst du einfach die Parallelen. Typisch.«

Rünz blieb ein paar Sekunden die Spucke weg.

»Moooooment!«, fing er sich. »Ich spreche hier über Stereotypen. Ein Kommissar mit Eheproblemen ist ungefähr so originell wie ein Clown, der über seine eigenen Füße fällt. Klischees sind grundsätzlich zu vermeiden, egal wie gut sie die Realität beschreiben.«

»Du gibst es also zu.«

»Ich gebe *was* zu?«

»Dass der Hauptprotagonist in ›Hexenkessel Kranichstein‹ dir stark ähnelt.«

»Ich gebe überhaupt nichts zu, verdammt. Wie du diesen Schnösel angehimmelt hast, als du dir dein Autogramm abgeholt hast. Einfach nur peinlich.«

»Er ist Autor! Wir Frauen stehen auf Autoren.«

»Verdammt, dieser Typ schreibt über Menschen, die Morde aufklären, und ICH KLÄRE MORDE AUF! Also, wer hat jetzt mehr Sexappeal?«

Seine Frau schaute einen Moment nachdenklich in den Himmel.

»Er«, lächelte sie.

12

Rünz hob einen Unterarm des Androiden an, als wollte er den Puls der Maschine prüfen. Der Kadaver aus Kunststoff, Leichtmetall, Keramik und Elektronik lag ausgeweidet auf einem Metalltisch, irgendein Spaßvogel hatte ihm ein weißes Laken über den Unterleib gelegt, als gälte es, Genitalien zu verbergen.

»Ich dachte, für Autopsien wäre Bartmann zuständig.«

»Der hätte uns hier auch nicht weitergeholfen«, antwortete die Kriminaltechnikerin Sybille Habich.

»Wir haben nach ein paar Stunden Arbeit gemerkt, dass wir hier mit unseren Methoden nicht weiterkommen. Dieser Roboter ist nicht nur Hightech, der scheint direkt aus der Zukunft zu kommen. In dem Kunstmännchen steckt mehr Rechenkapazität als in allen kriminaltechnischen Instituten der Bundesrepublik zusammen. Also haben wir ein bisschen herumtelefoniert, an den Unis, die Forschungsschwerpunkte für Robotik und künstliche Intelligenz haben – München, Karlsruhe, Dortmund, Freiburg, Bielefeld, außerdem haben wir mit dem Fraunhofer Institut für Produktionstechnik und Automatisierung in Stuttgart Kontakt aufgenommen.«

»Die Nakatomi-Anwälte werden uns zu Sushi verarbeiten.«

»Was die nicht wissen, macht sie nicht heiß. Die Experten haben sich gar nicht lange bitten lassen. Die haben alle ihre eigenen Kooperationsprojekte mit der Industrie laufen und freuen sich wie Kinder, auf diese Weise mal der Konkurrenz in die Kochtöpfe schauen zu können. Wann wird man schon mal von der Polizei zur Industriespionage aufgefordert? Sogar vom Technikum in Wien war einer hier.«

Rünz nahm den vom Rumpf getrennten Schädel des Androiden auf und klappte den künstlichen Unterkiefer auf und zu, wie ein Bauchredner mit seiner Puppe. Er versuchte eine keksige, metallische Stimme hinzubekommen.

»Ach, ihr Erdlinge. Zu dumm seid ihr, zu dumm!«

Habich nahm ihm den Kopf aus der Hand und legte ihn vorsichtig wieder auf den Untersuchungstisch, dabei kam sie Rünz sehr nahe. Hatte sie momentan einen Partner? Damals, bei der Sache mit dem toten Mitarbeiter vom European Space Operations Center, war sie ihm so euphorisch und aufgeblüht vorgekommen, wie frisch verliebt. Wahrscheinlich ein bettelarmer junger Latin Lover, der sich einfach nur ein paar Wochen bei ihr durchgefressen und überwintert hatte. Frauen in ihrem Alter mussten hohe Preise zahlen, wenn sie noch mal ein straffes Sixpack ins Bett bekommen wollten. Sie sollte die Sache mit der körperlichen Liebe ad acta legen, dachte Rünz. Ein rüstiger älterer Mann, vielleicht Mitte sechzig, mit dem sie gemeinsame Radtouren und Bergwanderungen unternehmen konnte. Das wäre der Richtige.

»Wo soll ich anfangen?«, fragte sie.

Rünz schlug das Laken zurück und hob einen Metallstab hoch, der Lage nach zu urteilen der obere Teil des rechten Beines, wenn man das bei einem Androiden so nennen mochte. Das Bauteil war überraschend leicht und hatte eine organische Form, abgesehen vom Gelenkkopf ähnelte es verblüffend einem menschlichen Oberschenkelknochen.

»Vielleicht mit dem ›Skelett‹?«

»Das statische Grundgerüst und die Extremitäten bestehen aus einem Kompositmaterial. Außen Titanaluminid, eine leichte und hochfeste Sinter-Legierung aus Titan und Aluminium, mit halogenisierter Oberfläche, wahrscheinlich zum Korrosionsschutz. Innen sind diese Bauteile porös aufgeschäumt, wahrscheinlich zur Gewichtseinsparung, wie bei Vogelknochen. Fragen Sie mich nicht, wie so was produziert wird, vielleicht Rapid Prototyping, Stereolithografie oder Lasersintern – irgendwas in dieser Richtung.«

»Hätte ich jetzt auch spontan drauf getippt«, fachsimpelte Rünz.

»Das Ganze muss mit bionischen FE-Berechnungen optimiert worden sein. Das ist Evolution im Schnelldurchgang, mit purer Rechenleistung. Deswegen auch die Ähnlichkeit mit unserem menschlichen Skelett. Nur die Achsgelenke erinnern an konventionellen Maschinenbau. Selbstschmierende Keramiklager.«

Habich nahm ein anthrazitfarbenes langes Faserbündel vom Labortisch und reichte es ihm.

»Hm. Extensions«, sagte Rünz. »Ist nicht Ihre Haarfarbe. Sind Sie sicher, dass die Ihnen stehen?«

Habich ignorierte seine albernen Späße.

»Das sind die Aktuatoren. Wir haben eine Weile gerätselt, bis wir herausfanden, wie sie funktionieren. Aber dann haben wir sie mal probeweise unter Spannung gesetzt, und das Ergebnis war verblüffend. Sie blähen sich auf und kontrahieren in der Länge. Es sind Muskeln. Künstliche Muskelfasern. Die Grundstruktur haben wir erst unter dem Elektronenmikroskop erkannt. Millionen elastischer, metallischer Nanoröhrchen, zu Strängen gebündelt.«

»Muskeln? Ich dachte, diese Maschinchen laufen alle mit Elektromotoren.«

»Servos sind konventionelle Technik. Daneben gibt es noch ein paar innovative Lösungen für Spezialanwendungen – Piezo- und Ultraschallmotoren für extrem kleine und präzise Bewegungen, pneumatische Systeme, elektroaktive Polymere, Metalllegierungen mit Formgedächtnis. Aber keins dieser Systeme reicht annähernd an diese Fasern heran, was die Energiedichte angeht.«

»Das heißt, er hatte richtig *Kraft*?«

»Sie untertreiben. Bei einer Energiedichte von zehn Joule pro Kubikzentimeter kann man die Kraft Ihres Bizeps in einem acht Millimeter dicken Strang dieses Materials unterbringen. Und die stärksten Aktuatoren dieses Roboters haben fünf Zentimeter Durchmesser. Mit Kastor auf dem Rücksitz können Sie sich einen Wagenheber für die Urlaubsfahrt sparen.«

»Jesus, für diesen Roboter braucht man eigentlich einen Waffenschein. Was ist mit seinen Datenspeichern – Harddisks, Flash-Speicher? Irgendwo muss doch der Code seiner Steuerungssoftware versteckt sein.«

»Ist alles kompilierter Maschinencode, ohne den Quellcode der Software geht da gar nichts. Und was die Hardware angeht, finden Sie in diesem Maschinchen alles, was die zukünftige Computerarchitektur hergibt. Ein extrem kompakter, hochparalleler Supercomputer auf zwei Beinen. Die haben für die sekundären Verarbeitungssysteme völlig neue, auf Folien gedruckte Polymerelektronik verwendet. Diese Technik wird vom *Forum Organic Electronics* entwickelt – die TU sitzt da in einem Boot mit der BASF, Merck, SAP und ein paar anderen Unis und Druckmaschinen-Herstellern. Anders hätte man diese Rechenleistung auf so kleinem Raum überhaupt nicht unterbringen können, vom Energiebedarf und der Kühlung mal ganz zu schweigen. Unsere IT-Leute sind überzeugt, dass er zusätzlich für GRID-Computing ausgelegt ist, also über WLAN in einem lokalen Verbund arbeiten kann.«

»Telepathie unter Terminatoren?«

»So ähnlich. Und dann hatten wir noch eine richtige Überraschung, was die Hardware angeht. Das Primärsystem. Das elektronische Herz.«

Die Kriminaltechnikerin durchquerte den Raum, nahm Schutzhandschuhe und -brille von einem Labortisch und zog aus einer stickstoffgekühlten überdimensionierten Thermoskanne einen Drahtkorb heraus. Rünz trat näher und betrachtete den Inhalt. Eine kupfern glänzende Kugel stieg aus dem weißen Dampf auf, groß wie eine Apfelsine, überzogen von hellen Leiterbahnen. Innerhalb von Sekunden bildete sich eine dicke Eisschicht auf der Oberfläche.

»Was ist das? Ein vergoldeter Apfel?«, fragte Rünz.

»So was Ähnliches. Unsere Hypothese: ein organischer Minicomputer.«

»Warum kühlen Sie das Ding?«

»Reine Vorsichtsmaßnahme. Es soll sich nicht *verändern*.«

»Ein Computer, der ungekühlt verschimmelt wie eine Apfelsine? Jetzt hören Sie auf.«

»Das hier ist Kastors Gehirn. Wir dachten zuerst an ein neues Chipdesign, ein schalenartiger Aufbau der Halbleiterelemente, wie bei einer Zwiebel. Aber mit konventioneller Chip-Architektur hat es nichts zu tun, soviel ist uns inzwischen klar. Wir haben diese Kugel angebohrt.

Das Ding besteht aus Silizium, ist aber nicht massiv, sondern innen aus einer extrem feinporigen Gittermatrix aufgebaut. Aus dem Bohrloch sind uns einige Tropfen eines zähflüssigen Gels herausgetropft. Ah, dachten wir, vielleicht eine innovative Flüssigkeitskühlung für diese neuartige CPU. Aber Pustekuchen. Wir haben dieses Gel analysiert, eine hochmolekulare Substanz auf Polymerbasis, die sich unter elektrischen Reizen zu langkettigen Makromolekülen aggregiert. Da bilden sich synapsenartige Mikrostrukturen mit Potenzialunterschieden, genau wie bei den Nervenzellen in unserem Großhirn.«

»Wollen Sie mir jetzt erzählen, diese Maschine denkt mit einem Topf Plastikmatsche im Kopf?«

»Na und? Sie denken mit anderthalb Kilo Eiweiß im Kopf, was macht den Unterschied? Hier geht es doch um was ganz anderes. Die Trennung von Hard- und Software ist aufgehoben. Klassische Computer haben fest verdrahtete Hardware, die ein abgeschlossenes Set von Befehlen verarbeiten kann. Wenn Sie einen handelsüblichen Hochleistungschip mit Binärcode füttern, ist die Signalverarbeitung durch die Architektur des Prozessors exakt determiniert. Bei gleichem Input kommt immer der gleiche Output raus. Diese organische Chiparchitektur verarbeitet nicht nur Signale, sie verändert sich auch *durch* die Verarbeitung. So wie sich die Morphologie und Struktur des menschlichen Gehirns in der Wachstumsphase durch Lernen verändert. Wenn Sie mir vor einer Woche erzählt hätten, dass es so was gibt, hätte ich Sie ausgelacht. Mit dieser Kugel kommen wir hier mit unseren Methoden nicht weiter. Aber ich kenne jemanden vom *Frankfurt Institute of Advanced Studies*, der uns sicher auf die Sprünge helfen kann.«

»Herrgott!«, wetterte Rünz. »Diese Wundermaschine muss doch irgendeine Schwäche haben. Kurzsichtigkeit, Schwerhörigkeit, Alkoholismus – los, geben Sie mir irgendwas, das mir diesen Schwermetaller sympathisch macht.«

»Wenn Sie auf seine fünf Sinne anspielen, kann ich Ihre Wünsche nicht bedienen. Die meisten seiner sensorischen Systeme sind kein technisches Neuland – was ihre Funktionsprinzipien angeht. Unglaublich ist ihre Größe! Nehmen wir zum Beispiel den 3D-Laserscanner. Die Technik ist heute Standard, wenn es darum geht, schnell und präzise eine Raumgeometrie, zum Beispiel eine Kathedrale oder eine Industriehalle, digital zu erfassen. Aber diese Geräte haben mindestens die Größe eines Schuhkartons und stehen auf einem massiven Stativ. In diesem Kunstkopf haben sie die gleiche Funktionalität auf dem Volumen eines Elektrorasierers! Oder schauen Sie sich die anderen optischen Systeme an. Natürlich können heute professionelle Digitalkameras mit zwanzig-Megapixel-Chips Brennweitenbereiche von achtzehn bis vierhundert Millimeter abdecken. Aber haben sie die Größe einer Zigarettenschachtel und können sie auch noch das Strahlungsspektrum von Ultraviolett bis Infrarot aufnehmen? Verfügen sie dazu noch über einen Restlichtaufheller? Bei der akustischen Sensorik sieht es nicht anders aus – von Infraschall bis Ultraschall registriert diese Maschine alles, was jenseits des menschlichen Hörspektrums liegt.«

Die Kriminaltechnikerin strich zärtlich mit den Fingerspitzen über die geborstene Schädelkalotte des Androiden. Sie war fasziniert von diesem Geschöpf und wirkte gleichzeitig frustriert. Rünz ahnte, was die Ursache war.

Sie beneidete die Menschen, die in solchen Forschungsteams mithilfe privater Investitionen Techniken entwickeln konnten, die sie in ihrem Institut nie zu Gesicht bekam, wenn nicht gerade – wie in diesem Fall – eine Maschine aus dem Ruder lief.

»Was die Sensorik angeht, ist das Geniale an ihm die Kombination und Miniaturisierung existierender Techniken auf Raum. Er ist nicht nur menschenähnlich, seine Fähigkeiten übertreffen unsere in vielen Punkten. Und wissen Sie, was der Clou ist? Er verfügt über einen Detektor für Terahertzwellen, langwellige Infrarotstrahlung. Erinnern Sie sich an die Diskussion über die Installation von Ganzkörperscannern an den Flughäfen, zur Kontrolle auf Waffen und Sprengstoff? Voilà, hier haben Sie einen. Mobil und kompakt. Er schaut Sie sich nackt an, wann immer er will.«

Rünz schwieg, ihm wurde unheimlich.

»Und jetzt fragen Sie sich wahrscheinlich, wie dieser Haufen an HighTec mit Energie versorgt wird, stimmt's, Herr Rünz?«

Rünz fragte sich eigentlich überhaupt nichts mehr, all das Fachchinesisch bereitete ihm Kopfschmerzen.

»Erzählen Sies mir, ich will es hinter mir haben. Ein kleines Atomkraftwerk? Ein Fusionsreaktor? Ich glaube Ihnen alles.«

»Viel effektiver. Eine mobile Bio-Brennstoffzelle. Die Technik hat die Universität Greifswald entwickelt. Das Prinzip ist einfach: Bakterien produzieren aus organischem Material niedermolekulare Zersetzungsprodukte, die von der Brennstoffzelle in elektrischen Strom umgewandelt werden.«

»Moooment«, unterbrach Rünz. »Das kenne ich aus ›Zurück in die Zukunft‹. Das ist ein Fluxkompensator! So ein Ding hat Doc Brown damals in den DeLorean eingebaut und mit Bananenschalen gefüttert …«

»Mit einem kleinen Unterschied. Das organische Rohmaterial muss aufbereitet sein, ein spezielles Kraftfutter, wenn Sie so wollen. Ich kann Ihnen die chemischen Prozesse mal im Einzelnen skizzieren …«

»Nein danke«, winkte Rünz ab. »Weiß ich alles noch von damals, Chemieunterricht an der Polizeischule.«

Habich übergab ihm eine schriftliche Zusammenfassung ihrer Untersuchungsergebnisse, Rünz verabschiedete sich, verwirrt und erschöpft von dem Überfluss an Informationen. Nur ein Punkt ließ ihn noch nicht los. In der Tür drehte er sich noch einmal zu ihr um.

»Sagen Sie mal – heißt das, er musste auch *scheißen*?«

13

»Ich kann Ihnen einige hervorragende Tropenhölzer anbieten, Meranti, Palisander und Bangkirai, alle aus nachhaltig bewirtschafteten Beständen, zertifiziert vom Forest Stewardship Council.«

Rünz knurrte. Holzhändler waren auch nicht mehr das, was sie einmal waren. Sein Vater hatte ihn früher oft mit nach Pfungstadt zum Großhändler genommen, um Nachschub für die Schreinerei zu besorgen. Die herrlichsten Tropenhölzer konnte man damals problemlos beziehen – Teak, Merbau und Wengé – und niemand scherte sich darum, ob beim Einschlag irgendein versprengtes indigenes Buschvölkchen auf Sumatra seine Palmhütte um ein paar Meter versetzen musste. Jetzt führte der Sohn das Geschäft, und der trug eine Fjäll Räven Expeditionshose und Trekkingsandalen. Menschen mit Trekkingsandalen war grundsätzlich nicht zu trauen. Sie ernährten sich meist bewusst, bewegten sich viel in freier Natur, sprachen mit ihren Partnern über ihre Gefühle und engagierten sich in Bürgerinitiativen und Elternbeiräten.

»Wie sieht es aus mit Merbau?«

Der Händler verzog vorwurfsvoll das Gesicht, als wäre Rünz persönlich verantwortlich für das Abschmelzen der Polkappen.

»Merbau haben wir schon lange nicht mehr im Programm. Die Bestände in Südostasien sind fast erschöpft. Alles, was man Ihnen heute anbietet, haben amerikanische Konzerne mithilfe des indonesischen Militärs eingeschlagen. Wir vertreiben ausschließlich zertifiziertes Material.«

»Das macht mich wirklich betroffen«, kondolierte Rünz. Er beschloss, hartnäckig zu bleiben.

»Wie sieht es aus, haben Sie nicht noch ein paar Restbestände irgendwo herumliegen?«

Nun, der Händler hatte noch Restbestände, hervorragend abgelagert, und weil ihm sein soziales und ökologisches Gewissen verbat, mit Blutholz Geschäfte zu machen, fuhr Rünz mit einer Gratisladung Rohmaterial Richtung Eberstadt. Die Thekenplatte würde der innenarchitektonische Glanzpunkt der neuen Safari-Lodge werden. In der Schreinerei prüfte er zuerst die Holzfeuchte und stellte zufrieden fest, dass er sofort loslegen konnte. Er arbeitete wie im Rausch, vergaß alles, was ihn sonst bedrückte. Er hatte nichts verlernt, alle Handgriffe saßen, als hätte er in den vergangenen fünfundzwanzig Jahren nichts anderes getan als Holz zu bearbeiten. Besäumen und auftrennen der Bretter auf der Formatkreissäge, abrichten auf der Hobelmaschine, einfräsen der Keilzinken auf der Tischfräse. Und zum krönenden Abschluss seine Lieblingsbeschäftigung – das Verleimen. Eine akkurat passende Fuge, aus der beim Verpressen der Werkstücke auf ganzer Länge ein hauchfeiner Wulst des milchigweißen Leims austrat – so sahen sie aus, die wahrhaft erotischen Momente des Schreinerhandwerks. Als er alle Zwingen und Beilagen ausgerichtet und festgedreht hatte, war er erschöpft und glücklich, ja fast euphorisch. Von den Abenden auf dem Schießstand abgesehen, existierte keine Beschäftigung, die ihn so ausfüllte wie die Schreinerei. Vielleicht sollte er den Job im Präsidium an den Nagel hängen, seinen Meisterbrief nachholen und hier in der alten Werkstatt seines Vaters in dessen Fußstapfen treten. Und seinen Schwager Brecker, dem der Dienst im Revier ohnehin seit Jahren zum Hals heraushing, würde er als Lehrling einstellen. Brecker war zwar etwas einfältig, aber stark und robust. Das Tragen schwerer Lasten und grobmotorische Arbeiten würde er ohne Murren erledigen.

Rünz schaute auf die Uhr. Noch eine halbe Stunde bis zu dem Termin mit dem ISO-9001-Auditor. Er würde sich noch schnell auf dem Rückweg bei McDonald's in der Heidelberger Landstraße ein Big-Mäc-Menü mitnehmen und dann diesen unangenehmen Tagesordnungspunkt möglichst fix hinter sich bringen.

14

Der junge Auditor auf der anderen Seite des Schreibtisches
war höchstens Ende zwanzig – ein wenig erinnerte er Rünz
an den Rechtsanwalt der Schweizer Wissenschaftlerin, aber
das war sicher kein Zufall, diese jungen BWL- und MBA-
Lutscher sahen irgendwie alle gleich aus. Er hatte einen
frischen Teint, eine elegante, rahmenlose Brille mit Titan-
bügeln, perfekte Zähne und Idealgewicht. Seine Haut
sah aus, als wäre sie nie mit etwas anderem in Kontakt
gekommen als ph-neutralen Waschlotionen und frischer
Waldluft. Das Leinen seines körpernah geschnittenen Zwei-
reihers fiel mit einem leichten Knittereffekt, der dem Träger
einen Hauch seriöser Lässigkeit verlieh. Rünz starrte auf
die olivgrüne Krawatte seines Prüfers, das Paisleymuster
bereitete ihm Schwindel. Irgendeine Frage schwebte seit
Minuten im Raum, aber Rünz wollte erst mal in Ruhe
seinen Big Mäc essen, bevor er sich zu Auskünften nötigen
ließ.

Der Nachteil an diesen zweigeschossigen Hamburgern
war, dass immer rundum die klebrige, lauwarme Soße
heraus und über die Finger lief, wenn man mal richtig
zubiss. Rünz wischte mit dem Unterarm die Kleckse von
den alten Unterlagen, die vor ihm auf dem Schreibtisch
lagen. Dann klaubte er die Papiere zusammen und legte
sie auf einen der wenigen Stapel, die noch etwas Auflast
vertragen konnten, ohne instabil zu werden. Zufrieden
widmete er sich wieder seinem Hackbrötchen und spülte

schließlich mit Cola nach. Ein Teil der koffeinierten Zuckerplörre lief ihm am Mund vorbei das Kinn herunter und bildete eine kleine Pfütze auf der Schreibtischplatte. Er grapschte sich irgendein altes Vernehmungsprotokoll aus einem der Ablagekörbe, schaute kurz auf das Datum und wischte damit die Flüssigkeit auf, so gut es ging. Danach ab damit in Ablage P.

»Sie kommen doch bestimmt ganz frisch von irgend so einer Eliteschmiede und haben gerade ihren ›Commander of Business Acceleration‹ gemacht, stimmt's?«

Mit ein paar netten privaten Worten war es dem Kommissar bis jetzt immer gelungen, das Eis zu brechen, da machte ihm so schnell keiner etwas vor.

»Einen ›Master of Business Administration‹, wenn Sie das meinen. In der Tat. Ich habe an der European Business School in Oestrich-Winkel studiert.«

Rünz starrte den Auditor schweigend an, schob sich das letzte Drittel seines Big Mäc in den Mund und kaute zwei Minuten. Dann flippte er die halb leere Pommes-Schachtel quer über den Schreibtisch.

»Hunger?«

»Ähm – nein danke. Ich hatte eben einen kleinen Imbiss.«

Rünz lutschte sich in aller Ruhe die tropfnassen Finger sauber.

»Mit Hoven, stimmt's?«

»Ihr Vorgesetzter war so zuvorkommend, mich zu einem Business Lunch in die Orangerie einzuladen. Ein herrliches Etablissement.«

Den Papierkorb mit der Linken unter die Tischkante haltend, formte Rünz mit Unterarm und Hand der Rechten eine Baggerschaufel und schob die kleine McDonald's-Deponie mit einem Rutsch in den Abfalleimer, ein paar Dutzend Kleinteile, Büroklammern, Visitenkarten und Notiz-Zettelchen gleich mit entsorgend.

»Huch«, kicherte er. »Wenn da mal nichts Wichtiges mit reingefallen ist.«

Dann packte er sich die obersten dreißig Zentimeter Papier von einem der Stapel, beugte sich über den Schreibtisch und legte die Unterlagen dem verdutzten Auditoren in den Schoß.

»Können Sie die mal gerade halten? Ich habe mir gestern zur Vorbereitung unseres kleinen Gesprächs ein paar Notizen gemacht, die müssen hier irgendwo liegen. Ich bin mir sicher, dass ich das hier abgelegt habe. Oder …«

Er entschied sich anders, ging zielstrebig zum Aktenschrank, ohne den Auditor vom Ballast zu befreien.

»Das könnte natürlich auch hier …«, murmelte Rünz. Er zog die Schiebetür auf, ein halber Zentner bedrucktes Papier, ein altes Telefon aus den Achtzigerjahren und zwei leere Dosen Raumluftspray rutschten ihm entgegen. Er stopfte das Material hastig zurück und drückte die Klappe wieder zu.

»Da müsste auch mal einer aufräumen …«, murmelte er.

»Sie sind Leiter der Ermittlungsgruppe Darmstadt City, Herr Rünz?«

Der Kommissar setzte sich wieder, formte mit den Fingern der rechten Hand eine Pistole, zielte auf den jungen MBA und feuerte die imaginäre Waffe ab.

»Bingo, Schätzchen! Smartes Kerlchen. Türschild gelesen, richtig?«

»Herr Rünz, lassen Sie uns zunächst Ihre Prozeduren und Vorgehensweisen unter die Lupe nehmen. Nehmen wir an, die Staatsanwaltschaft beauftragt Sie nach einem Tötungsdelikt mit der Aufnahme von Ermittlungen. Nach welchen standardisierten Verfahrensweisen gehen Sie vor?«

Zehn Sekunden starrte Rünz den Auditor an und tippte sich dabei stoisch mit der Spitze seines Zeigefingers gegen den Nasenflügel.

»Instinkt, Junge. Der richtige Riecher. Konnte ich mich bis jetzt immer drauf verlassen.«

Der Auditor lächelte gequält.

»Ja ja, Instinkt kann nicht schaden. Aber Ihr Auftraggeber erwartet ja eine bestimmte Leistung von Ihnen, mit einer bestimmten Qualität und innerhalb einer definierten Frist …«

»Mein *Auftraggeber*?«

»Ich meine die Staatsanwaltschaft. Sie arbeiten ja sozusagen als Dienstleister für die Staatsanwaltschaft …«

Rünz rülpste.

»Die Staatsanwaltschaft ist ein Pickel an meinem Arsch, der manchmal juckt, mein lieber *Master of Business Administration*.«

Der Kommissar fühlte sich pudelwohl in seiner abgeklärten Harter-Cop-Pose. Wo war nur die schwedische Praktikantin? Wenn sie ihn jetzt hörte!

»Aber wie wollen Sie an einer kontinuierlichen Prozessoptimierung arbeiten, wenn Sie nichts dokumentieren?«

»Clever. Das machst du sehr gut, Junge. Sicher hast du auf deiner European Business School Kommunikationstrainings gemacht, so kleine Rollenspiele, bei denen du unheimlich erwachsen und geschäftsmäßig getan hast, obwohl du eigentlich ständig an die süßen kleinen Pfirsichtitten deiner Kommilitonin gedacht hast.«

Der Auditor rutschte unruhig auf seinem Stuhl herum und versuchte, das Gespräch in der Spur zu halten.

»Übrigens«, setzte Rünz nach, »… wer sagt denn, dass ich hier irgendwas optimieren will? Optimierung wird maßlos überschätzt, wenn du mich fragst, Kleiner.«

»Wie sieht es denn mit den Zielvereinbarungen für Ihre Mitarbeiter aus. Wann haben Sie die letzten Mitarbeitergespräche geführt?«

»Wie soll ich mit meinen Mitarbeitern reden, wenn mir einer nach dem anderen abhaut? Da wird mal eine erschossen, dann wechselt einer das Bundesland, ein anderer meldet sich krank, damit er sein Haus bauen kann.«

»Wenn Sie die Zufriedenheit ihrer Mitarbeiter systematisch erfassen, könnten Sie den Ursachen auf die Spur kommen.«

»Ich brauche keine zufriedenen Mitarbeiter, ich brauche Leute, die tun, was ich ihnen sage. Wie die sich dabei fühlen, ist mir so wurscht wie vierzig Hektar Mischwald.«

Der Auditor unternahm noch zwei weitere Anläufe, um von Rünz verwertbare Aussagen zu bekommen, dann packte er seine Unterlagen zusammen und verließ frustriert das Zimmer. Rünz saß einen Moment schweigend an seinem Schreibtisch. Langsam verstand er, worauf es hinauslief mit all diesem Auditierungs- und Zertifizierungs-Getöse. Sie wollten der Arbeit das Menschliche austreiben. Sie wollten alles, was mit Instinkt, Spontaneität, Intuition und dem richtigen Riecher zu tun hatte, in nachvollziehbare, transparente, reproduzierbare und optimierbare Prozesse auflösen. Sie erwarteten von arbeitenden Individuen, bei einem klar definierten Input einen ebenso klar definierten Output zu liefern. Sie wollten aus Menschen *Maschinen* machen. Warum wollten dann die KI-Forscher aus Maschinen Menschen machen? Er musste mit Wogner dieses Thema erörtern. Aber vorher galt es, einer Anweisung Folge zu leisten, die Staatsanwältin Simone Behrens ihm persönlich und direkt gegeben hatte. Und Rünz führte sie gerne aus.

15

Der Mann saß mit gebeugtem, nacktem Oberkörper auf dem Metallstuhl, die Hände mit Handschellen hinter der Lehne angekettet. Er war schweißüberströmt, aus Nase und Mundwinkeln rann Blut, sein rechtes Auge war fast zugeschwollen. Sein Kopf hing vornüber, man konnte nicht beurteilen, ob er noch bei Bewusstsein war. An seinen Brustwarzen waren große Büroklammern befestigt, an denen Kupferdrähte hingen. Die anderen Enden der Drähte hatte der Verhörer am Tisch in der Hand, er hielt sie über dem Dreierstecker auf der Tischplatte hoch wie ein Dirigent seine Taktstöcke. Dann schepperte die Stimme des Ermittlers über den Lautsprecher im Beobachtungsraum.

»Hör zu, Delgado, mir macht das hier genauso wenig Spaß wie dir, es ist eine Frage der nationalen Sicherheit. Du sagst uns, wo die Viren versteckt sind, und ich muss dir keine Schmerzen zufügen.«

Danach, leise und kaum verständlich, nuschelte der Verhörte.

»Ich, ich will mit meinem Anwalt sprechen.«

»Vergiss deinen Anwalt. Wenn du hier nicht kooperierst, wird dein Anwalt nicht mal erfahren, wo deine Leiche liegt. Wir haben noch sechzehn Stunden, und ich werde dir diese Stunden zur Hölle machen, wenn du nicht anfängst zu reden.«

Der Malträtierte antwortete nicht, er schüttelte nur kaum merklich den Kopf. Der Ermittler drehte die Enden der

Drähte nach unten und bewegte sie langsam auf den Drei-stecker zu. Rünz beobachtete wie alle anderen Kollegen im Raum nicht das Scheinverhör, sondern Tuva, die vorne in der ersten Reihe an der Glasscheibe stand und das Geschehen gebannt verfolgte. Sie hatte beide Fäustchen geballt und biss sich vor Anspannung auf den Zeigefinger der rechten Hand. Sie schien vom brutalen Geschehen im Verhörraum gleichzeitig angewidert, fasziniert – und *erregt*. Und als sich der Zeuge im Verhörraum verkrampft aufbäumte, den Kopf nach hinten warf, das Gesicht ver-zerrte und die Luft durch die Zähne presste, da hörte Rünz deutlich, wie die junge Schwedin seufzte.

Den Jungs vom zweiten Revier musste Rünz Respekt zollen, besonders Brecker als gemarterter Terrorist bot eine beeindruckende Performance. In seinem tumben Schwager schienen verborgene Qualitäten zu schlummern, dachte Rünz. Die Inszenierung war perfekt, irgendwie hatten sie es sogar geschafft, das akustische Brizzeln bei den Strom-stößen zu simulieren. Von allen Anwesenden im Raum hatte er den höchsten Dienstgrad, es wäre also seine Pflicht gewesen, dem Treiben Einhalt zu gebieten. Aber wann bekam man schon mal eine solche Show geboten? Tuva schöpfte nicht eine Sekunde Verdacht. Wenn die Kollegen so weitermachten, konnten sie den ganzen Laden bald in *Counter Terrorism Unit Südhessen* umbenennen.

Rünz schaute auf die Uhr. Es war Zeit, die Sache abzu-brechen. In wenigen Minuten würde Hoven erscheinen, er brauchte den Verhörraum. Aber wer Lust hatte, konnte ja im Beobachtungsraum bleiben – inklusive Tuva. Auch seine Vorstellung würde sicher amüsant werden.

16

»Möchten Sie vielleicht etwas trinken? Tee, Kaffee?«

»Nein danke, ich habe nicht die Absicht, diese Sitzung hier länger als unbedingt nötig auszudehnen.«

»Mir ist das genauso unangenehm wie Ihnen, Herr Hoven, glauben Sie mir«, heuchelte Rünz. »Ich weiß auch nicht, was sich die Staatsanwältin von dieser Befragung verspricht. Sie war einfach nicht davon abzubringen. Also lassen Sie es uns einfach zügig und professionell hinter uns bringen.«

Hoven trommelte sichtlich genervt mit den Finger-kuppen auf die Metallplatte des Aluminiumtisches.

»Existiert irgendein plausibler Grund, warum Sie mich hier im Verhörraum befragen wollen? Wir hätten das genauso gut in meinem Arbeitszimmer erledigen können.«

»Meine Rede, Herr Hoven! Habe ich der Behrens auch gesagt. Kein Problem, habe ich zu ihr gesagt, mit dem Herrn Hoven rede ich ganz fix und informell zwischen Tür und Angel, da machen wir gar keine große Sache draus, von wegen Protokoll und Formalitäten – aber Sie kennen ja die Behrens. Nichts da, hat sie gesagt, keine Schonkost, eine völlig reguläre und vorschriftsmäßige Vernehmung. Wir müssen uns an die Vorschriften halten. Frauen – Sie wissen.«

Rünz schickte einen schelmisch-kumpelhaften Wir-Männer-müssen-zusammenhalten-Blick über den Tisch.

»Ach, vorab eine Frage, Herr Hoven. Ich bin mit dem Toolkit fürs Talent Branding etwas im Rückstand, ist es in Ordnung, wenn ich erst nächste Woche liefere?«

Hoven murrte einen Laut, den Rünz mit einiger Fantasie als Zustimmung interpretierte. Er dampfte fast vor Begeisterung über die befristete kleine Machtposition seinem Chef gegenüber – er war drauf und dran, vor der eigentlichen Befragung noch das Thema Beförderung anzusprechen. Hinter der blickdichten Scheibe an der Längsseite des Raumes rumorte es. Hoven nickte mit dem Kopf herüber.

»Herr Rünz, wenn dahinter jetzt Ihre Mannschaft steht und sich in die Hosen pinkelt vor Lachen, dann mache ich Ihnen die Hölle heiß.«

Rünz raschelte geschäftig mit seinen Unterlagen. Er stieß wie zufällig gegen die Verhörlampe, der Schirm drehte sich und Hoven strahlte der Lichtschein ins Gesicht.

»Wie lange kannten Sie Professor Rühmann?«, fragte Rünz.

Hoven drehte den Lampenschirm wieder weg.

»Seit sechs oder sieben Jahren, er hat damals im gleichen Polo-Klub gespielt.«

»Polo? Ist das nicht dieser blasierte Oberschichtensport, bei dem aufgespritzte Society-Frauen Männern, die Ludger oder Richard heißen, beim Reiten auf Pferden zuschauen, die auf die Namen Esplanade und Cristallo hören?«

»Wollen Sie jetzt wirklich mit mir über Polo sprechen, Herr Rünz? Ist doch eigentlich nicht Ihre Liga.« Hoven beugte sich nach vorne. »Ihr Metier ist doch eher Minigolf, Rünz. Da kann Ihnen doch sicher keiner das Wasser reichen.«

»Nichts für ungut, sorry, bin abgeschweift«, bedauerte Rünz. »Sagen Sie, wie eng war Ihre Beziehung zu Rühmann?«

»Was soll diese Frage? Wir waren Vereinskameraden, wir waren befreundet. Zwei erwachsene Männer, die befreundet sind. Was erscheint Ihnen da unklar?«

»Nichts, gar nichts.« Rünz kritzelte ein paar Notizen auf sein Blatt. »Sie würden Ihre Beziehung zu ihm also nicht als *sehr eng* oder *sehr persönlich* bezeichnen?«

»Worauf zum Teufel wollen Sie hinaus, Rünz? Ich denke, ich habe Ihre Frage erschöpfend beantwortet. Welche Notizen machen Sie sich da eigentlich?«

»Ich? Das hier? Ach, das ist nichts. Frau Behrens, wissen Sie, manchmal ist sie geradezu pedantisch. Hat mich ausdrücklich angewiesen, Ihre Reaktionen auf die Fragen mitzuprotokollieren. Alberner Quatsch, wenn Sie mich fragen …«

Hoven sprang auf, zog Rünz das Blatt unter dem Kugelschreiber weg und las laut.

»›Antwortet ausweichend auf Frage nach Art und Intensität seiner Beziehung zu Rühmann …‹ – SIND SIE NOCH GANZ DICHT, RÜNZ?«

Hinter der Glasscheibe rumpelte es, ein dumpfer Schlag, wahrscheinlich war Wedel oder Brecker vor Lachen vom Stuhl gefallen.

»Nehmen Sie sich das nicht so zu Herzen, Herr Hoven. Ist schließlich nur eine informelle Befragung, kein Verhör. Es ist *absolut* in Ordnung, wenn Sie im Moment nicht über Ihr Verhältnis zu Rühmann sprechen wollen. Niemand auf der Welt wird daraus irgendwelche Verdachtsmomente ableiten – oder sonstige Schlüsse daraus ziehen …«

»VERHÄLTNIS? VERDACHTSMOMENTE? SCHLÜSSE ZIEHEN? Was genau meinen Sie mit: sonstige Schlüsse daraus ziehen?«

»Würden Sie mir bitte meinen Notizzettel wiedergeben?«

Rünz langte nach vorne, stieß wieder gegen die Lampe. Hoven kniff geblendet die Augen zusammen.

»Moment! Zuerst will ich wissen, was Sie aufschreiben wollen.«

»Nichts von Belang, Herr Hoven. Nur, dass Sie auf weitere Nachfragen bezüglich Ihres Verhältnisses mit Rühmann stark emotional werden und überreagieren.«

»Verhältnis *zu*!«, rief Hoven.

»Wie bitte? Ich verstehe nicht ...«

Hoven klatschte mit der flachen Hand gegen die Lampe, um den Schirm wieder wegzudrehen.

»Sie haben vorhin von meinem Verhältnis *zu* Rühmann gesprochen, und jetzt gerade haben Sie *mit* Rühmann gesagt.«

»Wirklich?«, staunte Rünz. »Ist mir gar nicht aufgefallen. Ist doch nicht so wichtig oder? Mein Gott, wir leben im Jahr 2009, da soll doch jeder nach seiner Façon glücklich werden.«

»Rünz, wenn Sie mich hier vorführen wollen, dann können Sie sich warm anziehen. Ich mache Sie fertig. Ich sorge dafür, dass Sie bis zu Ihrer Pensionierung in der Kantine Frittenfett von den Kacheln kratzen.«

Rünz verschränkte trotzig die Arme vor der Brust und schüttelte tadelnd den Kopf.

»Warten Sie, Herr Hoven, so geht das nicht. Ich fühle mich von Ihnen bedroht und unter Druck gesetzt. So kann ich nicht unbefangen und ergebnisoffen weiterarbeiten. Vielleicht sollten wir die Sache hier abbrechen, und ich teile Frau Behrens einfach mit ...«

»JETZT STELLEN SIE IHRE VERDAMMTEN FRAGEN! Und ich rate Ihnen, stellen Sie *vernünftige* Fragen.«

Hoven kochte, er hatte alle Mühe, sich zu beherrschen. Rünz raschelte wieder mit seinen Unterlagen.

»Eigentlich sind wir schon fast durch, glaube ich. Warten Sie mal, ich hatte mir da einen kleinen Fragenkatalog zusammengestellt, ach, hier ist er ja. Genau: Herr Rühmann hatte eine Mitarbeiterin, Annette Wyss. Haben Sie sie je kennengelernt?«

Hoven zögerte einen Moment und zog sich seinen Krawattenknoten ein paar Zentimeter auf.

»Wyss, ja, kann schon sein. Vielleicht, als ich mit Rühmann in seinem Institut über den Auftritt des Roboters gesprochen habe.«

»Sehr gut. Das ist sehr gut. Das passt absolut perfekt zu den Aussagen von Frau Wyss. Keine Inkonsistenzen und Widersprüche, hundertprozentige Übereinstimmung.«

»Na wunderbar, Herr Rünz. Könnten wir diese zeitintensive und sinnlose Angelegenheit dann vielleicht langsam auf die Zielgerade bringen?«

Rünz drehte sich nach der Wanduhr um, holte dabei weit mit dem Ellenbogen aus und verpasste dem Lampenschirm genau den nötigen Impuls, um Hoven wieder ins Rampenlicht zu bringen.

»Huch, schon halb zwölf! Sie haben völlig recht, Herr Hoven. Auf uns beide warten heute schließlich noch richtige Aufgaben, stimmt's? Könnten Sie mir schnell noch eine lückenlose Beschreibung Ihrer Aktivitäten und Aufenthaltsorte am Tag von Rühmanns Tod geben?«

Hoven seufzte.

»Mein Gott, Herr Rünz. Ich war Schirmherr und Organisator dieser Veranstaltung. Ich habe an diesem Tag sicher über einhundert Telefonate geführt.«

»Von Ihrem Büro aus?«

»Nein, mit dem Handy. Ich war den ganzen Tag unterwegs. Sie erwarten jetzt nicht ernsthaft von mir, diesen Tagesablauf zu rekapitulieren?«

Rünz antwortete nicht, verzog nur das Gesicht zu einer schmerzverzerrten Grimasse, als bereitete ihm diese Befragung selbst körperliche Pein.

»Also gut«, stöhnte Hoven. »Den Vormittag habe ich in Frankfurt verbracht. Gegen 13 Uhr ...«

»Geht es vielleicht *etwas* präziser, Herr Hoven?«

Hoven knirschte mit den Zähnen.

»Ich hatte um neun Uhr einen Termin im Westend.«

Rünz schwieg, hob nur fragend die Augenbrauen.

»Bei XUITS, einem Herrenausstatter.«

»Ah, Ihre Abendgarderobe. Was haben Sie danach gemacht?«

»Um 10 Uhr hatte ich auf der Zeil einen Termin bei Men's Best, einem ...« – Hoven schien nach dem richtigen Begriff zu suchen, Rünz sprang ihm bei.

»Ach, ist das nicht so ein Beautyzentrum für Männer, in dem sich die Hedgefond-Manager ihre Pickel ausdrücken lassen?«

Die Wände des Verhörraums waren gut schallgedämmt, trotzdem war der Tumult im Nebenzimmer kaum noch zu überhören. Hoven kochte. Er holte mit der Rechten aus und wischte die Lampe vom Tisch.

»HERR RÜNZ ...«

»Aber spielt ja keine Rolle«, sagte Rünz beschwichtigend. »Wir müssen ja nicht zu sehr ins Detail gehen, schließlich haben wir alle unsere kleinen Eitelkeiten, oder? Ist nur fürs Protokoll. Wie gings weiter?«

»Ich bin gegen zwölf Uhr nach Hause gefahren, um mein *Mission Statement* für den Abend zu checken. Ab 15 Uhr war ich dann im Kongresszentrum, um den Empfang der Gäste vorzubereiten.«

Rünz krakelte mit herausgeschobener Zungenspitze unendlich langsam seine Mitschrift aufs Papier, konzentriert wie ein Grundschüler bei den ersten Schreibübungen. Dann schob er seine Notizzettel zusammen. Hoven stand erleichtert auf und ging Richtung Ausgang.

»Ach, Herr Hoven! Eine Frage noch. Diese Frau Wyss, haben Sie sie je wiedergesehen, ich meine nach Ihrer Besprechung mit Rühmann über Kastors Auftritt?«

Hoven blieb im Türrahmen stehen, er hatte den gleichen Gesichtsausdruck wie beim Fiasko im Darmstadtium. Rünz war stolz auf sich; die alte Columbo-Nummer funktionierte immer noch.

»Nein, nicht dass ich wüsste, aber mein Gott, ich habe in den letzten Wochen mit so vielen Menschen gesprochen …«

»Ist auch nicht so wichtig, ist nur …«

»Ja ja, ich weiß. Nur fürs Protokoll.«

Er war mit ihr im Bett gewesen. Er war *definitiv* mit ihr im Bett gewesen. Aber auch Hoven hatte sein Pulver noch nicht ganz verschossen.

»Übrigens, ich habe eine Mitteilung der internen Revision über Sie erhalten. Da existiert eine Löschaktion für ein Ordnungswidrigkeitsverfahren gegen irgendeinen Lkw-Fahrer, das konnte auf Ihren Netzwerk-Client zurückverfolgt werden. Erklären Sie mir das doch in den nächsten Tagen etwas genauer. Und über Ihr ISO-Audit eben sollten wir auch noch mal sprechen.«

17

Schweigen. Mehrere Minuten lang. Nicht die schlechteste Art, eine Stunde Paartherapie herumzubringen, dachte Rünz. Aber andererseits zahlten sie der Therapeutin über einhundert Euro pro Sitzung. Es ging ihm gegen den Strich, Geld ohne Gegenleistung zu verschwenden. Außerdem sah alles nach einer Konspiration der beiden Damen aus, sie erwarteten auch von ihm mal die Initiative für die gemeinsame Arbeit. Mehrmals räusperte er sich und sann nach einem unverfänglichen Gesprächseinstieg, ein Thema weitab von diesen gefährlichen Gefühlsduseleien. Vielleicht das Wetter oder Politik und Kultur? Mit Fritz Langs Filmwerk kannte er sich ein wenig aus, und Frauen standen doch auf Männer mit Bildung. Zum Glück hatte er Pleo. Der kleine grüne Dinosaurier saß auf seinem Schoß und ließ sich von ihm entspannt den Kopf kraulen. Ab und an grunzte er zufrieden mit halbgeschlossenen Augen, wackelte mit dem Schwanz und schmiegte seinen Hals genussvoll an Rünz' Bauch. Die Therapeutin starrte das mobile Stofftier wie paralysiert an.

»Er ist süß, nicht wahr?«, fragte Rünz. »Möchten Sie ihn auch mal halten?«

Er hob den Dino sanft an, mit einer Hand unter dem Bauch, als würde er ein kleines Kätzchen tragen, und hielt ihn ihr hin. Die Therapeutin lehnte dankend ab.

»Wissen Sie, was das Beste an ihm ist?«, fragte Rünz. »Er scheißt nicht, schreit nicht, kotzt nicht – und man kann ihn abschalten! Vergleichen Sie den mal mit einem echten Baby!«

»Herr Rünz, ich finde … hrrrmmm«, sie hatte einen mächtigen Frosch im Hals und räusperte sich mehrmals, »… ich finde das ganz toll von Ihnen, dass Sie sich mit Ihrer Frau über die Anschaffung der Katze geeinigt haben. Wie Sie sich in diesem Konflikt aufeinander zubewegt haben, zeigt doch deutlich …«

»Die Muschi meinen Sie?«, unterbrach er. »Ach, das war doch selbstverständlich. Gehört doch schon richtig zur Familie. Wie du, mein Gutster!«

Er kraulte Pleo zärtlich mit der Fingerspitze unter dem Kopf, der Dino quittierte mit wohligem Seufzen.

»Ihre Katze heißt … *Muschi*?«

»Nein, nein«, beeilte sich seine Frau. »Dieser Name ist ein Tick von meinem Mann. Unsere Katze heißt Blümchen.«

»Oh, Blümchen, wie liebevoll«, strahlte die Therapeutin seine Frau an. Frauensoli.

Und dann, sehr ernst, an Rünz gewandt: »Und den Namen, den Sie ihr gegeben haben, finde ich durchaus – bemerkenswert.«

»Um ehrlich zu sein«, kicherte Rünz, »… habe ich dabei vor allem an Sie gedacht!«

Wieder bedrohliches Schweigen im Raum, die Gesichtsfarbe der Psychologin wechselte von zarter Blässe zu kräftigem Rot. Rünz versuchte den Ball auf der Linie zu retten.

»Ähm, ich meine, Muschi, da gibt es doch sicher psychoanalytisch-freudianisch gesehen einiges zu deuten und auszuschlachten. Vielleicht kann man da so ein ödipales

Ding draus zimmern. Da ist sicher Projektion im Spiel, die Mieze steht bestimmt symbolisch für meine Mutti, auf die ich immer noch in leidenschaftlicher Hassliebe fixiert bin, und über einen ordinären Namen bestrafen und abwerten muss. Was meinen Sie?«

Er hatte sich in Fahrt geredet und Pleo für einen Augenblick vergessen. Der kleine Saurier knurrte unzufrieden und reckte sich nach seiner Hand.

»Nun«, sagte die Therapeutin, »so weit würde ich nicht unbedingt gehen. Aber Sie haben ja – und das finde ich bemerkenswert – mit dem Namen, den Sie der Katze gegeben haben, eine erotische Komponente in Ihre Beziehung eingebracht.«

»Sie meinen in die Beziehung zwischen mir und Muschi?«

»In die Beziehung mit Ihrer Frau. Ich finde, es könnte lohnen, an dieser Facette Ihrer Partnerschaft weiterzuarbeiten. Was meinen Sie, Herr Rünz?«

Der Kommissar wandte sich seiner Frau zu.

»Vielleicht hast du recht«, sagte er. »Blümchen passt viel besser zu ihr. War eine blöde Idee von mir.«

»Lassen Sie uns das Thema nicht gleich wieder verwerfen«, beharrte die Psychologin. »Ihre Frau hat in unseren Sitzungen schon mehrfach thematisiert, wie sehr sie sich mehr Wärme und Zärtlichkeit in Ihrer Partnerschaft wünscht. Wenn ich mir nun anschaue, mit wie viel Liebe und Zuwendung Sie Ihr kleines Kuscheltier behandeln, da frage ich mich, warum Sie nicht einen Teil dieser Zuneigung in Ihre Partnerschaft investieren!«

Sie wollte Pleo in diese Geschichte mit hineinziehen, einen Keil zwischen ihn und den Dino treiben! Dieses unschuldige kleine Wesen. Was zu weit ging, ging zu weit, in Rünz regten sich Beschützerinstinkte, er presste den kleinen Saurier an seinen Körper.

»Lassen Sie Pleo bitte aus dem Spiel. Er hat nichts mit der Sache hier zu tun.«

»Mit der *Sache*?«, fragte seine Frau.

»Na ja, diese Termine hier, meine ich«, schob Rünz nach.

»Diese *Sache*, über die wir bei diesen *Terminen* sprechen, ist unsere *Ehe*.«

»Genau, meine ich doch«, beschwichtigte Rünz. Er hob Pleo sanft hoch, kitzelte ihn unterm Kinn und gab ihm ein Busserl. »Mir ist einfach das richtige Wort nicht eingefallen.«

Seine Frau sprang auf und ballte die Fäuste.

»LEG JETZT DIESES SCHEISS-TIER WEG ODER ICH REISS DAS DING IN STÜCKE, VERDAMMT NOCHMAL!«

Rünz beugte sich gelassen zu der Therapeutin herüber, als wollte er einige Worte mit ihr vertraulich wechseln.

»Sehen Sie«, sagte er und nickte zu seiner Frau. »Das ist es, was ich meine. Sie ist oft so aufbrausend und jähzornig, ich weiß einfach nicht, wie ich damit umgehen soll.«

Er senkte resigniert den Kopf.

»Ich mache mir manchmal große Sorgen um sie ...«

Dann wandte er sich wieder zärtlich seinem Schützling zu, hob ihn hoch und schäkerte mit ihm.

»Brauchst keine Angst haben, mein Kleiner. Die tun dir nix.«

Einige Minuten später, während er sich im Vorzimmer den Mantel anzog, unterhielten sich die beiden Damen noch einen Moment im Sprechzimmer. Sie redeten leise, er musste sich konzentrieren, um einige Brocken aufzuschnappen. Die Psychologin sprach von Regression und von einem Übergangsobjekt, und dass sie sich keine Sorgen machen brauchte, solche Symptome seien vor wichtigen Durchbrüchen in der Beziehungsarbeit durchaus normal. Von welchen Symptomen sprach sie? Und was meinte sie mit Übergangsobjekt?

18

»Sie glauben doch nicht im Ernst, das hier würde uns irgendwie weiterbringen?«, murrte Rünz.

»Warum nicht, Chef? Ist ein Benefizturnier für Rühmanns Familie. Die Fachschaft hat spontan beschlossen, seine Hinterbliebenen zu unterstützen. Bei so einer Gelegenheit können Sie doch viel ungezwungener mit den jungen Leuten reden. Wenn Sie die ins Präsidium vorladen, kommt doch nichts Brauchbares dabei raus. Außerdem sind die Darmstadt Dribblers Weltmeister! Die muss man mal live gesehen haben.«

Nach dem 98er-Spiel im Böllenfalltor-Stadion, das er einige Jahre zuvor mit dem britischen Identifizierungs-Experten besucht hatte, wollte er sich eigentlich keine Fußballspiele mehr ansehen. Auch nicht, wenn Roboter den Ball spielten. Murrend schlurfte er hinter seinem Assistenten her in die Stoeferlehalle. Der alte Saal direkt gegenüber des Darmstadtiums hatte jahrelang leer gestanden und war schon vom Abbruch bedroht gewesen, als der AStA der TU die Initiative übernahm und eine *Location* daraus machte. Ein Veranstaltungsgebäude 603qm zu nennen, nur weil es exakt 603 Quadratmeter Nutzfläche hatte – das war so, als würde man einem Neugeborenen den Vornamen ›2,6 Kilo‹ geben. So was konnte nur Architektur- oder Grafikdesignstudenten einfallen. Diese Typen hatten einfach zu viel Zeit. Rünz spann die Idee weiter – sicher brachte Volkswagen bald ein neues Modell mit dem Namen Viertürer heraus, und die Pfungstädter Brauerei vermarktete ihr Pils unter dem Namen ›4,5 Prozent‹. Das ganze Objekt schien nur aus altem Sichtbeton und der Farbe Gelb zu bestehen, die funktionale Inneneinrichtung aus Industriestahl, lackiert in Baustellenfarbe, die Wegweiser, die Technic-Typo der Flyer und Programmhefte, alles schrie förmlich nach konsequentem *Corporate Design*. Rünz beschloss, Hoven mal einen Besuch zu empfehlen. Der Laden hier war ein echtes Vorbild für den Umbau des Präsidiums.

Der Kommissar fühlte sich unwohl, er lag ein knappes Vierteljahrhundert über dem Altersdurchschnitt des Publikums, und manche der Studenten schauten ihn an, als hielten sie ihn für einen alten und verirrten Patienten des Elisabethenstiftes. Die Konzentration an Hornbrillen-trägern mit Dreitagebart und Kapuzen-Sweatshirts war erschreckend hoch, wahrscheinlich war für den Abend nach dem Fußballturnier noch ein Konzert mit irgend-einer wahnsinnig angesagten Combo angesagt, die ›Sport-freunde Kettcar‹, ›DJ Kotze‹ oder ›Franz Fredifant‹ hieß. Junge Menschen waren ja so wahnsinnig kreativ.

Wedel zog ihn durch die Zuschauer zu den Banden eines kleinen Fußballfeldes, vielleicht sechs mal vier Meter groß.

»Der drüben am Elfmeterpunkt, das ist Bruno!«

Bruno war ein kleiner Roboter. Im Gegensatz zu Kastor hatten sich die Konstrukteure bei ihm keine Mühe gegeben, die Technik hinter einer ansprechenden Hülle zu ver-bergen. Ein zweibeiniger Android aus schwarz eloxierten Metallgliedmaßen, einem zyklopengleichen einäugigen Kamerakopf, gut einen halben Meter groß. Sein Mann-schaftskamerad – abgesehen von den klobigen Händen baugleich – stand im Tor.

»Bruno?« fragte Rünz.

»Sie haben ihn nach Labbadia benannt, dem Extrainer der 98er. Er ist der schnellste seiner Klasse, fast einen halben Meter pro Sekunde schafft er. Der kann die Pille sogar mit Hackentricks im Netz versenken.«

»Beeindruckend …«, gähnte Rünz.

»Die Dribblers sind letztes Jahr in China Weltmeister geworden!«

Wedel versuchte immer noch, ihn für die kleinen Fußball spielenden Maschinen zu begeistern. Aber gegen Rünz' liebenswert süßen Pleo wirkten sie wie plumpe Dosenöffner.

»Warum kaufen sich die Lilien dann nicht ein paar von diesen Blechdosen ein? Schlimmer kanns im Böllenfalltorstadion doch nicht mehr werden.«

Wedel ignorierte die Frotzeleien seines Chefs und starrte gebannt auf das Spielfeld. Bruno fing einen Pass der gegnerischen Mannschaft ab, dribbelte überraschend behände um seinen Gegenspieler, schob sich den kleinen orangegelben Ball in Schussposition und feuerte ihn souverän ins lange Eck, vorbei an dem verdutzten Torwart der Kontrahenten, der offensichtlich aus einem älteren Baujahr stammte. Die Darmstädter Studenten jubelten, Bruno kniete auf dem Grün und reckte mehrfach triumphierend die kleinen Aluminiumfäuste nach oben, am Spielfeldrand hüpften künstliche kleine Cheerleader mit roten Miniaturpompons. Wedel jubelte mit, als hätten die Darmstädter 98er gerade den 4:2-Treffer gegen Bayern München klargemacht. Rünz fühlte sich plötzlich unglaublich alt.

Wedel kam in der ersten Spielpause sofort ins Gespräch

mit den Studenten, er fachsimpelte mit ihnen über fußballerische Fertigkeiten der Dribblers und die technischen Details ihrer Konstruktion. Rünz zog sich zurück, besorgte sich ein Pfungstädter und setzte sich an einen der Tische, die aussahen, als hätten eben noch Metallarbeiter ihre Mittagspause dort verbracht. Auch diesen Tag würde er überstehen. Irgendwie.

»Der Bulle da drüben denkt tatsächlich, er würde was rausfinden, wenn er sich bei den Studis hier einschleimt.«

Rünz zuckte zusammen. Die junge Frau neben ihm hatte feuerrote, zu Dreadlocks verfilzte Haare und Sommersprossen. Auf ihrem T-Shirt stand – exakt positioniert auf ihrer bemerkenswerten Oberweite – die Aufschrift »alles echt«. Warum hatte sie *ihn* nicht auch sofort als Bullen identifiziert? Als Student ging er hier wohl kaum durch. Vielleicht studierte sie Sozialpädagogik, hielt ihn für einen Penner vom Luisenplatz, und litt an einem akuten Helfersyndrom.

»Gehören Sie auch zu den Teams, die diese Roboter entwickeln?«, fragte Rünz. Er entschied, seine Identität vorerst nicht preiszugeben.

»Nicht direkt, ich studiere Mathematik.«

»Und indirekt? Hatten Sie mit dem Kastorprojekt zu tun?«

Sie schaute ihn direkt an, ihre künstlichen Wimpern waren so lang wie die Borsten eines Stachelschweins.

»Sie gehören zu ihm, nicht wahr?«

Sie nickte zu Wedel herüber.

»Ja«, gestand Rünz. »Aber er ist der böse und ich bin der gute Cop.«

»Wie langweilig, dann hätte ich wohl besser ihn angesprochen. Er scheint mir sowieso besser ausgestattet zu sein, körperlich, meine ich.«

Schon das zweite Mal innerhalb weniger Tage, dass ihn eine Frau auf Wedels superiore genetische Ausstattung aufmerksam machte. Deprimierend.

»Aber mit mir können Sie besser über Gefühle sprechen«, konterte Rünz. Sie schaute ihn an, als stammte er von einem anderen Planeten.

»Was meinten Sie mit nicht direkt«, fragte Rünz. »Sie kannten das Projekt?«

»Jeder kannte es. Nur wusste keiner etwas Genaues. Entsprechend wurde dann in der Gerüchteküche gebrutzelt. Ich arbeite für das Pegasus-Team. Wir revolutionieren die Computerprogrammierung.«

Wow, dachte Rünz, so viel hat sich ja seit den Achtundsechzigern nicht verändert. Unter einer Revolution schien noch immer nichts zu gehen bei den Jungakademikern. Früher war es der Imperialismus, der eins auf die Schnauze bekam, heute alte Programmiersprachen.

»Na, wie sieht sie denn aus, ihre kleine Revolution?« stichelte Rünz, »so ein richtiger Aufstand der IT-Nerds, mit Sturm auf die Hauptplatine?«

»Es geht um Programmierung mit natürlicher Sprache«, fuhr sie fort. »Haben Sie schon mal einen Programmcode gesehen, der mit C++, Java oder Perl geschrieben wurde?«

»Klar, ist aber schon etwas länger her«, log Rünz. Er wollte seine komplette Ahnungslosigkeit in Bezug auf IT nicht offenbaren.

»Dann wissen Sie ja, wie das aussieht. Klassen, Objekte,

Attribute, Methoden in einer kryptischen, abstrakten Hieroglyphensprache, in der Regel braucht man Jahre, bis man mit diesen Codes richtig umgehen kann.«

»Und Sie machen das mit Ihrer Pegasus-Truppe besser?«

»Wir verwenden die natürliche Sprache zum Schreiben unserer Programme. Eine Anweisung wie *Addiere die Zahlen in dieser Liste* wird bei uns nicht in seltsame Algorithmen umgesetzt, sondern sie steht genau so im Programmcode.«

Rünz wurde langsam aufmerksam.

»Die ideale Steuerungssprache für einen Roboter, habe ich recht?«

Sie lächelte schelmisch.

»Wow, Sie sind ja so fix wie Jack Bauer«, sagte sie anerkennend. »Vielleicht kann Ihr Partner Ihnen doch nicht das Wasser reichen.«

»Ich werde oft unterschätzt«, grummelte der Kommissar mit sonorer Stimme. Dieser verdammte Jack Bauer. Er beschloss, anschließend noch im SATURN in der Innenstadt vorbeizuschauen und sich eine 24-Season auf DVD zu besorgen. Irgendwie musste er wieder Anschluss finden.

»Ein Quantensprung, was die Kommunikation mit humanoiden Robotern angeht. Wir haben das mit LARA durchexerziert, einer völlig neuen Roboterplattform, die hier an der TU entwickelt wurde. Ich habe erst vor ein paar Tagen erfahren, dass jeder Entwicklungsschritt, den wir mit Pegasus und LARA machten, sofort in das Kastorprojekt eingeflossen ist.«

Sie trank den Rest aus ihrem Corona und knallte die leere Flasche überraschend heftig auf den Tisch. Wahrscheinlich war sie schon etwas angeschickert.

»Ich sag Ihnen was, Bulle. Ich darf Sie doch Bulle nennen?«

»Nur, wenn ich Sie Zora nennen darf.«

»Gott, habt ihr Bullen alle so einen umwerfenden Humor? Gut, nenn mich Zora. Also, ich sag dir was, Bulle. An dieser Uni hat in den letzten Jahren im naturwissenschaftlich-technischen Bereich keiner gearbeitet, dessen Erkenntnisse nicht irgendwie in diesem Projekt verwurstet wurden – mal abgesehen von den Bauingenieuren. Kastor war so eine Art Riesenstaubsauger für Innovationen hier an der TU.«

»Und?«, fragte Rünz. »Hatten die Leute Probleme damit? Bedenken wegen der Unabhängigkeit ihrer Arbeit?«

»Sicher, manche schon. Die AStA-Funktionäre haben sich ab und an drüber aufgeregt. Aber wissen Sie, was das beste Medikament gegen Bedenken ist? Geld. Absolut zuverlässig und ohne Nebenwirkungen.«

Sie bestellte sich noch ein Bier. Sie war nicht sehr attraktiv, aber jung, und Rünz war nicht besonders wählerisch. Wenn sie auch nicht besonders wählerisch war, konnte er vielleicht bei ihr landen. Er fingerte unter dem Tisch an seinem Ehering herum, und brachte ihn mit Mühe über den Fingerknöchel.

»Lassen Sie Ihren Ring ruhig an, bei mir kommen Sie nicht zum Zug. Nicht meine Altersklasse. Es sei denn, Sie haben ein belastbares Girokonto, aber so sehen Sie nicht aus.«

Rünz steckte den Ring verschämt in seine Anzugtasche. Er beschloss, sich später zu Hause zu erschießen. Zum Glück kam Wedel von seinen Recherchen an dem kleinen Spielfeld zurück, den vollgeschriebenen Notizzettel in der Jackentasche verstauend. Rünz verabschiedete sich von seiner neuen Bekanntschaft und schloss sich seinem Assistenten Richtung Ausgang an.

»HEY, STARSKY & HUTCH!«

Die beiden Polizisten drehten sich auf halbem Weg zum Ausgang um und rammten fast ihre Köpfe aneinander. Die rote Zora saß auf dem Tisch, ihr frisches Corona in der Rechten.

»WER VON EUCH BEIDEN IST LATEINER?«

Rünz und Wedel zuckten verlegen die Schultern.

»MACHT EUCH MAL ÜBER DEN NAMEN GEDANKEN«, rief sie, dann verschwand sie in einem der Veranstaltungsräume im hinteren Teil des Gebäudes.

Wedel saß am Steuer auf dem Rückweg zum Präsidium. Er drehte die Gänge des Dienstwagens aus, als böte nur der rote Bereich auf dem Drehzahlmesser optimale Betriebsbedingungen für den Motor. Um das Jaulen des gequälten Vierzylinders zu übertönen, musste er Rünz fast anschreien.

»Die waren ganz schön überrascht von unseren Ermittlungsaktivitäten. Ein paar von denen haben wir ja schon befragt, aber die dachten alle, das hätte sich damit erledigt, was den polizeilichen Teil angeht. Die haben sich gewundert, dass wir noch am Ball sind. Ich kann Ihnen sagen, das ist die Stunde der Verschwörungstheoretiker. Die sprechen immer nur von dem Projekt, richtig ehrfurchtsvoll und geheimniskrämerisch. Ein paar von denen sind mit Teilbereichen des Systems intensiv vertraut. Aber manche schienen sich erst eben bei der Plauderstunde darüber klar zu werden, wie sie mit ihren Studienprojekten, Semester-

und Abschlussarbeiten kleine Bausteine für Kastor geliefert haben. Aber das Wichtigste: Dieses ganze Forschungsprojekt wird zu hundert Prozent von der Nakatomi Corporation kontrolliert.«

»Ja und? Wer das Geld gibt, hat das Sagen. Wissen wir doch bereits. Drittmittelforschung. Ist doch heute Alltag an den Unis. Übrigens – nur zur Info – Sie haben noch drei Gänge zur Verfügung.«

Wedel ignorierte die Empfehlung seines Chefs.

»Schon. Aber ist das auch normal, dass sich ein Konzern als Gegenleistung für drei Jahre die exklusiven Verwertungsrechte an allen dort erzielten Forschungsergebnissen sichert? Steht da nicht was von der Freiheit von Lehre und Forschung im Grundgesetz?«

»Sie lesen zu viel, Wedel. Ist nicht gut für Sie. Bedeutet das, die Beteiligten durften nicht mal ihre Forschungsergebnisse veröffentlichen?«

»So ist es. Sogar die Abschlussarbeiten, die Studenten im Rahmen des Projekts gemacht haben, wurden zwar bewertet, werden aber bis zum Ablauf der Vertragslaufzeit unter Verschluss gehalten.«

»Deswegen ist Wogner so angepisst. Zwangspause für seine wissenschaftlichen Publikationen.«

»Aber Sie wissen – alle sind gleich, nur manche sind gleicher als die anderen.«

Wedel schaltete endlich hoch, dann zog er mit der Rechten den Block aus der Jackentasche, lenkte mit dem Knie und blätterte durch seine Notizen.

»Wir müssen das natürlich noch checken, aber ein Informatik-Student aus diesem Dribblers-Team hat mir eine hübsche kleine Publikationsliste der letzten drei Jahre in die Feder diktiert. Beiträge in Fachzeitschriften über künstliche Intelligenz, lassen Sie mal sehen, ›AI Magazine‹, ›International Journal of Robotics Research‹, ›Robotics and Autonomous Systems‹. Sogar in ›Science‹ hat sie letztes Jahr einen Beitrag untergebracht.«

»Wer, die Wyss? Verdammt, nehmen Sie *bitte* das Lenkrad in die Hand und achten Sie auf die Straße!«

»Stammt alles aus den letzten drei Jahren, sagt dieser Studi. Und alles Ergebnisse aus dem Kastorprojekt, versichert er. Aber sie hat es angeblich getarnt. Laut Quellenangabe basiert alles auf Projekten, die sie als Gastprofessorin am Kushiro National College of Technology auf Hokkaido gemacht hat. Wogner muss gekocht haben vor Wut.«

»Hm – sie verpasst Wogner mit Hilfe der Nakatomi-Leute eine Maulsperre und hebt gleichzeitig munter ihren eigenen Publikationsindex. Klingt nach einem handfesten Motiv für Wogner, ihr einen Schuss vor den Bug zu geben. Könnten Sie jetzt *bitte* hoch schalten? Vielleicht hat es Ihnen auf der Fahrschule niemand gesagt, aber diese modernen Vierzylinder kann man auch *unter* sechstausend Umdrehungen fahren.«

»Wenn Sie mich fragen, Chef: Wogner hat die ganze Sache gestunken bis Oberkante Unterlippe. Er wollte das Projekt sabotieren, um Wyss abzuschießen. Und die Veranstaltung im Darmstadtium war der richtige Rahmen. Presse, Kameras, der Innenminister – die Gelegenheit konnte er sich nicht entgehen lassen. Aber dann ist ihm Kastor aus dem Ruder gelaufen.«

Wedel machte eine rhetorische Pause, bevor er weiter redete.

»Oder es war ganz anders«, sagte er. »Als ich mich mit diesem jungen Informatiker über Annette Wyss unterhalten habe, ist noch eine Maschinenbaustudentin dazugestoßen. Die macht jetzt im Herbst ihren Abschluss und fängt dann bei der Herberger-Gruppe an. Schon mal was von denen gehört, Chef? Ich konnte ein paar interessante Details aus dem Mädchen rauskitzeln. Das ist eine Holding, Full-Service-Dienstleister im Bereich Automatisierungs- und Antriebstechnik. Die Herberger macht über fünfzig Prozent ihres Umsatzes als Zulieferer für Nakatomi, die Japaner sind mit Abstand die wichtigsten Abnehmer für deren Produkte. Die Produktion und das ganze operative Geschäft laufen in Deutschland und Frankreich, aber der Hauptsitz der Holding ist in der Schweiz.«

»Klingt nach einem Steuersparmodell.«

»Bingo! Stiftung mit Auslandsbeteiligung nennt sich das Modell, der Briefkasten hängt in Basel. Die Herberger-Stiftung hält achtzig Prozent der Aktien der Unternehmensgruppe.«

»Und …«, fragte Rünz, »… kommt da noch eine Verbindung nach Darmstadt?«

»Sie hat es mir unter dem Siegel der Verschwiegenheit erzählt, ist angeblich noch nicht offiziell. Die Herberger-Gruppe bietet dem TU-Präsidium die Einrichtung einer Stiftungsprofessur an, ein komplett eingerichteter Lehrstuhl für humanoide Robotik und künstliche Intelligenz, fürstlich dotiert mit sechshunderttausend Euro pro Jahr. Und die favorisierte Kandidatin für den Lehrstuhl: Annette Wyss.«

»Kurz vor Rühmanns geplanter Emeritierung. Ein genialer Coup. Die streichen Rühmanns C4-Stelle, lassen sich von der Industrie einen Nachfolger finanzieren und sparen ein paar hunderttausend Euro im Jahr.«

»… und Herberger und Nakatomi können die Uni als Außenstelle ihrer Forschungsaktivitäten nutzen«, sagte Wedel. »So was würde Hoven eine Win-win-Situation nennen. Wogner hat ein Motiv, Wyss öffentlich zu demontieren, und Wyss hat ein Motiv, Rühmanns Emeritierung zu beschleunigen. Im einen Fall fahrlässige Tötung, im anderen Fall Mord. Was meinte die Rothaarige mit ›macht euch mal über den Namen Gedanken‹?«

»Keine Ahnung, hoffentlich nicht wieder ein griechischer Mythologie-Mist, das hatten wir doch erst bei diesem ESA-Satelliten.«

»Haben die Griechen Latein gesprochen, Chef?«

Eine berechtigte Frage, dachte Rünz. Sie waren kurz vor der Einfahrt zum Parkplatz des Präsidiums, Wedel wechselte urplötzlich vom Gas- auf das Bremspedal und legte eine Vollbremsung hin. Rünz knallte trotz Sicherheitsgurt fast mit dem Kopf an die Scheibe.

»Alles klar, Chef?«, fragte Wedel.

»Ja, danke. Diese beiden Pedale sind übrigens keine Schalter, man kann sie auch dosiert einsetzen.«

»Sorry«, grinste Wedel. »Die Spurensicherung hat übrigens ein paar DVDs aus dem Labor freigegeben, eine kleine Video-Dokumentation dieser Forschungstruppe. Liegt auf Ihrem Schreibtisch.«

19

Straßenfest im Paulusviertel. Die Frauen füllten die Salat-
und Kuchenbuffets, die Männer standen um den Schwenkgrill herum und tranken Bier, die Kinder liefen umher und
bespritzten sich und die Erwachsenen mit riesigen, druck-
luftbetriebenen Wasserpistolen. Ein paar Häuser weiter
stand eine kleine Bühne in einer Garageneinfahrt, ein Spät-
aussiedler aus der Nachbarschaft hatte eine rumänische
Combo gebucht, die grausliche Karpatenfolklore mit debi-
lem Ghetto-Hip-Hop kombinierte. Die Truppe schien in
ihrem Heimatland eine große Nummer zu sein, die ›Darmstädter Allgemeine‹ hatte zur Dokumentation des Auftritts
ihre Geheimwaffe in Stellung gebracht, einen abgehalfter-
ten Provinzdandy, der ganzjährig mit Anzug und Hut her-
umlief. In Darmstadt wurde seit Jahren kein Hundehaufen
platt getreten, ohne dass dieser Karl Kraus für Kassenpa-
tienten den Vorfall mit seinen inspirationsfreien Oberstu-
fen-Aphorismen kolumnistisch aufbereitete. Rünz kauerte
an einer der Bierbänke im hintersten Eck des Wendeham-
mers. Seine Frau hatte ihm das Versprechen abgerungen,
Präsenz zu zeigen, die Anwesenheit eines Polizisten würde
den Organisatoren ein sicheres Gefühl geben, meinte sie.
Stand das Paulusviertel inzwischen auf der Al Quaida-
Prioritätenliste? Mit etwas Glück – und wenn er mürrisch
genug dreinschaute – würde ihn niemand ansprechen, und
er würde keines dieser unsäglichen Nachbarschaftsgesprä-
che führen müssen, die auf der Suche nach gemeinsamen

Interessen und Ansichten durch die aberwitzigsten Themenlandschaften mäanderten, vom Wetter über Erschließungsbeiträge für Straßenausbaumaßnahmen und die Saisonbilanz des SV 98 bis zur Parksituation in der Innenstadt und den Regiokrimi dieses neuen Darmstädter Hobbyautors, zu dessen Lesung ihn seine Frau geschleift hatte.

Aber was den letzten Punkt anging, würde sich etwas ändern. In spätestens zwei Jahren würde man in Darmstadt nur noch über *einen* Krimiautoren reden. Über ihn. Polizeihauptkommissar Karl Rünz würde einen Krimi schreiben. Was dieser affektierte Marketing-Typ in der Stadtkirche vorgetragen hatte, das brachte er schon lange. Fast dreißig Jahre Mordkommission hatte er auf dem Buckel, welcher hergelaufene Hobbyautor sollte ihm also etwas vormachen, wenn es um investigative Recherche und beinharte Fakten über den Ermittlungsalltag ging? Und wenn sein Roman erst auf dem Markt war, dann konnte er alle Frauen haben. Und alle – das war für Rünz in erster Linie die ätherische schwedische Elfe in Hovens Vorzimmer. Was Hoven wohl für Augen machen würde, wenn er erst auf der Spiegel-Bestsellerliste stand und auf der Frankfurter Buchmesse abgefeiert wurde? Was für eine süße Rache für das gestrichene Sabbatical.

Wichtig war natürlich das richtige Pseudonym. Kein Mensch würde ein Buch kaufen, dessen Autor Karl Rünz hieß, so viel musste er sich eingestehen. Der Name eines Thriller-Autors musste den richtigen Assoziationscocktail im Kopf des Lesers – nein – im Kopf der *Leserin* zusammenmixen. Da mussten Weltläufigkeit und Stil mitschwingen, aber auch eine Spur brutaler Härte, erworben im Überlebenskampf einer Jugend in feindlicher Umwelt.

Und gleichzeitig sollte scharfer Intellekt durchschimmern, mit einer Spur Pariser Kaffeehaus, filterlosen Gauloises, schwarzem Kaffee, Rollkragenpullovern und schweren, gusseisernen Schreibmaschinen. Außerdem erhöhte eine hübsche kleine Alliteration der Initialen den Merkfaktor. Rünz nahm seinen kleinen Notizblock zur Hand und skizzierte einige Ideen. *Steve Slaughter* – nicht schlecht, aber zu englisch und viel zu reißerisch. *Carl Clancy* – eine hübsche Buchstabendoppelung, aber der Nachname war zu offensichtlich abgekupfert. Und insgesamt viel zu wenig Frankreich. *Bernard Bullit* vielleicht? Oder *Paul Preston*? Schon besser. Oder *Brad Hard*, das korrespondierte wunderbar mit bretthart, verströmte aber letztendlich auch zu wenig Geist und Bildung. Aber vielleicht war die Suche nach der eierlegenden Wollmilchsau vergeblich, was sein Pseudonym anging. Vielleicht lohnte der Versuch, die ganze Angelegenheit auf eine Zielgruppe zu fokussieren. Er konnte mit einer hübschen franko- oder italophilen Kombination die Toskana- und Provencefraktionen für seine Werke gewinnen – *Bertrand Beaujaulais* oder *Claude Camembert* klangen doch entzückend, aber letztendlich doch zu sehr nach Autorenfilm und Dekonstruktivismus. Wie hießen noch die beiden fiktiven Porno-Kommissare in dem Film ›Boogie Nights‹? *Chest Rockwell* und *Brok Landers*. Hm. Rockwell klang wirklich gut, der Fels in der Brandung, da schwangen Härte und Rücksichtslosigkeit mit, aber *Chest*? Rünz murmelte vor sich hin, Rockwell, Rockwell, Rockwell, immer wieder Rockwell – und dann hatte er ihn.

Raoul Rockwell

Das war es. Da verschmolzen amerikanische Zielstrebigkeit, südeuropäische Leidenschaft und französischer Existenzialismus. Raoul, da war einfach alles drin, vom ungarischen Widerstandskämpfer im Zweiten Weltkrieg, leidenschaftlicher Liebe hinter der Flugblatt-Druckmaschine im konspirativen Kellerverschlag, über den versnobten Londoner Kaffeehausdandy bis zum heißblütigen Exilkubaner. Raoul suggerierte Exotik, Verwegenheit, Talent, Wagemut, Charme, Inbrunst und Verlangen. Die schwedische Elfe gehörte ihm. Aber was nützte der richtige Name, wenn keine spektakuläre Autorenbiografie dahinterstand? Rünz köpfte ein Pfungstädter Märzen, knöpfte sich zur Entspannung des Bauchfetts die Hose auf, trank die Flasche in einem Zug, skizzierte einige Ideen und ließ dann beschwingt den Stift über das Papier sausen.

Raoul Rockwell wurde 1957 als Sohn eines sardischen Eisenbiegers und einer philippinischen Klosterschülerin in Tanger geboren. Er verbrachte seine Kindheit mit Frondiensten in den Schwefelgruben Abessiniens, emigrierte mit fünfzehn Jahren nach Kanada und schlug sich in den Docks von Vancouver als Hafenarbeiter durch. Seine ersten literarischen Erfolge feierte er mit der ebenso schonungslosen wie poetischen Milieustudie »harte fäuste« und der obszön-sensiblen Novelle »Container-Liebe«. Sein erster Thriller ist ein fulminantes, atemberaubendes Debüt, präzise recherchiert und beängstigend nah an der Realität.

Er las die Kurzbiografie noch mal durch. Die philippinische Klosterschülerin war natürlich dick aufgetragen, aber warum den Schreibfluss unterbrechen, wenn das Märzen gerade das Großhirn überspülte und man richtig schön am Fabulieren war? Und Vancouver, lag das eigentlich in Kanada? Und am Meer? Egal, solche Kleinigkeiten konnte später immer noch die Lektorin des Suhrkamp-Verlages checken. Rünz verbat sich weitere Grübeleien. Zaudern und Erfolg passten einfach nicht zusammen. Und was das Thema anging – mit dem abgeschmackten Genre ›Regiokrimi‹ würde er gar nicht erst anfangen. Nun ja, er würde vielleicht den Plot in Darmstadt verorten, nur hier kannte er sich schließlich aus. Aber unter einer drohenden globalen Katastrophe ging schon mal gar nichts. Schließlich wollte er gleich ganz oben in der Grisham/Clancy-Liga aufspielen. Wie war es zum Beispiel mit einem Tsunami im Woog, da konnte er eifrig bei Frank Schätzing abkupfern. Oder der Ausbruch eines unbekannten und hoch-infektiösen Virus im Affenhaus des Vivariums? Denkbar auch eine Verschwörung von Illuminaten im Magistrat der Stadt, die die umstrittene Nord-Ost-Umgehung in Wahr-heit als Landebahn für außerirdische Konquistadoren ihres extraterrestrischen Herrenvolkes nutzen wollten. Auch ein 9/11-Bezug garantierte Auflage, warum also nicht eine Cessna auf dem Flughafen Egelsbach entführen und in den Hochzeitsturm rauschen lassen? Womöglich die schreck-liche Tat eines durchgeknallten Nordic Walkers, dem man auf der Ludwigshöhe die Stöcke gestohlen hatte. Rünz war zuversichtlich, an Ideen mangelte es ihm nicht, und wenn in den nächsten Monaten in Darmstadt nicht allzu viele Menschen ermordet wurden, konnte er einen großen Teil des Plots während der Arbeit zu Papier bringen. Herr-liche Aussichten.

Und wenn er erst mal zwei oder drei Bücher in den Bestsellerlisten hatte, würde er mit einem handfesten Skandal die *awareness pushen*. Seine Strategie: In den Interviews zu Anfang konsequent alle politischen Aktivitäten im Lebenslauf leugnen, um dann im großen FAZ-Portrait mit dem Geständnis rauszurücken: Ich war in der Jungen Union. Was Grass konnte, konnte er schon lange.

»Hallo«, fiepte es hinter ihm.

Er drehte sich um. Es war Oskar, die sechsjährige Keimschleuder aus dem ersten Stock. Sein Mund war großflächig mit Ketchup und Mayonnaise verschmiert, in der Hand hielt er eine martialische, knallbunte Wasserspritze. Rünz schaute nervös zu den Frauen an den Buffet-Tischen. Er hatte Oskar ein paar Wochen zuvor einmal ausführlich die Funktion seines Ruger Super Redhawk erklärt, nicht gerade zur Begeisterung der Mutter des Kleinen.

»Hallo«, knurrte Rünz und starrte wieder auf seinen Block. Einfach ignorieren, dann würde sich der kleine Krankheitserreger sicher wieder vom Acker machen. Plötzlich erstarrte er innerlich. Warum war Oskar nicht im Urlaub? Sicher würde er jetzt Pleo zurückverlangen. Rünz spürte, wie ihm schon die Aussicht auf die bevorstehende Trennung das Herz zuschnürte, er fühlte sich wie eine Leihmutter, der direkt nach der Entbindung das Neugeborene entrissen wurde. Er beschloss, das Thema Pleo nicht anzusprechen. Vielleicht dachte Oskar gar nicht dran. Kinder waren so vergesslich. Und tatsächlich – Oskar schien Pleo nicht zu vermissen. Er hatte ein neues Lieblingsspielzeug.

»Das hier ist *meine* Waffe!«

»Schön für dich«, knurrte Rünz.

Zehn Sekunden Stille.

»Ist eine Hasbro SuperSoaker Sneak Attack, mit zwei Litern Reserve. Kannst du mit um die Ecke schießen. Mit Sprühdüse!«

Rünz bereute, sich jemals mit dem Jungen unterhalten zu haben. Der Kleine durfte auf keinen Fall Sympathie für ihn entwickeln. Er drehte sich seufzend um.

»Na, dann lass mal sehen.«

Oskar gab ihm die Spritze. Die Waffe lag gut in der Hand, die Luftpumpe war wie der Vorderschaft einer Pumpgun konstruiert, das Gewicht der Wasserladung verlieh dem Spielzeug eine ausreichend große, träge Masse. Kurzum – das richtige Instrument, um junge Menschen behutsam an den Umgang mit Schusswaffen heranzuführen. Rünz legte probeweise auf die Frauengruppe am Kuchentisch an, und hatte prompt die Gesichter seiner Gattin und Oskars Mutter im Visier, die ihre Köpfe zusammensteckten und tadelnd herüberschauten. Er schwenkte zum Grill und nahm die Biertrinker aufs Korn. Sie waren in ihre Männergespräche vertieft, lachten lauthals und schienen sich prächtig zu amüsieren. Nur einer stand etwas verloren dabei, ein relativ kleiner, unscheinbarer, südländischer Typ in Cordhosen, der sich dem rituellen Besäufnis zu verweigern schien und von den anderen dafür mit Ignoranz bestraft wurde. Mitte fünfzig, dichtes Haar und graue Schläfen, Breitcordhosen und Birkenstocksandalen. Rünz kannte ihn. Es war einer dieser veganischen Weichspüler aus ihrer Pilatesgruppe. Ihn und ein paar andere aus der Gruppe hatte Rünz' Frau zwei Jahre zuvor einmal zum Abendessen eingeladen; Missverständnisse hatten dabei zu einer etwas angespannten Atmosphäre geführt. Er schien geknickt und freudlos, vielleicht hatte ihm ein korrupter Reformhaushändler Schweinehack in die Sojabratlinge gemischt. Warum war er hier? Wohnte er in der Nachbarschaft? Rünz hatte ihn noch nie im Paulusviertel gesehen. Er schwenkte die Waffe wieder zum Buffet zu seiner Frau. Sie starrte herüber zu der Männergruppe, und es gab wenig Zweifel, mit wem sie so ausdauernden Blickkontakt hatte. Oskar tippte ihm auf den Rücken, er gab dem Kleinen die Waffe zurück.

»Nicht schlecht für den Anfang«, sagte Rünz.

Oskar wollte sich wieder auf den Weg zu seinen Freunden machen.

»Warte mal Kleiner. Ich habe eine Idee. Siehst du da drüben den Mann mit der braunen Cordhose und dem weißen Hemd? Der, mit dem keiner spricht? Das ist ein guter Freund von mir, dem spielen wir jetzt einen Streich. Du schleichst dich an, und wenn du nahe genug dran bist, verpasst du ihm eine ordentliche Dusche, am besten mitten ins Gesicht, klar? Mach dir keine Sorgen, der kann einen Spaß verstehen.«

Begeistert über seinen kleinen Kommandoauftrag zog Oskar ab, kletterte über den nächsten Jägerzaun und arbeitete sich wie ein Einzelkämpfer durch die Hecken in den Vorgärten auf den Grill zu, jede Deckung ausnutzend. Der Junge hatte Potenzial.

Rünz wandte sich wieder seinem Block zu und versuchte, einige Plotideen zu Papier zu bringen, aber weit kam er nicht mit seinem Text. Am Grill riefen Menschen durcheinander, ein kleiner Auflauf hatte sich gebildet, immer mehr Nachbarn strömten zusammen. Der Kommissar stand auf, konnte aber immer noch nicht erkennen, was die Menschen so verwirrte. Vielleicht eine angefahrene Katze – im Idealfall Muschi. Oder jemand hatte sich am Grill die Finger verbrannt. Ein paar Nachbarn aus seinem

Haus schauten zu ihm herüber, sie schienen Bedarf an Polizeipräsenz anzudeuten. Widerwillig stand Rünz auf und setzte sich in Bewegung. Je näher er der Menschentraube kam, umso besser konnte er die Stimmen verstehen. *Wasser, wir brauchen Wasser für seine Brandwunden – hat jemand ein Handy? Kann jemand einen Krankenwagen rufen? Er hat sicher eine Gehirnerschütterung! Stabile Seitenlage und Herzmassage, sonst schafft er es nicht.* Herzmassage in Seitenlage, nicht gerade Erfolg versprechend. Rünz drückte sich durch die Menschentraube. Die beige, durchnässte Breitcordhose war das Erste, was er von dem am Boden liegenden Weichspüler sah, dann roch er verbranntes Haar. Neben dem wimmernden Lädierten kniete eine Frau, hielt seinen Kopf mit den Brandblasen an der Schläfe liebevoll auf ihrem Schoß und murmelte tröstende Worte. Eine hinreißende Szene, eigentlich fehlte nur der Pfarrer für die Letzte Ölung. An dem rührenden Stillleben störte nur ein Detail – die barmherzige Samariterin war nicht irgendeine, sondern Rünz' Frau. Oskar stand neben den beiden, das Gesicht tränenüberströmt. Rünz sondierte kurz die Spurenlage – Verteilung der Wasserspritzer, Position des umgekippten Grills und die Lage des halb leeren umgekippten Bierkastens. Das ganze Setting ließ nur eine Schlussfolgerung zu: Oskar hat den Weichspüler mit seiner Wasserattacke zu einem denkbar ungünstigen Zeitpunkt erwischt, vielleicht hatte er sich gerade gedreht oder nach etwas gebückt, jedenfalls hatte er vor Schreck das Gleichgewicht verloren, war über den Bierkasten gestolpert und im Sturz mit dem Kopf gegen den Grill geschlagen. Der Veganer kam zur allgemeinen Beruhigung langsam wieder zu sich. Auch Oskars Stimmung schien sich zu ändern, seine Augenbrauen zogen sich finster zusammen, aus Scham über seine Missetat wurde Zorn auf seinen Kommandeur. Plötzlich und ohne Vorwarnung zeigte er auf Rünz.

»Der da hat mich angestiftet. Der hat gesagt, ich soll ihn nass machen!«

»Kann ich Sie mal kurz sprechen, Chef?«

Wedel hatte sich von hinten an Rünz herangepirscht und tippte ihm auf die Schulter. Eins musste man ihm lassen – manchmal stimmte sein Timing. Die beiden Polizisten überließen einem Sanitäter aus der Nachbarschaft die medizinische Erstversorgung der Breitcordhose und entfernten sich ein paar Meter von der Unglücksstelle.

»Wir haben diesen verschwundenen Typen von den Aufnahmen im Darmstadtium identifiziert. Jochen Rossberger. Komischer Kauz. Unverheiratet, keine Kinder. Lebt in Eppstein im Taunus alleine in seinem Elternhaus. Ist jetzt seit zwanzig Jahren beim LKA im Innendienst, ein Ärmelschoner. Die Abschlussprüfung für den gehobenen Dienst hat er damals vergeigt. Er hat die Prüfungsergebnisse juristisch angefochten, durch alle Instanzen, bis zum Verwaltungsgerichtshof – ohne Erfolg. Parallel hat er Dienstaufsichtsbeschwerde gegen den damaligen Rektor der Verwaltungsfachhochschule in Wiesbaden eingereicht. Und jetzt raten Sie mal, wer das war.«

In Rünz Kopf fügten sich langsam Erinnerungsbruchstücke zu einem Bild.

»Paul Weller, unser scheidender Polizeipräsident«, mutmaßte er.

»Richtig«, bestätigte Wedel. »Dieser Rossberger hat seit damals so eine Art persönlichen Kleinkrieg gegen Weller geführt. Beide haben ungefähr zeitgleich beim LKA angefangen. Weller in der Führungsetage, Rossberger als Erbsenzähler. Weller muss sich nach dem Wechsel vorgekommen sein, als hätte er ständig einen bissigen kleinen Zwergpinscher an der Wade. Beim LKA hat Rossberger kontinuierlich weitergestänkert. Hat sich in der Polizeigewerkschaft engagiert und absurde Klagen ohne Ende abgefeuert. In den Achtzigern hat er in einen Dienstwagen mit Ottomotor Diesel getankt. Das Land verlangte von ihm die Reparaturkosten für den Motorschaden – er klagt dagegen. Anfang der Neunziger dann eine hübsche lange juristische Auseinandersetzung darüber, ob eine Erkrankung während dem Freizeitausgleich von Überstunden angerechnet wird oder nicht. Dann eine Anfechtungsklage gegen eine interne Versetzung. Seine Personalakte sieht auf den ersten Blick sauber aus, aber wer zwischen den Zeilen lesen kann, weiß Bescheid – der Typ ist hauptberuflich Querulant. Die haben mehrfach versucht, Rossberger ganz aus dem Polizeidienst rauszuekeln, aber der hatte wohl einen pfiffigen Anwalt.«

»Aber warum war er bei Wellers Verabschiedung?«

»Vielleicht Schadenfreude, weil sein Erzfeind in den Ruhestand geschickt wird?«

»Vielleicht hatte er was anderes vor. Wie nennt man das im Fußball noch?«

»Nachtreten, meinen Sie?«

»Wann können wir mit ihm sprechen?«

»Keine Ahnung. Ist seit dem Abend im Darmstadtium nicht zum Dienst erschienen. Keine Krankmeldung, kein angemeldeter Urlaub. Zu Hause ist er auch nicht. Untergetaucht. Sollen wir ihn auf die Fahndungsliste setzen?«

20

Tonis Grillstube auf dem Frankfurter Riedberg. Schmelztiegel der Kulturen und multikulturelle Mini-Metropole, die Bembel-Version des Times Square. Hier kamen auf dreißig Quadratmetern Bretterbude alle Nationen und sozialen Klassen zusammen – Poliere aus Katowice und Biophysiker aus Toronto, Trockenbauer aus Kalabrien und Neurowissenschaftler aus Cambridge.

Und was die Gesprächsthemen in der Warteschlange am Grill anging, da war für jeden etwas dabei. Vorne wurde über Strukturformation und Selbstorganisation in komplexen Systemen debattiert, und direkt dahinter ging es mit nicht weniger Engagement um die Titten des Seite-drei-Mädchens in der Bild-Zeitung. Und Toni brachte sie alle zusammen. Er hatte anscheinend das Monopol für Kalorienzufuhr hier auf der riesigen Baustelle. Rünz schob sich langsam und genussvoll die Currywurst-Stücke in den Mund. Habich erzählte ihm irgendetwas über evolutionäre Algorithmen, aber er hörte nur mit einem Ohr zu. Viel lieber beobachtete er diesen disparaten Haufen von Individuen, die nur eine Gemeinsamkeit hatten – das überaus menschliche Verlangen nach Eiweiß und Kohlenhydraten. Da passte etwas überhaupt nicht zusammen, und es hatte mit dem Verhältnis zwischen ihren Körpern und ihren Gehirnen zu tun. Die Malocher mit ihren massigen Leibern und ihren dicken, schwieligen Händen strahlten pure körperliche Präsenz aus. Sie wirkten, als könnten sie ihr

Tagwerk und ihr tristes Leben notfalls auch ohne die graue Masse zwischen ihren Ohren bewältigen. Bei den hageren und blassen Forschern und Studenten mit ihren schmalen Gelenken dagegen schien die ausschließliche Aufgabe von Rumpf und Gliedmaßen die Ernährung und der Transport des kostbaren, hoch entwickelten Gehirns zu sein.

»Heiße Mischung hier«, sagte Rünz, nachdem Habich ihr kleines Referat beendet hatte. »Nur die Mittelschicht fehlt, von uns beiden mal abgesehen. Wo kommen die ganzen Leute her?«

»Die Jungs mit den Helmen ziehen hier einen komplett neuen Stadtteil hoch. Wohngebiete, Grünanlagen und einen nagelneuen Campus. Die Uni Frankfurt verlagert ihre ganzen naturwissenschaftlich-technischen Fakultäten auf den Riedberg – Physik, Chemie, Mathematik, Pharmazie. In ein paar Jahren sollen hier über sechstausend Wissenschaftler und Studenten arbeiten. Einige Unternehmen gehen schon auf Tuchfühlung und haben Forschungszentren angesiedelt. Als *Life-Science-Cluster* wird das vermarktet. Bis 2017 soll alles stehen. Toni wird sich dann in der Karibik eine Insel kaufen.«

»Studenten arbeiten? Ich dachte, die saufen sich die Leber dick und hauen sich Narben ins Gesicht, solange sie noch stehen können. Sind Sie öfter hier oben?«

»Ja, seit die Biochemiker der Uni Frankfurt hier ihre Fakultät haben. Wir holen uns da ab und an fachliche Unterstützung.«

Habich wischte sich Soßenreste vom Mund ab.

»Sie auch noch einen Underberg, Herr Rünz?«

»Gerne, wir sind ja noch im Dienst.«

Für Rünz war es ein Gebot der Höflichkeit, nicht abzulehnen. Er empfand große Sympathien für Menschen mit Alkoholproblemen, schließlich hatte er selbst eines. Alkoholkonsum sei eine Form der Realitätsflucht, hatte ihm seine Frau schon mehrfach darzulegen versucht. Aber wenn – und so viel hatte er inzwischen über das menschliche Gehirn gelernt – die Wahrnehmung ohnehin ein maßlos subjektiver Prozess biochemischer Selektion und Interpretation von Sinneseindrücken war, warum sollte dann ausgerechnet der nüchterne Zustand die Realität abbilden, und die von Alkohol befeuerten Synapsen eine künstliche Fluchtwelt? Vielleicht war es genau anders herum. Vielleicht hatten die Abstinenzler einfach nur Angst vor der Wahrheit des Rausches.

Rünz schielte auf die Schwimmringe über dem Hosenbund der Kriminaltechnikerin. Sie verweigerte sich auf eine liebenswert konsequente Art dem Jahrmarkt der Eitelkeiten. Aber schon ihre genetische Ausstattung war ein manifester Beweis dafür, dass es keinen Gott gab. Sie war einfach unattraktiv. Wie lange, überlegte Rünz, würden sie ihn in der JVA Weiterstadt einsperren müssen, bis er Lust auf eine Frau wie sie hatte?

»Wir müssen los«, sagte sie kurz angebunden. Sie hatte seinen kritischen Blick bemerkt.

Auf dem Fußweg quer über den Campus wichen sie mehrmals Transportern mit schweren Betonfertigteilen und Radladern aus, beide hatten lehmverdreckte Schuhe, als sie vor dem *Frankfurt Institute for Advanced Studies* standen, einem blutroten Monolith auf einem mit Naturstein verkleideten Sockel, die Fassade in strengem geometrischen Fensterraster gegliedert. Das komplett fertiggestellte Gebäude wirkte auf der riesigen Baustelle wie ein bizarrer und fremdartiger Solitär. Beide blieben einen Moment stehen und atmeten durch, zwei Sportmuffel an ihrer Leistungsgrenze.

»Was machen die in diesem Institut?«, fragte Rünz.

»Die erforschen komplexe Systeme.«

»Sie meinen *Frauen*?«

»Nicht ganz. Moleküle, Gewebe, chemische Substanzen, Galaxien – die interessieren sich für alles, was in irgendeiner Form Strukturen ausbildet. So wie das Gehirn unseres kleinen Roboters.«

Sie stapften weiter Richtung Haupteingang. Der Vorstandsvorsitzende des Institutes hatte wohl auf sie gewartet, er empfing sie gleich unten im Foyer, ein agiler kleiner Saarländer mit weit zurückgezogenem Haaransatz, Nickelbrille und einem leichten französischen Akzent. Er begrüßte Habich wie eine gute Freundin, und Rünz vergaß seinen Namen in dem Moment, als er ihn gehört hatte. Da der Kommissar das Institut noch nicht kannte, hofierte er beide Besucher mit einer perfekt choreografierten Kurzführung, als wären sie finanzstarke Mäzene auf der Suche nach förderungswürdigen Projekten.

»… *Public Private Partnership* heißt das Zauberwort. Die Goethe-Universität und das Land Hessen stellen nur die Räumlichkeiten und die Infrastruktur zur Verfügung. Die gesamten Personalkosten werden aus einem privaten Stiftungsvermögen finanziert. Wir haben uns das Modell vom *Institute for Advanced Study* in Princeton abgeschaut. Was Sie hier sehen, ist die Zukunft der Forschung in Deutschland.«

Wieder einer, dem die Rezession nicht die Laune verdorben hatte. Er wies auf einen Konferenzraum hinter einer Glaswand, in dem eine Gruppe junger Wissenschaftler diskutierte – ein Schwarzafrikaner, eine Asiatin und ein rothaariger nordischer Typus. Die kleine Gruppe wirkte definitiv zu international, smart und attraktiv, um glaubwürdig zu sein; wahrscheinlich hatte der Direktor sie bei einer Hostessen-Agentur gebucht, um potenzielle Investoren zu beeindrucken.

»Bei uns finden Sie keine starren und verkrusteten Strukturen und streng abgegrenzte Fachbereiche wie in den klassischen Universitäts-Fakultäten. Interdisziplinäre Teams und flache Hierarchien sind unser Schlüssel zum Erfolg. Bei uns arbeiten Senior, Junior und Adjunct Fellows auf Augenhöhe. So pushen wir den kreativen Output. Und betreuen darüber hinaus über zwanzig Doktoranden der *Frankfurt International Graduate School for Science*.«

Immer der gleiche Sermon. Rünz empfand Franz Wogner inzwischen als stillen Verbündeten im Kampf gegen diese Krustenaufbrecher. Was hatte nur alle Welt gegen starre und verkrustete Strukturen? Sie gaben Halt und Sicherheit. Jedenfalls konnte sich Hoven hier noch ein paar Scheiben abschneiden, dachte der Kommissar. Und warum schickte der Stiefvater seines Patenkindes den kleinen Kevin nicht gleich hier zur Schule?

Eine gute Viertelstunde dauerte der Rundgang, dann standen sie zu dritt auf einer Holzterrasse auf dem Dach des Gebäudes, neben einem verglasten Kubus, dessen Inneneinrichtung einer Club-Lounge ähnelte. Südöstlich von ihnen, keine zehn Kilometer entfernt, stiegen die Türme der Frankfurter Skyline aus dem Dunst – Commerzbank-Tower und Messeturm, Westend-Tower und Maintower und der Opernturm. Und im Vordergrund, alle anderen weit überragend wie der Taktstock eines Dirigenten, der Bockenheimer Europaturm.

»Auf unseren Faculty Club hier oben sind wir besonders stolz!«

Der Vorsitzende schaute einige Sekunden nachdenklich Richtung Frankfurt, bevor er zur Sache kam.

»Franz Wogner hat dieses Kunsthirn entwickelt, richtig?«

»Sie kennen ihn?«, fragte Habich.

»Wogner war wie ich beratendes Mitglied beim *Bernstein-Fokus Neurotechnologie*, einem regionalen Forschungskonsortium, zu dem Institute in Darmstadt, Offenbach, Heidelberg und Frankfurt gehören. Wir haben ziemlich ambitionierte Pläne mit diesem Zusammenschluss – das Ziel ist, Roboter von tumben Befehlsempfängern zu selbstlernenden, autonomen Wesen zu entwickeln. Das Konsortium gehört zum bundesweiten *Nationalen Bernstein-Netzwerk für Computational Science*, einem Hundertmillionen-Projekt des Bundesforschungsministeriums. Wogner zettelte ständig Grundsatzdiskussionen mit den Verantwortlichen an, über die seiner Meinung nach viel zu enge Kooperation mit der freien Wirtschaft. Mit der Zeit hat er sich dann auf unser Institut hier auf dem Riedberg eingeschossen, manchmal hatte ich das Gefühl, wir wären für ihn die Verkörperung des Bösen, weil wir erfolgreiche Forschungsarbeit aus Privatinitiative generieren. Anfangs habe ich noch Appeasement-Politik mit ihm betrieben, habe ihn in den wissenschaftlichen Beirat unseres Ernst-Strüngmann-Forums berufen. Wir diskutieren in diesem Forum vier Mal im Jahr fachübergreifend wissenschaftliche Gegenwartsprobleme. Im Herbst letzten Jahres ging es um

Neurowissenschaften, und Wogner hat für einen richtigen Eklat gesorgt. Er hat die Veranstaltung praktisch gesprengt mit seinen Tiraden gegen die Arbeit unseres Institutes.«

Rünz wurde ungeduldig.

»Was ist mit dieser Kugel, haben Sie was herausgefunden?«

»Nun, ich wusste, was für ein heller Kopf Wogner ist, und ich wusste, welche Felder er beackert. Aber ich hatte keine Ahnung, wie weit er mit seinen künstlichen Neuronen schon ist. Die Matrix in dieser Kugel besteht aus einem Biosilikat mit einer Porenweite im Nanometerbereich. Sie wird ausgefüllt von einem viskosen Polyelektrolyt, genauer gesagt, einem Biopolymer. Ich habe noch nie einen synthetischen Stoff gesehen, der näher an die menschliche DNA herankommt, was die chemischen und physikalischen Eigenschaften angeht. Dieses Gel bildet unter elektrischer Stimulation Strukturen im Trägergitter aus, die von menschlichen Neuronennetzen auf den ersten Blick überhaupt nicht zu unterscheiden sind. Die Basiselemente der Signalverarbeitung sind morphologisch natürlichen Neuronen verblüffend ähnlich – Somata, Axone, Dendritenbäume, Synapsen – alles ist vorhanden, die Signalübertragung basiert nur auf einem völlig anderen Chemismus. Diese feine Siliziumstruktur bildet einfach nur eine Art katalytische Matrix für das Biopolymer, so wie ein Rankgitter für einen Efeu. Mein Gott, ich würde viel dafür geben, zu wissen, wie er diese Substanzen hergestellt hat.«

Rünz ahnte zumindest, mit welchem Geld Wogner dieses Gehirn entwickelt hatte.

»Warum können Sie es nicht synthetisieren?«, fragte Habich.

»Die Zusammensetzung dieses Biopolymers chemisch zu analysieren ist die eine Seite – um es herzustellen, müssen Sie das Kochrezept kennen. Das ist ungefähr so wie mit der Formel für Coca-Cola. Sie wissen, was drin ist, aber trotzdem können Sie es nicht einfach so nachmixen.«

Der Instituts-Chef drehte sich zu den beiden um, lehnte mit dem Rücken am Geländer und verschränkte die Arme vor der Brust. Die leichte Brise wehte ihm ein dünnes Fähnchen Haare vom Hinterkopf über die Glatze.

»Wogner hat ein voll funktionsfähiges, selbstwachsendes neuronales Kunstnetz kreiert. Er hat erfolgreich künstliche *Wetware* entwickelt, und ich bin mir ziemlich sicher, dass er weltweit der Erste ist. Wir stehen hier vor einer technologischen Singularität, die alle Futurologen frühestens für das Jahr 2050 prognostiziert haben.«

Habich und Rünz schauten ihn verständnislos an.

»*Wetware*?«, fragten beide fast gleichzeitig.

»Wir versuchen seit Jahrzehnten, mit der modernsten jeweils zur Verfügung stehenden Computerarchitektur künstliche Intelligenz nachzubilden. Natürlich haben wir heute pfiffige und elegante Instrumente – evolutionäre und genetische Algorithmen, selbstlernende und bioanaloge Software, Soft Computing, Fuzzy Logik – aber bei komplexen Problemstellungen stoßen wir immer an die gleichen Grenzen. Die Kollegen von der Technischen Hochschule in Lausanne loten derzeit die Möglichkeiten dieser konservativen Strategie aus. Sie bauen ein Rattenhirn im Rechner nach, Zelle für Zelle, Chip für Chip. *Blue Brain* heißt das Projekt, und in einigen Jahren, wenn die Rechnerleistungen noch einmal um eine Zehnerpotenz höher sein werden, wollen sie ein menschliches Gehirn nachbilden, eins zu eins. Kein sehr eleganter Ansatz, wenn Sie mich fragen. Das ist, als wollten Sie sich aus ein paar Baumstämmen einen Formel-1-Renner zusammenbauen. Die Natur kennt keinen Unterschied zwischen Hard- und Software. Natürliche Systeme wie die Hirne von Säugetieren sind so leistungsfähig, weil Hard- und Software nicht zu trennen sind, sie sind *identisch* – Wetware eben. So wie in Wogners kleinem Kunsthirn. Sieht so aus, als hätten Sie einen potenziellen Nobelpreisträger auf der Fahndungsliste.«

»Ja«, sagte Rünz, »manchmal gibt der Herr einem großen Arschloch ein großes Talent. Das ist es doch, was Sie denken, oder?«

Der Wissenschaftler grinste und schwieg.

»Können Sie dieses Kunsthirn irgendwie auslesen? Es muss doch Schnittstellen haben, die wir anzapfen können«, schlug Habich vor.

»Mit dem Auslesen solcher Gehirne ist es ein wenig wie in der Quantenphysik. Die Heisenberg'sche Unschärferelation. Keine Messung ohne Beeinflussung des zu messenden Objektes. Das Kunsthirn hat keinen Status Quo, keinen statischen Datenspeicher, den sie auslesen können, ohne ihn zu verändern. Sie manipulieren und verändern die gesamte Struktur in dem Moment, in dem sie Ihre Messeinrichtungen anschließen. Oder haben Sie schon mal einen Zeugen befragt, *ohne ihn zu beeinflussen*, Herr Rünz? Glauben Sie mir, das ist unmöglich. Aber ich könnte Ihnen viel mehr erzählen, wenn wir das komplette System begutachten könnten, die ganze Robotik-Plattform einschließlich aller peripheren Systeme …«

»Ausgeschlossen«, unterbrach Rünz.

Rünz' Misstrauen kränkte den Wissenschaftler, einige Sekunden herrschte peinliches Schweigen. Rünz wollte sich schon verabschieden, als der Saarländer wieder das Wort ergriff.

»Da ist noch etwas. Eine Inhomogenität in der räumlichen Struktur des Kunsthirns. Die Polymer-Neuronen füllen das gesamte Volumen der Kugel aus, immer schön an der Gitterstruktur entlang wachsend. Bis auf ein kleines Areal, ungefähr einen halben Kubikzentimeter groß. Dort klumpt das Gel zu einem amorphen Haufen. Wie eine Neoplasie.«

»Vielleicht ein Materialfehler in der Matrix«, sagte Habich. »Eine Diskontinuität in der Gitterstruktur, ein Fehler, der bei der Produktion nicht bemerkt wurde. Vielleicht ist das die Ursache für die Fehlfunktion.«

»Das war die wahrscheinlichste Erklärung«, murmelte der Vorsitzende und schaute nachdenklich Richtung Horizont.

»Und die unwahrscheinliche?«, fragte Rünz.

»Das Biosilikat ist fehlerfrei und homogen aufgebaut, so weit wir das mit unseren bildgebenden Verfahren nachprüfen können. Auf die Gefahr hin, zu fantastisch zu klingen – je perfekter wir solche natürlichen Systeme nachbilden, umso größer wird die Gefahr, auch die Fehleranfälligkeit natürlicher Systeme mit einzubauen. Ich denke an unkontrollierte Mutationsprozesse in künstlichen Zellverbänden ...«

»Halt«, unterbrach Rünz. Sein Puls ging hoch, er spürte kalten Schweiß auf der Stirn. »Sie meinen, dieses Plastikgehirn hat einen *Tumor*?«

»Wie gesagt, eine sehr unwahrscheinliche Ursache. Jedenfalls könnte diese Inhomogenität verantwortlich sein für die Fehlfunktion des Androiden. Und das ist doch die Erklärung, nach der Sie suchen?«

Diese völlig unerwartete Attacke auf seine Verdrängungskunst verunsicherte Rünz. Der Saarländer war ihm plötzlich unsympathisch.

»Sie sagten eben etwas von einer Fahndungsliste, auf der Wogner steht. Woher wussten Sie davon?«

Der Vorsitzende zog verständnislos die Schultern hoch, Habich schaute verlegen zu Boden. Frauen redeten einfach gerne.

21

Die Sache mit der Geschwulst im Kunsthirn hatte ihm
den Rest gegeben. Er konnte jetzt nicht mehr warten. Sein
Arzt hatte ihm kurzfristig einen Termin für eine Biopsie
in der Frankfurter Uniklinik vermitteln können. Er hatte
seiner Frau etwas von einer Fortbildungsveranstaltung in
Kassel erzählt, und den Kollegen von einem Kurzurlaub.
So konnte er die ganze Geschichte anonym und ungestört
hinter sich bringen. Drei Tage. Nicht lange genug, um einen
richtigen Klinikblues zu entwickeln, aber lange genug für
einen kurzen Abstecher in den Höllenschlund des Lebens.
Er vermisste Pleo, aber er hatte keine Lust gehabt, sich
mit seinem kleinen Freund beim Klinikpersonal lächerlich zu machen. Der Mann neben ihm, Ende sechzig, litt
an einem Magenkarzinom. Er erwähnte das eher nebenbei, nachdem er Rünz ausführlich Zustand und technische
Spezifikationen seines 230er Mercedes dargelegt hatte.
Baujahr '66, mit 120 PS und zwei 35/40 INAT-Fallstrom-
Doppelregistervergasern. 350.000 Kilometer – mit der
ersten Maschine. Rünz interessierte sich nicht ausreichend
für Autos, um die Daten angemessen würdigen zu können,
simulierte aber trotzdem etwas Begeisterung, um seinen
Zimmernachbarn nicht zu kränken. Der Alte konnte sich
genau an den Tag erinnern, an dem er den Wagen gekauft
hatte, weil seine chronischen Rückenschmerzen praktisch
gleichzeitig begannen. Seitdem hatte er täglich fünf bis
sechs Schmerztabletten eingenommen, und die beiläufige

Art, mit der er von seiner Selbstmedikation berichtete, gab keinen Anlass, an seinen Angaben zu zweifeln. Eine plausible Erklärung für seine Krebserkrankung zu haben schien ihn versöhnlich zu stimmen, jedenfalls haderte er nicht im Rückblick mit seinem Pillenmissbrauch. Im Gegensatz zu Rünz, der nach seiner Biopsie völlig fit war und nur zwei Tage zur Beobachtung im Hospital bleiben sollte, war der Alte bettlägerig und voll auf die Hilfe des Pflegepersonals angewiesen. Der Umgang der Pfleger und Schwestern mit dem Krebspatienten war überraschend disparat, und schon nach achtundvierzig Stunden Beobachtung schälte sich für Rünz eine kleine Typologie des Berufsstandes heraus, die ihm den Überblick erleichterte. Die erste von drei Fraktionen der weißen Helfer nannte er insgeheim die *Berufenen*. Sie schienen ihre Aufgabe trotz der Belastungen und Zumutungen zu mögen und hatten Freude an ihrer Arbeit, entsprechend gab es keinen Grund für Patienten, sich vor dem Umgang mit ihnen zu fürchten. Bei der zweiten Fraktion, den *Zufälligen*, schien nicht ganz klar, wie sie zu ihrer Profession gekommen waren. Vielleicht hatte ihnen irgendwann einmal ein Berufsberater dazu geraten und sie waren zu phlegmatisch, um eigene Neigungen zu entwickeln. Sie traten ihrer Arbeit und den Patienten mit entwaffnend indifferenter Gleichgültigkeit gegenüber. Bei ihnen ergab sich daraus die eine oder andere seelische Grausamkeit, aber weniger mit Absicht als aus völligem Desinteresse. Davon konnte bei der dritten Fraktion keine Rede sein. Die Vertreter der *Diktatoren* genossen ihre Machtposition in vollen Zügen. Sie bevorzugten Nachtschichten, und man erkannte sie daran, dass sie die Zimmer betraten, als würden sie einen Guantanamo-

Häftling zum Verhör abholen. Rünz dachte an die Vermarktungsvisionen von Annette Wyss und musste ihr im Nachhinein recht geben – Roboter als Pflegekräfte waren ganz sicher nicht die Beste, definitiv aber auch nicht die schlechteste Lösung. Sie waren wenigstens berechenbar.

Der letzte Abend in der Klinik entwickelte sich überraschend unterhaltsam – K1 brachte in loser Folge Chuck Norris-Klassiker, und Rünz schaute sich mit seinem moribunden Zimmernachbarn den Klassiker ›Delta Force II‹ an. Bald danach fiel er in einen unruhigen Schlaf.

›Ich will es jetzt nicht wissen, schicken Sie mir den Befund schriftlich nach Hause‹, hatte er der Oberärztin beim Entlassungsgespräch am nächsten Morgen gesagt. Eine kleine Diskussion hatte sich angeschlossen, in deren Verlauf bei der Medizinerin eine christliche Orientierung durchschimmerte, und die Sorge, ihr Patient könne sich etwas antun, sollte er sich allein mit einer lebensbedrohenden Diagnose konfrontiert sehen. Dabei dachte Rünz keinen Augenblick an Suizid. Ihm war die Vorstellung unangenehm, in Gegenwart anderer Menschen von Gefühlen überschwemmt zu werden, die er nicht verbergen konnte.

Als er abends mit seiner kleinen Reisetasche in der Wohnungstür stand, erstarrte er. Seine Frau war nicht zu Hause. Alles sah nach einem kurzen, heftigen Kampf aus – wenn man eine Auseinandersetzung zwischen zwei so ungleichen Kontrahenten überhaupt so nennen mochte. Rünz spürte Emotionen aufsteigen, aber er musste nüchtern und kühl bleiben, den Tatort präzise untersuchen, die Vorgänge exakt rekonstruieren. Wahrscheinlich hatte die Täterin dem Opfer in der Küche aufgelauert, hinter dem Mülleimer oder dem Karton mit dem Altpapier. Völlig unbedarft muss der Unglückliche auf seinem kleinen Erkundungsgang über die Fliesen getappelt sein, vielleicht hatte er vor dem Herd innegehalten, um in der gläsernen Klappe sein Spiegelbild zu begutachten. Hier jedenfalls fand der Kommissar die ersten Fetzen des zarten, grünen Kunstfells auf dem Boden. Mein Gott, sie hatte ihn verschleppt. Was mochte sie gerade im Moment mit ihm anstellen, welche furchtbaren Torturen durchlitt das unschuldige junge Wesen, sofern es – Rünz wagte kaum, den Gedanken zu Ende zu denken – überhaupt noch lebte! Tränen schossen in seine Augen, eine Welle von Mitleid durchflutete den Kommissar in nie gekannter Intensität. Was für eine schäbige Kreatur, was für ein billiger Triumph, einen derart an Kraft und Schnelligkeit unterlegenen Gegner zu bezwingen. Seine Neugier war Pleo zum Verhängnis geworden. Wäre er regungslos auf dem Schreibtisch im Arbeitszimmer stehengeblieben, hätte sie ihn sicher gar nicht wahrgenommen. Andererseits – vielleicht hatte dieses perfide haarige Biest den Kleinen in den Hinterhalt gelockt. Der Puls des Kommissars raste. Er durfte jetzt keine Zeit verlieren. Jede Sekunde konnte zwischen Leben und Tod entscheiden. Katzen spielten mit ihrer Beute, bevor sie sie töteten. Jedenfalls handelten junge Katzen so. Rünz betete, dass diese Höllengeburt einer Siamesin noch nicht ganz erwachsen war. Und wenn er sie erwischte, dann würde *er* mit *ihr* spielen. An Ideen für interessante Hilfsmittel mangelte es dem Kommissar nicht, als er die Ecken und Winkel seiner Wohnung durchforstete. Er dachte an die Waschmaschine und den Wäschetrockner – Katzen waren doch reinliche Wesen, da konnte eine kurze Vierzig-Grad-Wäsche mit Weichspüler nicht schaden. Er würde ja den Schleudergang auf sechshundert Umdrehungen herunterregeln, schließlich war er kein Unmensch. Und wenn das dichte Fell der Siamesin nach dem Trockner noch klamm war, hatten sie ja noch die Mikrowelle in der Küche. Sie würden viel Spaß miteinander haben. Wenn er sie erwischte.

Die Spur mit den Faserfetzen führte aus der Küche, quer durch die Diele ins Wohnzimmer, und endete abrupt unter dem Esstisch. Rünz kroch verzweifelt auf allen Vieren zwischen den Tischbeinen herum, fand hier und da noch eine Faser, aber keine Fährte, die auf einen Fluchtweg der Killerkatze hindeutete. Er erweiterte seinen Suchradius lehrbuchmäßig in konzentrischen Kreisen. Dann, unter dem Couchtisch, wurde er fündig. Vielmehr dachte er zuerst nicht an eine verwertbare Spur, als er den glitzernden, glasartigen Partikel auf dem Boden entdeckte. Er hielt ihn anfangs für den Splitter eines Bier- oder Weinglases, hob ihn auf, damit er sich nicht verletzte, wenn er sich abends barfuß beim Pfungstädter Märzen auf dem Sofa fläzte und die eine oder andere Chuck-Norris-Folge reinzog. Aber erstens war das kleine Fundstück auffällig rund, wie eine Halbkugel, zweitens war es auffällig hellblau, fast leuchtend, und drittens hingen an der Rückseite einige haarfeine Kupferdrähtchen heraus. Eine Erkenntnis kämpfte sich langsam, aber nachdrücklich in Rünz' Bewusstsein. Er versuchte sie zu verdrängen, sann fieberhaft nach anderen plausiblen Erklärungen – und fand keine. Zwischen Daumen und Zeigefinger seiner rechten Hand hielt er Pleos Auge. Oh, diese Missgeburt von einem Haustier, diese Karikatur eines Raubtiers, diese vierbeinige Sheba-Schlampe, er würde sie mit Spinat mästen und aus ihrer Fettleber eine Foie gras bereiten, die er sich morgens aufs Brot schmierte, während er mit seiner Frau über ihr rätselhaftes Verschwinden klagte. Ihre dünnen Ohrläppchen würde er zu krossen Felidae-Chips frittieren und abends beim Fernsehen knabbern. Er würde aus ihren lächerlichen kleinen Fangzähnchen ein Halsband basteln und aus ihrem Fell einen Lendenschurz, um mit Brecker im tiefen Odenwald Urschreie auszustoßen. Und wenn das mit dem Schurz bei seinem Hüftumfang nicht passte, würde er sie dem Präparator übergeben und mit dem ausgestopften Balg in der neuen Safari-Lodge am Böllenfalltor eine Schießbude für Kinder einrichten. Große Pläne hatte er mit ihr. Doch zuerst musste er sie finden. Und fluchtunfähig machen. Er hastete zum Waffenschrank, schloss die Tür auf und entschied sich für seine nagelneue Walther GSW Expert 22. Ein Schuss in die Hinterhand mit dem Kleinkaliber würde Muschi immobilisieren, aber ausreichend schonen für die nachfolgende Kurbehandlung. Mit der Waffe im Hosenbund kramte er im Bad in dem Korb mit Schmutzwäsche herum.

»Was hast du mit der Waffe vor?«, fragte seine Frau. Sie stand direkt hinter ihm. Er hatte sie nicht kommen hören, weil er die Wohnungstür nicht wieder geschlossen hatte.

»Selbstverteidigung«, knurrte er.

Sie lehnte einen Moment schweigend am Türrahmen und sah zu, wie er mit der Linken in der Box herumsuchte.

»Ich kenne mich ja nicht so aus mit deinem Hobby, aber ist das nicht eine Kleinkaliberwaffe? Gegen wen oder was willst du dich verteidigen mit dieser Sportpistole?«

»Gegen jeden, der mich oder meine Angehörigen bedroht. Selbstverteidigung ist ein Grundrecht.«

»Nun, ich kann hier niemanden entdecken, der dich bedroht, und hinter mir ist auch niemand her. Hast du noch andere Angehörige, von denen du mir nie erzählt hast?«

»Pleo.«

Sie ging mit heruntergefallener Kinnlade um ihn herum.

»Wie bitte? Du meinst dieses kleine Plastiktier? Wegen diesem Spielzeug läufst du hier mit einer Waffe herum?«

Sie legte ihm den Handrücken an die schweißnasse Stirn.

»Hast du Fieber? Hast du dir was eingefangen auf deiner Fortbildung? Und was ist das für ein Pflaster an deinem Hinterkopf.«

»ICH HABE KEIN FIEBER«, schrie er.

»Und das Pflaster an deinem Kopf«, beharrte sie stoisch.

»Da sind ja rundum die Haare weggrasiert. Hattest du einen Unfall?«

»Nein, ich habe mir auf dieser Veranstaltung ziemlich unglücklich den Kopf gerammt.«

»Auf einer Fortbildung den Kopf gerammt«, wiederholte sie langsam und deutlich wie ein verzögertes Echo.

»Ja, Menschen stoßen sich auf Fortbildungen ihre Köpfe an. Rätselhaft. Ein Fall für Galileo Mystery, findest du nicht? Wo ist die Katze?«

»Unten im Hof, sie ist mir eben im Treppenhaus entgegengekommen.«

»Dieses Scheißvieh hat sich an Pleo die Krallen …«

Plötzlich sah er die Überreste seines kleinen Freundes hinter der Kloschüssel, ausgeweidet nach allen Regeln der Kunst. Er fühlte Trauer. Und Wut.

22

»Zuppa di patate e Crespelle ripieni di radicchio, per favore.«

»Prego, Signore!«

Am liebsten wäre Rünz im Boden versunken. Hoven gehörte zu diesen unsäglichen Teutonen, die ihre Bestellung auf Italienisch aufgaben, wenn sie in Deutschland in einer Trattoria saßen. Etwas Peinlicheres als Deutsche, die in Deutschland auf Italienisch Essen bestellten, war kaum denkbar – diese unsägliche Mischung aus Überanpassung, Aufschneiderei, miserabel simulierter Internationalität und Scham vor der eigenen Nationalität. Rünz hörte, wie der Kellner Hovens Bestellung an die Küche weitergab.

»Amo Kaddoffelsupp unn Radi-Kreps – awwä zackisch!«

Na also, da sollte sich noch mal jemand über mangelnde Integrationsbereitschaft beschweren.

Um sich wegen seinem kleinen Pflaster am Hinterkopf nicht permanent Erklärungen ausdenken zu müssen, hatte Rünz sich aus seinem Mützenfundus seinen Favoriten ausgewählt, die *Combat Cap II* aus der *Tactical Series* von *German First Line*, mit Cordura-verstärktem Schirm und NATO Tarnmuster – die erste Wahl auf dem Schießstand, wenn man sich von einer tief stehenden Sonne nicht das Ergebnis verhageln lassen wollte. Die Mütze bildete mit seinem alten C&A-Sakko nicht gerade das, was man einen harmonischen Akkord nennen konnte, aber wie Hoven schon sagte – er war ein Streetfighter.

Rünz wusste nicht, wie Hoven die Staatsanwältin bearbeitet hatte, um wieder in die Ermittlungsarbeit einbezogen zu werden, er hatte es jedenfalls mit Erfolg getan. Am Ergebnis seiner Befragung konnte es nicht gelegen haben – das Protokoll war noch nicht getippt. Und dieser seltsame Business Lunch im Amato am Böllenfalltor-Stadion bot eine der seltenen Konstellationen, in denen Rünz mit seinem Vorgesetzten völlig einer Meinung war. Nicht weil der Kommissar die Meinung seines Chefs teilte, er hatte einfach keine Lust mehr auf diesen dämlichen Roboterfall. Er trauerte um Pleo, alles andere war ihm egal. Sie redeten abwechselnd auf die Staatsanwältin ein, eingespielt wie professionelle Paartänzer schoben sie sich gegenseitig die Argumente zu. Da war kein Fall, da war nichts, was einer schlüssigen Indiziensammlung, geschweige denn einer handfesten Beweiskette gleichkam. Alles, wirklich alles deutete auf einen unvorhersehbaren technischen Defekt hin, zurückzuführen auf eine tragische Verkettung unglücklicher Umstände, auf diesen seltsamen Fehler in Kastors Gehirn und Rühmanns Aneurysma. Das Tatwerkzeug, wenn man den Androiden so nennen mochte, stiftete mehr Verwirrung als Klärung, je intensiver man es untersuchte. Die Sache mit Rossberger war alles andere als eine heiße Spur, und die Motive der beiden Wissenschaftler? Karriereneid, vielleicht Eifersucht, basierend auf Mutmaßungen und Hörensagen, insgesamt hochspekulative Konstruktionen, die jeder einigermaßen talentierte Strafverteidiger vor Gericht filetieren würde. Der Einzige, den man vielleicht wegen fahrlässiger Körperverletzung mit Todesfolge hätte belangen können, war das Opfer selbst, der projektverantwortliche Professor Rühmann. Hoven war so kühn, gestenreich die Vision einer für die Anklage vernichtenden Gerichtsverhandlung zu skizzieren, die Staatsanwältin Behrens einen nachhaltigen Rückschlag auf ihrem Karriereweg bescheren würde. Vielleicht war er damit zu weit gegangen, dachte Rünz. Die Behrens tickte einfach anders als Hoven. Sie brannte nicht für ihre Karriere, sondern für ihren Beruf. Beförderungen waren für sie allenfalls ein angenehmer Nebeneffekt intensiver und erfüllender Arbeit, der noch interessantere Aufgaben für die Zukunft versprach. Rünz sollte recht behalten. Die Staatsanwältin hörte sich die Argumente ruhig an, und als die beiden Männer ihr Pulver verschossen hatten, schwieg sie eine ziemlich lange und unangenehme Minute lang. Dann zog sie langsam und entspannt einen dicken, weißen Hardcovereinband aus ihrer Aktentasche und legte ihn vor den beiden sanft auf den Tisch.

»Wir schaffen einen Präzedenzfall«, sagte sie. Sonst nichts.

Vorsichtig, als wäre das Buch mit Milzbrand-Erregern kontaminiert, schoben Rünz und Hoven die Köpfe vor, um den Titel des Werkes zu lesen.

AUTOMATEN ALS TRÄGER VON RECHTEN
Plädoyer für eine Gesetzesänderung
von Andreas Matthias

»Sie können die Arbeit ruhig in die Hand nehmen. Ich lasse sie Ihnen gerne hier. Der Autor dieser Dissertation lehrt an der Lingnan-Universität in Hongkong Philosophie. Um es auf einen Punkt zu bringen: Es geht um Strafrecht für Roboter.«

Die spinnt, dachte Rünz. Die hat ihre Hormon-Ersatztherapie zu früh abgebrochen. Er schielte hinüber zu seinem Vorgesetzten. Hoven nestelte mit offenem Mund nervös an seinem Krawattenknoten. Man konnte förmlich zuschauen, wie seine Synapsen feuerten, wie er, der sonst nie um ein spontanes Statement verlegen war, nach Worten suchte. Behrens schien den Erklärungsnotstand zu spüren.

»Wir haben es hier mit einem – in gewissen Grenzen – autonom und eigenverantwortlich handelndem Subjekt zu tun.«

»Aber das ist absurd, jedes Computerprogramm hat einen Programmierer, der für etwaige Fehlfunktionen verantwortlich ist. Wollen Sie ein Auto für einen Verkehrsunfall zur Rechenschaft ziehen?«

»Wenn es ihn verursacht hat – warum nicht! Bislang verläuft die Entwicklung künstlicher Intelligenz im rechtsfreien Raum. Wenn wir einem Fünfzehnjährigen zumuten, für seine Taten nach Jugendstrafrecht geradezustehen, können wir diesen Roboter nicht wie einen Schraubenzieher behandeln. Autonomiegrad und kognitive Fähigkeiten sind doch mindestens gleichwertig. Ich halte den Androiden für grundsätzlich schuldfähig, kann mir aber eine Strafmilderung wegen verminderter Einsichts- und Steuerungsfähigkeit vorstellen. Wir haben hier eine hervorragende Gelegenheit, die Legislative in Zugzwang zu setzen.«

In Hoven rumorte es, seinem ruhelos wandernden Blick war anzusehen, was in ihm vorging. Einerseits versprach

Behrens Idee bundesweite Publicity, andererseits wollte er seinen Ruf als Fortschritts- und Hightech-Afficinado nicht mit innovationsfeindlicher Propaganda aufs Spiel setzen.

»Bei allem Respekt, Frau Behrens«, schritt Rünz ein. »Das scheitert doch schon am Strafmaß. Wie sollte das aussehen? Drei Jahre kein Ölwechsel? Zwangsarbeit im Byte-Bergwerk? Und wenn der Richter ein weiches Herz hat, setzt er dann die Strafe mit Auflagen zur Bewährung aus? Muss Kastor dann Gruppentherapie machen, mit einer kaputten Zapfsäule und einem Zigarettenautomaten, der Marlboro an Minderjährige verkauft hat? Um auch Maschinen eine zweite Chance zu geben?«

»Ganz im Ernst, Herr Rünz: Zum Beispiel Reprogrammierung. Aber das ist keine Frage, mit der wir uns jetzt beschäftigen müssen. Ich erwarte von Ihnen, Ihre Ermittlungsarbeit in dieser Richtung weiterzuführen.«

»Nette Idee. Das Problem: Ihr Hauptverdächtiger hat nur noch Schrottwert!«

»Sagen wir es mal so«, verbesserte die Staatsanwältin. »Er ist in seinem derzeitigen Zustand nicht verhandlungsfähig. Aber das kann sich ändern.«

Sie schien darauf vorbereitet, dass ihre Tischnachbarn sie für geisteskrank hielten.

»Für Sie klingt dieser Ansatz vielleicht noch etwas abgehoben, aber denken Sie bitte einige Jahre voraus. Wenn wir die aktuelle technische Entwicklung ein oder zwei Jahrzehnte in die Zukunft extrapolieren, haben wir intelligente, autonom und intentional handelnde künstliche Systeme. Sie erfüllen im Prinzip alle Voraussetzungen, die unser Strafrecht für die Feststellung der Schuldfähigkeit definiert. Die Gesellschaft hat jetzt die Chance, einen angemessenen Rechtsrahmen für diese Entwicklung vorzubereiten. Und wir haben die Möglichkeit, diese Diskussion anzustoßen.«

Hoven versuchte, diplomatisch zu bleiben.

»Ein interessanter Ansatz, Frau Behrens. Aber der Sachverhalt ist doch einfach. Jede Maschine wird von Menschen programmiert, und diese Menschen tragen die Verantwortung für die ordnungsgemäße Funktion dieses Systems.«

»Sie sind nicht ganz auf dem aktuellen Stand, was die technische Entwicklung angeht, Herr Hoven. Lesen Sie sich Herrn Rünz' Ermittlungsergebnisse durch. Dieser Android verfügt nicht nur über eine selbstlernende Software, sogar die Struktur seiner zentralen Hardware hat mehr mit unserem Gehirn als mit einem klassischen Silizium-Chip gemein. Wir stehen am Anfang einer technischen Evolution, in der künstliche Systeme nicht mehr von Menschen, sondern von anderen künstlichen Systemen konzipiert werden. Ihr Versuch, in einer solchen Welt eine kausale Verantwortungskette bis zu einem Menschen zurückzuverfolgen, ist rührend, aber naiv. Ungefähr so, als würden Sie die Verantwortung für das Vergehen eines Menschen bei seinen Urahnen suchen.«

Hovens panischer Gesichtsausdruck entspannte sich plötzlich, als hätte er die Absicht, zum gemütlichen Teil des Treffens überzugehen. Was würde er jetzt tun, um die Staatsanwältin von ihrem Plan abzubringen? Ihr Geld anbieten?

»Das klingt alles sehr, sehr interessant, Frau Behrens. By

the way – ich habe zwei Karten für den Fidelio, Samstag in der Alten Oper Frankfurt. Haben Sie Interesse?«

Na also. Was *social skills* anging, machte Hoven niemand etwas vor.

23

Seit Jahren grassierte ein Virus unter den Eltern der internationalen Business-Community des Rhein-Main-Ge-
bietes, den auch die Rezession nicht auszurotten ver-
mocht hatte. Das Leitsymptom einer Infektion: akute
Anfälle von Globalisierungspanik. Infizierte Eltern entwickelten panische Angst davor, ihre Kinder könnten
später mal in der internationalisierten Wirtschaftswelt
den Anschluss verlieren. Folge dieser Phobie war eine
Reihe charakteristischer Zwangshandlungen, die den
Nachwuchs auf den globalisierten Überlebenskampf
vorbereiten sollten – intrauterine Englischkurse für die
ungeborenen Föten, multikulturelle Stillgruppen mit
kollektiver Synapsen-Stimulation, chinesische Baby-
sitter, kostspielige private Kindergärten und Schulen,
in denen *Native Speaker* auf Englisch unterrichteten,
Auslandsaufenthalte zur Förderung der interkulturellen
Kompetenz. Kinder, die bei der Einschulung noch keine
Detailkenntnisse in SAP und Account Management vorweisen konnten, galten in diesen Kreisen als akut abstiegs-
gefährdet. Nun hatten Heranwachsende die sympathische
Eigenschaft, grundsätzlich alles anders zu machen, als es
die Eltern sich vorstellten, und Rünz spürte insgeheim
Schadenfreude bei der Vorstellung, wie viele dieser auf
globalisierte Business-Karrieren gebürsteten Kinder
später einmal die Pläne ihrer Eltern durchkreuzen und
Bauernhöfe oder Schreinereien im Odenwald betreiben

würden. Da würde so mancher *Return on Investment* übersichtlich ausfallen.

Aber jetzt war keine Zeit für Schadenfreude. Rünz und Brecker hatten eine Aufgabe. Es galt, den unschuldigen kleinen Kevin aus den Krakenarmen der Globalisierer zu befreien. Und da war der Informationsabend der nagelneuen *Korthoff International School* auf dem Rhein-Main-Campus Langen gerade recht. Beide hatten sich perfekt präpariert und boten einen echten Blickfang inmitten der stylish gedressten Elternschaft – Alditüten, fettige Haare, verspiegelte Pilotenbrillen und künstliche schwarze Pornobalken unter der Nase, die sie sich im Kostümverleih besorgt hatten. Sie bewegten sich optisch irgendwo zwischen Horst Schlämmer und Charles Bukowski. Breckers Freundin Janine – oder ›Schannin‹, wie Brecker sie zu nennen pflegte – hatte sich gar nicht verkleiden müssen, sie passte mit ihren niederschmetternd schlecht blondierten Haaren und den metallic-lackierten Krallen aus dem Nagelstudio perfekt zu den beiden. Alle drei hatten vor der Veranstaltung noch in der Nordseefiliale in der Darmstädter Innenstadt Smatjes-Brötchen mit ordentlich Zwiebelringen verdrückt, so bildeten ihre Ausdünstungen mit ihrem Outfit einen harmonischen Akkord. Sie wirkten wie eine Horde von Schmutzgeiern in einer Schwanenfamilie, oder eine Clique Wolfgang-Petry-Fans auf einer Vernissage in der Schirn. Alle anderen hielten Abstand, Breckers Ex und ihr neuer Versorger saßen einige Reihen vor ihnen und hatten das Trio noch nicht entdeckt. Gut so, umso schöner würde die Überraschung werden.

Die Einführungsvorträge boten den Dreien Gelegenheit, mit einigen mitgebrachten Jägermeister-Ampullen der Verdauung auf die Sprünge zu helfen. Dann folgte eine Diskussionsrunde, Rünz und Brecker bereiteten sich mental auf ihre Einsätze vor. Die anwesenden Eltern stellten die Sorte von Fragen, die globalisierungsaffine, polyglotte Erfolgsmenschen bei solchen Anlässen üblicherweise stellten – ob bestimmte Lehrmodule durch bestimmte Agenturen akkreditiert seien, ob eine kontinuierliche Evaluierung des Lehrerkollegiums durch eine unabhängige externe Instanz gewährleistet sei, ob die ostchinesischen Mandarin-Dialekte nicht schon vor dem dritten Schuljahr eingeführt werden konnten, ob eine temporäre Befreiung vom Schulbesuch möglich sei, sollte sich für die achtjährige hochbegabte Exzellenz-Göre zufällig ein vakanter Praktikumsplatz bei der PriceWaterhouseCoopers-Niederlassung in Shanghai bieten. Dann entwickelte sich eine Grundsatzdiskussion über Frühförderung, eine streitbare Teilnehmerin forderte, Eltern, deren Kinder im Einschulungsalter noch kein Englisch sprachen, wegen Vernachlässigung Schutzbefohlener das Sorgerecht zu entziehen. Rünz konzentrierte sich, der Erfolg war immer eine Frage des Timings, und dies war definitiv der richtige Augenblick. Er stand auf, schwankte leicht, wie Captain Ahab nachts auf den Planken des Oberdecks der Pequod. Dann legte er los.

»Sachese, unsän Kevin, dä Kevin Bräckee, der wo mei Paddekind is. Demm habbese innem Kinnergatte zweimo dä Nintendoo Gemboy geklaat. Do wollt isch emo wisse, ob des bei inne hiä ach emo bassiern dät, isch maan, wesche dä ville aaslännische Kinner hiä, wissese? Isch maan, nix gesche Aaslänner, wissese, abbä mer waas jo wies so leeft, wissese wie isch maan?«

Rünz war kein *Native Speaker*, was die hessische

Mundart anging, mit seiner Performance aber trotzdem ganz zufrieden. Letztlich kam es ja nur darauf an, dass alles zuverlässig nach Hartz IV und Prekariat klang. Die kleine Ouvertüre hatte einen durchschlagenden Erfolg. Das gesamte Publikum starrte sie entgeistert an, Breckers Ex und ihr Anthony schienen wie paralysiert. Sie waren auf einem guten Weg. Der Diskussionsleiter vorne auf dem Podium zauderte einen Moment, er schien nach einem professionellen Ausweg aus der Situation zu suchen. Brecker nutzte die Lücke, brachte sich neben Rünz in Stellung und legte nach.

»Ans sach isch inne gleisch. Wenn maanen Kävin aner querkümmt, dä holt sisch gleisch e blutische Nas. Dämm Justin, de wo bei uns um die Eck wohnt, de wollt em emol dumm komme. Den hat de Kävin rischtisch die Beissleist verdengelt, de hat Ruh gewwe, des sach isch Inne! Dä Kävin will kaanem was beeses, abä wennem aner dumm kümmt, dann wehrte sisch!«

»Rischtisch. So isses«, keifte Schannin lautstark hinterher und ließ eine Kaugummiblase platzen. »Gibts hiä aachn Aschebeschä?«

Rünz beobachtete, wie einige Reihen vor ihnen Breckers Ex alle Mühe hatte, ihren Neuen im Zaum zu halten, der sprungbereit und hasserfüllt wie ein Raubtier das illustre Trio anstarrte. Inzwischen hatte sich der Diskussionsleiter wieder gefangen, und offensichtlich eine Abwehrstrategie gegen den Angriff der Morlocks entwickelt.

»Wie bitte heißt Ihr Sohn noch mal?«

»Brecker, Kevin Brecker!«, dröhnte Brecker ganz unhessisch, damit auch keine Missverständnisse aufkamen. Der Mann auf dem Podium notierte den Namen, dann hielt er ein kleines Referat über Grundwerte wie Achtsamkeit, Toleranz, Respekt und Disziplin, und am Ende schloss er mit der Aufforderung, die speziellen Probleme des kleinen Kevin doch besser in einem persönlichen Gespräch vertiefend zu erörtern. Rünz wusste in diesem Moment, dass sie schon gewonnen hatten. Dabei hatten sie ihr Repertoire kaum ausgeschöpft! Ein herrlicher Erfolg. Breckers Ex und ihr Neuer machten nach dem Ende des Informationsabends keine Anstalten, sie zur Rede zu stellen; Rünz sah sie aus der Ferne neben dem Podium mit dem Schulleiter diskutieren. Sie hatten wohl etwas klarzustellen.

24

Acht Jahre. Wenn man der eingeblendeten Datumsleiste am unteren Bildschirmrand glauben mochte, dann waren diese Aufnahmen acht Jahre alt. Sie mussten aus der Frühphase der Forschungsgruppe stammen. Wogner war auf den ersten Blick überhaupt nicht wiederzuerkennen. Jeans, Turnschuhe, eine drahtige Figur, graue Schläfen, aufrechter, energiegeladener Gang – wie war dieser Mann in den vergangenen Jahren so schnell gealtert? Eine Trennung? Der Verlust eines Angehörigen oder eine schwere Erkrankung? Die Aufnahmen versprühten etwas von der lässigen und mitreißend improvisierten Aufbruchstimmung eines Startup-Unternehmens der New Economy in den Neunzigerjahren. Wogner experimentierte im Labor mit einer Gruppe von Studenten an einem Prototypen, einem einbeinigen Laufroboter, der sein dynamisches Gleichgewicht hielt, indem er ständig auf und ab hüpfte. Alle schienen gut gelaunt und übermütig, die Handkamera wurde von einem zum anderen weitergereicht, so erschienen alle einmal in der Bildfläche, gaben dem Roboter einen leichten Stoß, den dieser mit einem eleganten Ausfallsprung parierte. Die Atmosphäre war familiär, eine Clique smarter junger Forscherinnen und Forscher, in der Wogner trotz des Altersunterschiedes nicht als Gruppenleiter auffiel – Primus inter Pares.

Rünz ging die Filme chronologisch durch, wählte nach dem Zufallsprinzip pro Film sechs oder sieben jeweils zehnminütige Aufnahmen für jedes Jahr Forschungsarbeit. Den Videos nach zu urteilen, hatte sich das Team in der Frühphase vor allem um die Entwicklung des Bewegungsapparates und der Motorik gekümmert. Die verschiedensten Arten mobiler Maschinen wurden vorgeführt, kriechende Aluminiumschlangen aus Dutzenden miteinander verbundener Metallsegmente. Sechsbeinige, geländegängige Stahlskorpione, wie von unsichtbarer Hand gesteuerte melonengroße Bälle, die über den weißen PVC-Boden des Labors kullerten, kleine hundeähnliche Androiden, die mannschaftsweise auf einem kleinen Fußballfeld gegeneinander antraten.

Im letzten Film des Jahres 2003 tauchte dann der erste künstliche Zweibeiner auf, ein kopf- und armloser Torso auf Metallbeinen mit Hüft, Knie- und Fußgelenken. Er bewegte sich staksig, langsam und ungelenk um einen Weihnachtsbaum herum, der mitten im Labor stand. Wogner stand ständig mit zweien seiner Mitarbeiter um die Maschine herum, um bei einer Fehlfunktion der Gleichgewichtssysteme einen Sturz zu verhindern. Die Aufnahmen waren immer noch mit der Handkamera gedreht, wirkten aber etwas professioneller als die Frühwerke. Unwichtige Sequenzen waren herausgeschnitten, ein nachträglich von Wogner aufgesprochener Audiokommentar erläuterte die Szenen.

Rünz übersprang zwei Jahre und öffnete die erste Datei aus dem Jahr 2006. Der Kontrast hätte größer nicht sein können. Ein mit futuristischem Sound animiertes Intro, in dem die Logos der Nakatomi Corporation und der Technischen Universität zu einer Roboterhand verschmolzen, deren Zeigefinger die Sonne berührte.

Und dann – Annette Wyss. Perfekt gekleidet, perfekt geschminkt, perfekt ausgeleuchtet, perfekt befragt von einem Interviewer, der ihr die notwendigen Steilvorlagen für eine optimale Projektpräsentation bot. Das Interview bildete den Rahmen einer Dokumentation, kleine Einspieler zeigten immer wieder Wogner und einige Studenten bei der Arbeit im Labor. Von der anarchischen Euphorie der ersten Jahre war bei dem Team nichts mehr zu spüren, alle wirkten clean, emsig und dienstbeflissen. Wogner war vom kreativen Kopf zum Maschinenvorführer degradiert. Sie präsentierten die Fähigkeiten eines künstlichen Kopfes, der über ein elementares mimisches Repertoire verfügte, mit dem er menschliche Emotionen simulieren konnte. Mit einem relativ einfachen technischen Inventar, großen Glasaugen, gebogenen Bürsten als Brauen und zwei roten Gummischläuchen als Lippen, das sich gar nicht erst die Mühe gab, einem menschlichen Gesicht zu ähneln, gelang der Maschine eine verblüffend glaubwürdige Darstellung von Gesichtsausdrücken.

Rünz kramte den DVD-Stapel weiter durch und legte alle Scheiben mit akkurat bedruckten Labels beiseite, sie versprachen viel Wyss, perfekte PR und wenig Information. Viel interessanter erschienen ihm die Bildträger, die schnell und unleserlich mit einem Filzstift beschrieben worden waren. Im zweiten Halbjahr 2006 änderte sich die Bühne der Aufnahmen, das Labor wurde zu dieser Zeit wohl umgebaut. Im Hintergrund sah man die noch unbeplankten Metallskelette neuer Leichtbauwände. Die ganze Laborausrüstung wurde offenbar sukzessive ausgetauscht, was vorher noch wie eine sympathisch chaotische Garagenwerkstatt ausgesehen hatte, verwandelte sich nach und nach in einen antiseptischen Hochsicherheitstrakt. Zum ersten Mal war Kastor im Blickfeld oder – besser gesagt – Teile von ihm, die an Messeinrichtungen hingen und auf ihre Funktionsfähigkeit geprüft wurden. Gleichzeitig schien die Zahl der Menschen abzunehmen, die Zugang zu dem Labor hatten. Vielleicht normale Fluktuation, dachte Rünz. Studenten studierten ja nicht ewig. Aber nur wenige neue Gesichter kamen dazu, darunter drei Asiaten, wahrscheinlich die Japaner von der Nakatomi Corporation. Und Wogner verwahrloste optisch im Zeitraffer, Bart und Haare wurden von Woche zu Woche länger, sein Laborkittel speckiger.

Und dann sah Rünz die erste Aufnahme vom kompletten Kastor, das Datumsfeld am unteren Bildrand zeigte den 24. Dezember 2006 an. Der Film bildete den Auftakt einer ganzen Reihe, alle mit den gleichen Protagonisten; Kastor, Wogner und ein unsichtbarer und schweigsamer Mensch, der die Kamera führte. Alle Sequenzen machten einen hochgradig konspirativen Eindruck, nie fiel Tageslicht durch die Fenster des Labors, die automatische Datums- und Zeiteinblendung der Kamera war deaktiviert. Aber manchmal strich ein schneller Schwenk über die digitale Wanduhr des Labors und verriet, dass hier Nachtarbeiter am Werk waren. Aber wer zum Teufel hielt die Kamera? Hatte Wogner sich nachts im Labor mit Annette Wyss zum Schäferstündchen verabredet? Unvorstellbar. Und warum sagte der Kameramann nie ein Wort, obwohl Wogner ihn manchmal ansprach?

Die Aufnahmen waren verstörend und rührend zugleich, weil sie so sehr einer um ihr Baby bemühten jungen Mutter glichen – Kastor wirkte wie ein viel zu groß geratener Einjähriger, der das Laufen lernte, und Wogner hockte neben ihm auf dem Boden, fürsorglich darauf achtend, dass der Roboter nicht zu hart aufschlug, wenn er wieder einmal das Gleichgewicht verlor. Die Gehversuche muteten bizarr an, weil sie denen von Kleinkindern so ähnelten – Kastor kroch auf allen Vieren, streckte sein Hinterteil in die Luft, bekam mit den Händen das Bein eines Labortisches zu fassen, zog den Oberkörper hoch, ging ein paar wacklige Schritte, indem er sich mit der Hand an der Arbeitsplatte entlang hangelte, und fiel Wogner dann in die Arme. Die Prozedur wiederholte sich schier endlos ohne merkliche Fortschritte und Ermüdungserscheinungen, die Lerneffekte wurden erst deutlich, weil Wogner auf manchen DVDs mehrere Trainingseinheiten im Abstand von vier Wochen direkt hintereinander geschnitten hatte.

Geradezu hinreißend wirkten die ersten Sprechübungen. Der Android hing an Wogners Lippen, wenn dieser ihm langsam und deutlich einfache Worte wie *Haus* und *Garten* vorsprach. Die Imitationsversuche des Kunstmenschen klangen anfangs wie das Rauschen und Knistern eines alten Röhrenradios, aber auch in dieser Disziplin machte er innerhalb weniger Wochen atemberaubende Fortschritte. Rünz musste sich langsam eingestehen, dass Wogner mit nichts übertrieben hatte, was er über die Fähigkeiten dieser Maschine gesagt hatte.

Einer geht noch, sagte sich Rünz, und schob eine DVD vom Oktober 2007 in den Schacht des Players. Er bereute es nicht, denn der Mensch mit der Kamera leistete sich einen kleinen Patzer. Wogner trainierte Kastors Reaktionsschnelligkeit, indem er ihm kleine Bälle zum Fangen zuwarf. Der Android verfehlte eine der Plastikkugeln, sie flog auf die Kamera zu und daran vorbei.

»Mist«, sagte Wogner. »Wirf ihn mir bitte rüber!«

Dann ein schneller, unscharfer Schwenk, danach Standbild mit Platte des Labortisches auf der unteren Bildhälfte, verschwommene Schemen eines Menschen, der sich bückt, um etwas zu suchen. Er hatte die Kamera abgelegt und nicht bemerkt, dass sie noch lief. Dann erschienen zwei herrliche, bildfüllende weibliche Milchdrüsen direkt über der Tischkante, bedeckt nur mit einem zum Zerreißen gespannten Baumwollstoff mit der Aufschrift »alles echt«.

25

Hoven meinte es wirklich ernst mit seinen Recruitment-Aktivitäten. Und mit einem eigenen Messestand auf der KonAktiva Präsenz zu zeigen, war ja nun wirklich eine genial dämliche Idee. Auf der alljährlichen Veranstaltung gingen Studenten der Hochschule Darmstadt und der Technischen Universität mit den Human Resources Managern der Unternehmen auf Tuchfühlung, zur Sondierung zukünftiger Arbeitsverhältnisse. Aber für smarte Uni-Absolventen war die hessische Polizei als potenzieller Arbeitgeber wahrscheinlich so sexy wie Amy Winehouse auf Entzug. Und warum Hoven ausgerechnet Rünz und Wedel für geeignet hielt, junge Menschen für den Polizeidienst zu begeistern, blieb sein Geheimnis. Wahrscheinlich einfach eine Vergeltungsaktion für die harmlosen kleinen Späße, die Rünz sich im Verhör mit ihm erlaubt hatte. Wie konnte man nur so nachtragend sein! Sich hier im Kongresszentrum wenige Tage nach dem Eklat und der hämischen Presseberichterstattung als interessanter Arbeitgeber zu präsentieren, bewies Chuzpe. Aber so war Hoven – Niederlagen konnten ihn nicht brechen, er blieb ein offensiver und angriffslustiger Reformer, jedenfalls solange er von seinem Befehlsstand aus Untergebene aus den Schützengräben heraus auf die feindlichen Linien jagen konnte. Wahrscheinlich ließ er sich gerade vom schwedischen Schneewittchen einen Kopi Luwak kredenzen und den Nacken massieren, während er ihr von seinen brandgefährlichen Nachteinsätzen im Hexenkessel Kranichstein erzählte.

Seltsam, dass sich nicht mehr Studenten für ihren Stand interessierten, denn ihr Auftritt fiel optisch ziemlich aus der Reihe. Ringsum präsentierten sich die Personaler inmitten professioneller Panels, Displays und Leuchtbanner an filigranen Aluminiumgestellen. Rünz und Wedel dagegen standen vor einem aus ungehobelten Vierkanthölzern gezimmerten Plakatständer, den der Hausmeister des Präsidiums morgens schnell zusammengetackert hatte. Das Plakat hatte Hoven selbst gestaltet – ein pixeliges, rotstichiges Foto von Tuva, der schwedischen Praktikantin, beim frühmorgendlichen Joggen im Herrngarten in einem hautengen Lycra-Sportdress, darüber in Comic Sans-Typo, die jedem Menschen mit ästhetischem Empfinden spontan Würgereiz bescherte, Hovens neues Leitmotto: *we create confidence.* Wenn man ihre Kleidung mit einbezog – Rünz hätte mit seinem alten C&A-Anzug auch Salatmesser in der Fußgängerzone verkaufen können, und Wedel wirkte in seiner abgerissenen Abercrombie & Fitch-Garderobe wie ein erfolgloser Streetworker – so ergab sich, was das Gesamtarrangement betraf, zumindest der Eindruck einer gewissen Harmonie und Stimmigkeit.

Die wenigen Besucher, die sich für ihren Stand interessierten, amüsierten sich prächtig. Sie nahmen die beiden Ermittler überhaupt nicht ernst, hielten sie für eine Art Spaß-Guerilla, ein neues hessisches Comedyduo beim Außeneinsatz. Manche stellten sich neben ihnen für ein Erinnerungsfoto auf und ließen sich von ihren Kommilitonen mit den Handykameras ablichten. Irgendein Schalk improvisierte aus Wattepads und schwarzem Edding zwei Schnauzbärte, die er Rünz und Wedel unter die Nase hielt. Kurz gesagt – der ganze Auftritt war furchtbar peinlich. Eigentlich war ›peinlich‹ der falsche Ausdruck, viel zu schwach. Rünz fühlte das starke Bedürfnis, sich an Ort und Stelle sofort aufzulösen, stante pede vom festen in den gasförmigen Aggregatzustand zu wechseln und über die Klimaanlage unbemerkt nach draußen zu entweichen. Mit etwas Glück tat sich ja hier und jetzt eine Raum-Zeit-Spalte auf und saugte ihn in eine Paralleldimension.

Aber schon nahte Abwechslung. Zwei sehr junge und leger gekleidete Studenten schauten vorbei, die Frau hatte eine kompakte Videokamera im Anschlag, der Mann hielt Rünz ein kleines Aufnahmegerät unter die Nase. Sie stellten sich als Redaktionsmitglieder des ›Darmspiegel‹ vor. Rünz rätselte einen Moment, ob es sich um eine Fachzeitschrift für Proktologen handelte. Vielleicht hatte das Gesundheitsamt der Stadt zusammen mit den ortsansässigen Gastroenterologen eine Werbekampagne für ein Vorsorge-Screening lanciert, bei dem man viele Sonden in allerlei Körperöffnungen gesteckt bekam, und der Hessische Rundfunk übertrug das Ganze live im Hessenjournal. Aber was suchten sie hier auf der KonAktiva? Rünz beschloss, kein Risiko einzugehen, sich gar nicht erst auf eine Diskussion einzulassen und die beiden schnell abzufertigen.

»Hören Sie, ich habe kein Interesse an so was. Ich mag meine Darmpolypen. Ich liebe sie und habe zu jedem Einzelnen ein sehr persönliches Verhältnis. Sie gehören mir, und ich werde mich um keinen Preis von ihnen trennen. Von meinen Hämorrhoiden mal ganz abgesehen. Die sind mir so was von ans Herz gewachsen. Also machen Sie sich vom Acker und suchen Sie sich bitte andere Untersuchungsobjekte.«

»Oh, ich glaube, da liegt ein Missverständnis vor«, sagte die junge Kamerafrau. »Der ›Darmspiegel‹ ist eine Studentenzeitung, wir recherchieren für eine Reportage über die KonAktiva. Wir wollten eigentlich nur wissen, was die hessische Polizei einem Uni-Absolventen bieten kann, als Arbeitgeber, meine ich.«

Ihr Redaktionskollege hielt ihm das Diktiergerät noch dichter unter die Nase. Rünz war einen Moment perplex, sammelte sich und arbeitete fieberhaft an einer Strategie. Er war trotzig. Und wütend. Er hatte es satt, sich hier lächerlich zu machen. Er würde es ihnen zeigen. Und Hoven sowieso. Eigentlich war es ja *die* Gelegenheit, mal so richtig auf den Putz zu hauen und den Jack Bauer raushängen zu lassen. Er brauchte nur die Eindrücke und Erlebnisse der letzten Tage etwas zu verdichten und aufzusexen. Nach dem ganzen Theater, das seine Kollegen für Tuva veranstalteten, wollte er jetzt auch mal ran.

»Was wir einem Rookie frisch von der Uni bieten können? Action, Action, und noch mal Action. Gegen unseren Arbeitsalltag ist ›Alarm für Cobra 11‹ eine PEKiP-Gruppe. Schattenparker wie Jack Bauer dürfen bei uns höchstens die Aschenbecher leeren. Wollen Sie wissen, wie ein typischer Arbeitstag bei uns aussieht?«

Die Darmspiegel-Redakteure bekamen leuchtende Augen.

»Klar Kommissar, legen Sie los.«

Drei Studenten blieben stehen, um das seltsame Interview zu verfolgen.

»Gestern Morgen ist uns im Herrngarten ein marokkanischer Dealer ins Netz gegangen. Wir haben ihn im Präsidium ein bisschen in die Mangel genommen, nichts Besonderes, Waterboarding, ein wenig Reizstrom-Therapie. Optimierte Verhörmethoden nennen wir das, hat sich bewährt. Nach ein paar Minuten hat er geredet wie ein Wasserfall, und wir konnten seinen Lieferanten identifizieren – Delgado, ein Sizilianer, der die halbe Stadt kontrolliert. Delgado hat sofort spitzgekriegt, dass wir ihm auf den Fersen sind. Er wollte rechtzeitig das Feld räumen, und wir haben uns mit ihm eine hübsche kleine Verfolgungsjagd auf der A5 Richtung Frankfurt geliefert!«

Rünz' Vortrag entwickelte schnell Anziehungskraft, im Nu stand eine ganze Gruppe faszinierter Jungakademiker um sie herum, die meisten junge Männer. Der Kommissar kam in Fahrt, sprühte vor Ideenreichtum, er musste sich unbedingt nach seinem Vortrag Notizen für seinen Thriller machen.

»Auf Höhe Mörfelden konnten wir den Großdealer abfangen – dabei gingen zwei unserer Dienstwagen zu Bruch, 911er GT3, eigentlich schade drum, aber wo gehobelt wird, da fallen Späne. Mit den zwei Pfund Koks, die wir ihm abgenommen haben, konnten wir dann nachmittags zwei Informanten aus der Rotlichtszene schmieren, die den Straßenstrich an der Kirschenallee kontrollieren.«

Inzwischen standen mindestens drei Dutzend Studenten um sie herum – Wedel, anfangs konsterniert über die Fabulierkunst seines Chefs, fing an, eifrig Informationsmaterial zu verteilen. Rünz begann, auf- und abzugehen und sein gesamtes Publikum offensiv wie ein Karriere-Coach anzusprechen. Was Hoven konnte, konnte er schon lange. Die Darmspiegel-Redakteurin trippelte ihm mit der Kamera hinterher. Rünz zog seine Military-Schirmkappe aus und präsentierte mutig sein großes Pflaster auf dem Hinterkopf. Jeder der Anwesenden würde es ohne weitere Erläuterung für eine im Einsatz erlittene Blessur halten.

»Um undercover nicht aufzufliegen, musst du in der gleichen Liga spielen wie diese Typen. Das bedeutet *Erste Liga.* Also haben wir uns im Kongresshotel einquartiert und abends an der Bar mit ein paar frisch eingeflogenen Ukraine-rinnen angestoßen – Sie wissen schon, was ich meine – um ihn auf uns aufmerksam zu machen. Um glaubwürdig zu bleiben, müssen Sie manchmal gewisse Grenzen überschrei-ten, da geht nicht immer alles nach Vorschrift. Das ist kein Job für Ärmelschoner und Bedenkenträger.«

Inzwischen waren die Informationsstände in ihrer unmittelbaren Nachbarschaft völlig verwaist – zumindest, was den männlichen Anteil der Jungakademiker anging. Rünz hatte es tatsächlich geschafft, auf der Veranstaltung eine perfekte Geschlechtertrennung durchzusetzen. Wedel hatte längst Stapel an Informationsmaterial unter die Leute gebracht, aber inzwischen fingen die ersten Studenten an, ihm ihre Bewerbungsunterlagen und Visitenkarten zu geben. Rünz fügte seiner Räuberpistole noch einige abenteuerliche nächtliche Volten hinzu, sodass insgesamt ein atemberaubender Kurzplot entstand, der es mit jeder 24-Season aufnehmen konnte. Dann legte er eine kurze rhetorische Pause ein, schritt die Reihen ab und schaute jedem tief in die Augen wie ein Ausbilder der Navy Seals seinen neuen Rekruten.

»Bei uns kommen nur die Besten durch. Und die, die es schaffen, müssen auf alles verzichten – Familie, Kinder,

Bausparvertrag, Heim und Garten. Ihr Job bei uns ist hart, schmutzig, gefährlich, schnell, blutig und gnadenlos. So wie guter Sex …«

Mit dem letzten Satz hatte er die Schraube etwas überdreht, sein Auditorium wirkte eher verwirrt als beeindruckt. Aber er hatte keine Gelegenheit, weiter über diesen Fehler nachzudenken.

Er sah sie an einem der Nachbarstände, sie unterhielt sich mit einem Personaler der Merck AG. Die rote Zora, die er im 603qm kennengelernt hatte. Wogners Kamerafrau bei den Schäferstündchen im Labor. Sie war völlig verändert. Die Dreadlocks seriös hinter dem Kopf zusammengezügelt, ein nudefarbenes Seidenkleid mit Chiffonärmeln unter einer taillierten Tweedjacke, blickdichte Strümpfe und zweifarbige Schnürpumps – sie sah aus, als leitete sie in Beverly Hills eine Casting-Agentur.

»Übernehmen Sie mal, Wedel«, flüsterte Rünz und bahnte sich einen Weg durch die Studenten. Als sie ihn entdeckte, verabschiedete sie sich nicht einmal von ihrem Gesprächspartner, sondern gab sofort Fersengeld. Sie huschte schon auf der lang gezogenen Treppe hinauf zur zweiten Ebene, als er sich endlich durch die Menschentraube gekämpft hatte. Überraschend flink war sie auf ihren Pumps. Rünz hechtete hinter ihr her die Stufen hoch. Oben, vor dem Bühnentor des großen Saales, musste er sich entscheiden, links oder rechts herum. Er entschied sich für die linke Seite, warf fast einen der Bistrotische um, die gerade für einen Sektempfang hergerichtet wurden. Auf der Ostseite des Gebäudes rannte er einmal um den großen Saal herum und entdeckte eine angelehnte Tür, die ihn in die technischen Eingeweide des Darmstadtiums führte. Er verlor in dem Labyrinth von Treppenhäusern und Haustechnikräumen bald die Orientierung, rannte treppauf und treppab, landete in der Saalregie, fragte sich durch zur zweiten Ebene, verpasste irgendwo den richtigen Ausgang und stand schließlich auf dem Dach. Außer Atem lehnte er sich mit dem Rücken gegen die grünen Schieferplatten des Saalkubus, der die Dachfläche wie ein nachträglich eingesetzter Körper um einige Meter überragte. Dann hörte er sie. Sie konnte nicht weit entfernt sein, vielleicht einige Meter um die Ecke, auf der Westseite des Saalaufbaus. Sie telefonierte.

»Dieser seltsame Kommissar hat was rausgekriegt, ich bin ganz sicher. Nein, nein, ich habe ihn eben gesehen, hier auf der KonAktiva. Der hat mit seinem Kollegen einen völlig lächerlichen Stand aufgebaut, absolut unglaubwürdig. Die sind nur hier, um rumzuschnüffeln. So unauffällig wie Dick und Doof beim Detektiv spielen. Ja, genau! Fettige Haare, Achtzigerjahre-Anzug, das muss er gewesen sein. Nein – es war die Art, wie er mich angeglotzt hat. Ich sage Ihnen, der weiß was. Ich habe einfach ein Scheißgefühl … Ich *bin* ruhig. Was ist mit dem Labor? Was ist, wenn sie die Filme gefunden haben …? Ich *habe* aufgepasst. Was ist mit Wogner? Soll ich an ihm dranbleiben? Oh Gott, bin ich froh, wenn ich das hinter mir habe.«

Diese kleine Schlange. Sie telefonierte mit Annette Wyss, darauf hätte er jeden Cent verwettet. Die rote Zora war ihr Maulwurf bei Wogner. Wahrscheinlich hatte sie den deprimierten Wissenschaftler ein wenig angeflirtet, und so sein Vertrauen gewonnen. Wie mochte die Wyss sie belohnen? Vielleicht mit einer exzellenten Abschlussnote und Rückenwind bei den ersten Stufen auf der akademischen Karriereleiter? Frauensoli. Rünz überlegte einen Moment, ob er sie festsetzen und vernehmen sollte, verwarf den Gedanken aber sofort wieder. Die Wyss hätte nur unnötig Verdacht geschöpft. Als sie fertig war, huschte er auf der kleinen, begrünten Dachfläche Richtung Osten, damit sie ihn nicht sah, wenn sie das Gebäude wieder betrat. Als die Stahltür hinter ihr ins Schloss fiel, wartete er noch einige Sekunden, dann wollte er ihr nachgehen, aber die Tür ließ sich nicht mehr öffnen. Es existierte auf der Außenseite überhaupt keine Klinke und kein Drücker, ohne Schlüssel war also nichts zu machen. Na prima. Er schlenderte quer über die Dachfläche Richtung Schloss. Vielleicht war auf der Westseite, hinter der Calla, noch ein Abgang. Am Rand des großen Glastrichters legte er einen Zwischenhalt ein und schaute durch die Glasfläche herunter ins Foyer. Er konnte Wedel entdecken, er stand wieder allein und verloren an dem Messestand, die Darmspiegel-Redakteure und die interessierten Studenten hatte er nicht halten können. Na bitte. Ohne die alte Rampensau Karl Rünz ging eben doch nichts.

Der Edelstahl-Handlauf des Geländers, an dem er stand, fühlte sich angenehm kühl an, als er seine Hände drauflegte. Aber etwas war anders. Normalerweise, wenn er seine Linke auf eine harte Fläche – Stein, Glas oder Metall – legte, dann klackte es kurz metallisch. Sein Ehering. Es hatte nicht geklackt. Statt dem güldenen Zeugen seines Familienstandes hatte er nur einen Streifen blasser Haut an seinem Ringfinger. Verdammt, wegen dieser Ziege hatte er im 603qm seinen Ring abgestreift, und vergessen, ihn wieder anzulegen! Ein Wunder, dass seine Frau es noch nicht bemerkt hatte. Frauen hatten einen siebten

Sinn für solche Sachen. Sie musste abgelenkt gewesen sein. So brauchte er sich gar nicht nach Hause zu trauen. Jetzt, wo er ein schlechtes Gewissen hatte, würde sie den Verlust innerhalb von Sekunden bemerken. Umgekehrt könnte seine Gattin wahrscheinlich zehn Jahre ohne Ehering herumlaufen, bevor er darauf aufmerksam wurde. Wo war das Schmuckstück überhaupt? Er kramte nervös in seinen Taschen. In der Hose war er nicht, auch die Taschen seines Sakkos waren leer – aber er bemerkte einen Riss im Futter der Innentasche. Rünz ärgerte sich, der Anzug war kaum zwanzig Jahre alt, ein klarer Garantiefall, er würde ihn in den nächsten Tagen zur C&A-Filiale am Ludwigsplatz bringen. Er wurde immer nervöser, ertastete den Ring schließlich im Saum des Kleidungsstückes, drückte ihn mit der Linken behutsam nach oben und bekam ihn mit der Rechten durch den Riss im Futter zu fassen. Aufatmen. Jetzt schön vorsichtig festhalten und herausziehen. Als er das goldene kleine Rund ein paar Zentimeter aus der Tasche heraus hatte, glitt es ihm aus den Fingerkuppen, schlug auf der Steinplatte auf, sprang wieder hoch, über die Sockelleiste des Geländers auf eins der relativ flachen gläsernen Dreiecke, die den oberen Rand der Calla bildeten. Der Ring tellerte und torkelte wie eine rotierende Münze auf der glatten Oberfläche, und rutschte mit jeder Drehung einige Millimeter Richtung Abgrund. Ganz ruhig bleiben, dachte Rünz. Er bückte sich schnell, streckte die Hand durch die Füllstäbe und griff nach dem kleinen Goldstück – der Ring war schon wieder ein paar Zentimeter weiter – er stemmte den ganzen Arm durch das Geländer, zu spät. Provozierend langsam rutschte das Geschmeide die Glasfläche hinunter, wurde mit steigendem Gefälle immer schneller, blieb schließlich – vielleicht drei Meter von Rünz entfernt – an einer der schwarzen Fugen hängen, an denen die Glasprismen auf dem Stahlskelett auflagen. »Scheiße!«, zischte er, und dachte kurz darüber nach, einen Techniker zu Hilfe zu holen. Ach was, entschied er. Selbst war der Mann. Er kletterte über das Geländer, legte sich auf den Bauch, hielt sich mit den Händen an den Metallstäben fest und angelte mit der Spitze seines rechten Fußes nach dem Ring. So konnte er das Schmuckstück zwar bequem erreichen, entschied aber im letzten Moment, dass er im Fuß zu wenig Gefühl hatte, um es sicher nach oben zu schieben. Also anders herum, den rechten Fuß als Sturzsicherung im Geländer verkeilt, und kopfüber todesmutig mit dem Oberkörper auf der Glasfläche vorarbeiten. Wenn jetzt jemand von den Menschen unten im Foyer hoch schaute, würde er eine ziemlich lächerliche Figur abgeben. Aber wer würde schon einfach so nach oben gucken, während er sich über seine berufliche Zukunft unterhielt!

Die ersten Sekunden, nachdem sein Fuß aus dem Schuh geglitten war und sein Körper langsam talabwärts Fahrt aufnahm, erinnerten ihn an einen Freibadbesuch mit dem kleinen Kevin vor ein oder zwei Jahren, als beide gemeinsam die Wasserrutsche ausprobiert hatten. Das hier war anders. Er beschleunigte kontinuierlich, spürte, wie jedes Mal, wenn er auf seinem Weg abwärts über eine der Dichtfugen rubbelte, Knopf und Reißverschluss seiner Hose an Substanz und Funktionalität einbüßten, und auf den letzten Metern, dort, wo es fast senkrecht hinabging, wo sich der Glastrichter wie die Neige eines Sektglases so verjüngte, dass er sich mit weit gespreizten Armen end- lich verkeilen und seine Talfahrt stoppen konnte, zog es ihm die Hose samt Schiesser Feinripp bis auf Kniehöhe von den Hüften. Über mangelnde Aufmerksamkeit bei den Veranstaltungsbesuchern im Foyer konnte er sich jetzt nicht mehr beschweren. Und obwohl seine Sicht, kopfüber in diesem riesigen Glaskelch hängend wie ein Gecko an der Glaswand eines Terrariums, etwas eingeschränkt war, registrierte er deprimiert, dass so gut wie alle Menschen, die ihn anstarrten, ihre Handykameras im Anschlag hatten.

26

»Sind Sie okay? Sollen wir nicht besser einen Arzt holen?«

»Einen Arzt brauche ich erst, wenn Sie meinen Ring nicht wieder finden!«, blaffte er den Haustechniker an und fingerte mit den Sicherheitsnadeln herum, die ihm eine Sekretärin der Betreibergesellschaft gegeben hatte, um seinen völlig zerstörten Hosenbund notdürftig zu fixieren.

»Sie haben Glück, wenn es regnen würde, könnten Sie Ihren Ring vergessen. So haben wir eine Chance, vielleicht hat er sich in einem der Gitter hier verfangen.«

»Wenn es regnen würde, hätte ich mich wohl kaum da oben rumgetrieben.«

»Auch wahr. Warum haben Sie ihn eigentlich ausgezogen?«

Gab es eine dämlichere Frage, die ein Mann einem Geschlechtsgenossen stellen konnte?

»Mach ich immer, wenn ich Weihnachtsplätzchen backe. Der Teig klebt sonst so fest unter dem Ding«, knötterte Rünz.

Der Techniker wirkte eingeschnappt. Vielleicht hätte Rünz nicht nach dem Hausmeister fragen sollen, sondern gleich nach dem Facility Manager. Heute nahm doch niemand mehr einen Putzlappen in die Hand, wenn er sich nicht mindestens Manager nennen durfte.

Sie standen in einem dunklen und zugigen Untergeschoss,

tief unter dem Foyer, noch unterhalb der Tiefgarage, am Fußpunkt der Calla, da, wo das Niederschlagswasser aus dem Glasrichter durch ein System von Spezialgittern und Umlenkungen gebremst und gefiltert wurde, bevor es zur Brauchwasserzisterne und in die Kanalisation geleitet wurde. Gebückt, mit eingezogenen Köpfen kauerten sie unter der nur gut anderthalb Meter hohen Betondecke.

»Mist«, murrte der Techniker. »Ohne meinen Ratschenkasten komme ich hier nicht weiter. Dauert nur zwei Minuten, wollen Sie hier warten?«

»Habe gerade nichts Besseres vor.«

Eigentlich hatte Rünz den Auftrag, Wedel oben im Foyer weiter beim Anwerben junger Talente zu unterstützen, aber nach seiner kleinen Slapstickeinlage hatte er wenig Lust, sich dem Spott des Publikums preiszugeben. Der Ring hatte jetzt absolute Priorität, außerdem hatte er oben ja schon eine ordentliche Performance abgeliefert. Jetzt musste der Nachwuchs mal ran.

Der Techniker brauchte länger als angekündigt, fünf, zehn Minuten vergingen. Wahrscheinlich war er wegen irgendeiner anderen Sache aufgehalten worden. Das von der Calla senkrecht durch die ganze Gebäudehöhe geleitete Licht reichte so weit unten kaum noch aus, die paar Quadratmeter um seinen Standort herum zu beleuchten. Wo kam nur dieser permanente Luftzug her, er stand doch in einem Keller?

Er nahm sein MagLite aus der Jackentasche und leuchtete in beiden Richtungen durch das Tiefgeschoss. Ein paar Meter hinter ihm bildeten mächtige Betonspitzen ein Spalier mit engen Zwischenräumen, dahinter Dunkelheit. Irgendwo brummten Generatoren oder Pumpen. Er schwenkte den Lichtkegel seiner Taschenlampe mehrmals hin und her durch die Pfeilerreihe und wurde plötzlich durch einen Lichtschein geblendet. Wahrscheinlich eine Reflexion, dachte er, an einer polierten Edelstahlarmatur oder einer Metallklappe. Er wedelte hin und her mit der Lampe, konnte die Erscheinung aber nicht reproduzieren. Sein Handy brummte, er zog es aus der Jackentasche. Es war Wedel. Er nahm das Gespräch an, aber die Verbindung war schlecht, er verstand nur Bruchstücke.

»Krrrrrrbzzzzrrr«

»WAAS?«

Er schlich einen halben Meter weiter, und der Empfang wurde etwas besser. Die Stimme seines Assistenten klang blechern schnarrend, aber ohne Ausfälle.

»Wo sind Sie, Chef? Die Studenten hier sind begeistert von Ihrem Sondereinsatz in der Calla, die wollen Autogramme. Sie haben hier schon eine richtige Fangemeinde.«

»Halten Sie die Stellung, bei mir dauert es noch.«

»Da ist noch was, Chef.«

»Und?«

»Die Kollegen vom Einbruch/Diebstahl haben mich eben kontaktiert. Die haben eine Strafanzeige gegen unbekannt aufgenommen, gestellt vom Justiziar der TU und der Nakatomi Corporation. Die vermissen den zweiten Androiden.«

»Scheiße, Wedel! Was für einen zweiten Androiden? Niemand hat mir bis jetzt von einem zweiten Roboter erzählt.«

»Warum flüstern Sie so, Chef? Ich kann Sie kaum verstehen. Während Kastor oben seinen Auftritt hatte, müssen Wogner und Wyss unten in der Tiefgarage am Bühnenaufzug mit seinem Zwillingsbruder Pollux gestanden haben, als Mann auf der Ersatzbank sozusagen, falls Nummer eins ausfällt. Sind beide hochgerannt, als oben das Chaos losbrach, und haben die Maschine für ein paar Minuten allein gelassen. Als sie zurückkamen, war sie weg.«

Pollux. Kastor und Pollux. Da hätten sie auch selbst drauf kommen können, die rote Zora hatte es doch schon angedeutet. Warum hatten ihm weder Wogner noch Wyss von diesem Pollux erzählt?

»Ja und? Da unten müssen doch Überwachungskameras installiert sein. Checkt die Aufnahmen, so einen Roboter klemmt man sich doch nicht einfach unbemerkt unter den Arm.«

»Habe ich gerade hier in der Technikzentrale angesehen, Chef. Wo sind Sie im Moment?«

»Spielt das IRGENDEINE ROLLE? Wer hat diesen verdammten Zwillingsbruder geklaut, verdammt noch mal?«

Wedel zögerte drei Sekunden, bevor er antwortete.

»Er wurde nicht geklaut, er ist *gegangen*. Er ist unten in einem der Trakte mit der Ver- und Entsorgungstechnik verschwunden. Und es sieht nicht so aus, als hätte er seitdem das Gebäude verlassen.«

Jetzt schwieg Rünz, mehrere Sekunden lang.

»Chef, sind Sie noch dran?«

Wedels Stimme kam ihm plötzlich extrem laut vor. Er hielt sich den Apparat dicht ans Ohr und flüsterte noch leiser.

»Heilige Scheiße, warum kommen die erst jetzt mit dieser Meldung?«

»Verschiedene Gründe. Einer dachte vom anderen, er

hätte den Androiden in Sicherheit gebracht. Außerdem haben die sich wohl tagelang geziert, den Japanern den Verlust zu ...«

Die Verbindung brach ab. Der Zwillingsbruder dieses durchgebrannten Roboters streunte also höchstwahrscheinlich noch hier unten in den Eingeweiden des Darmstadtiums herum. Wenn ihm nicht inzwischen der Saft ausgegangen war, und er kein Kraftfutter für seine biologische Brennstoffzelle hatte auftreiben können. Rünz stocherte mit dem Lichtkegel seiner Lampe wieder in der Finsternis herum. Vorsichtig ging er auf die Betonstützen zu, mit jedem Schritt wurde es dunkler um ihn, der kleine Kegel seiner Stablampe wirkte verloren in der Schwärze. Hatte das Geld hier unten nicht mehr für eine Notbeleuchtung gereicht? Er drückte sich durch zwei der Pfeiler hindurch, spürte den kalten Beton an Bauch und Rücken. Auf der anderen Seite stand er in einem trockenen Kanal, sechs oder sieben Meter breit. Ein stetiger Zug warmer Luft strömte ihn von links an. Ein riesiger Sarg, dachte er, aber wenigstens gut belüftet. Die Leistung seiner kleinen Stablampe reichte nicht aus, um die Stirnseiten des langen Schachtes links und rechts von ihm zu erreichen. Vielleicht sollte er erst mal Verstärkung holen, anstatt hier allein auf Androidenjagd zu gehen. Aber er hatte seinen Einzelkämpfer-Stolz, schließlich hatte er eben noch den Studenten oben erzählt, was für ein verwegener Hund er war. Er konnte jetzt nicht nach Mutti rufen. Also einmal quer hinüber zur anderen Seite, um wenigstens die Ursache für die Reflexion zu finden, und dann hoch ins Foyer, und dem Techniker Beine machen. Um nicht über irgendwelchen Bauschutt zu stolpern, leuchtete er sich direkt vor die Füße, während er mit krummem Buckel weiterschlurfte, und alle paar Meter hielt er an, um sich umzuschauen. Als die Füße des Androiden im Lichtkegel seiner Lampe erschienen, war er nur noch einen halben Meter von ihm entfernt.

Zwei gewölbte Fußplatten aus gebürstetem Edelstahl sah er und hörte gleichzeitig, wie die Tuben der optischen Sensoren ihn surrend fokussierten wie das Autofokus-Objektiv einer Digitalkamera. Panik. Zuerst schlug sich der Kommissar seine frisch verheilte Biopsienarbe auf, weil er der niedrigen Betondecke zum Trotz aufrecht laufen wollte, dann fiel ihm seine Stablampe aus der Hand, und er rammte sich seine Stirn so heftig an einer der Betonstützen, dass er nicht einmal mehr spürte, wie er zusammensackte.

27

Der stetige Luftzug kühlte ab und weckte ihn wieder auf.
Er öffnete die Augen und sah – nichts. Schreckliche Kopfschmerzen und der kalte, harte Boden, auf dem er lag,
mehr konnte er nicht empfinden. Die absolute Dunkelheit war eine ziemlich beunruhigende Erfahrung für einen
Stadtbewohner wie ihn, denn normalerweise existierten in
dicht besiedelten Umgebungen keine Orte, die nachts nicht
wenigstens von einem schalen Restlicht erhellt wurden. Auf
dem Rücken liegend drehte er den Kopf hin und her – kein
Schimmer, kein hinterleuchteter Lichtschalter, kein grüner
Wegweiser, der auf einen Notausgang wies. Panik stieg in
ihm auf, er war hilflos, jemand – oder etwas – konnte sich
wenige Zentimeter von ihm entfernt aufhalten, ohne dass
er es registrierte. Zuerst tastete er seine Taschen nach dem
Handy ab, dann den Boden um ihn herum, ohne Erfolg.
Der Kommissar versuchte aufzustehen, und knallte mit der
Narbe an seinem Hinterkopf so heftig gegen die Decke,
dass ihm vor Schmerz kurz Sternchen vor den Augen
flimmerten. Erinnerungsfetzen tauchten auf, er versuchte sie zu sortieren. Nach einigen Minuten war ihm
klar, wo er sich befand, tief unten, in den Eingeweiden des
Kongresszentrums, und warum er hier war. Die Sache mit
dem Ehering. Aber er wusste nicht mehr genau, wieso er
das Bewusstsein verloren hatte. Hatte ihn jemand nieder-
geschlagen? Natürlich konnte er rufen, aber damit würde
er einem potenziellen Aggressor seinen Standort verraten.

Der Lichtschein der Calla war nicht zu sehen. Plötzlich war alles wieder da in seiner Erinnerung – der Ehering, seine Rutschpartie in der Calla, der Techniker, Wedels Anruf, die Begegnung mit dem Roboter. Warum war dieser Techniker nicht zurückgekommen? Wahrscheinlich war er zurückgekehrt, hatte Rünz am Fuß der Calla nicht angetroffen und war dann einfach davon ausgegangen, dass er die Warterei sattgehabt hatte. Er hob den linken Arm vor die Augen, zog den Ärmel seiner Jacke zurück – und atmete erleichtert auf. Die Tritium-beschichteten Stundenindices auf seiner *Luminox F-117 Nighthawk* glommen tiefgrün, zwölf beruhigende kleine Fixsterne in der Finsternis, der Nachweis seiner Existenz im Hier und Jetzt. Was für ein herrliches Geschenk von Brecker, er dankte seinem Schwager im Nachhinein inständig. 1.30 Uhr. Die Datumsanzeige war bereits umgesprungen, es war also mitten in der Nacht, er hatte über zehn Stunden hier gelegen. Es half nichts – um sich in diesem Labyrinth zu orientieren, musste er seine Luminox als optischen Wegmarker benutzen. Er öffnete das Edelstahl-Armband und setzte die Uhr mit stehendem Zifferblatt auf den Boden. Gebeugt rückwärtsgehend entfernte er sich langsam, die Schritte mitzählend, den Blick starr auf das Zifferblatt geheftet. Nach einigen Metern verschmolzen die Leuchtpunkte zu einem grünen Klecks, den er gebannt fixierte, als würden seine Augen ihn nicht wiederfinden, wenn er ihn einmal aus dem Blick verlöre. Dann prallten seine Hinterbacken gegen eine Betonwand. Mit dem Rücken an der Wand schleifend, trippelte er einige Meter nach rechts, bis das Zifferblatt der Uhr zu einem winzigen, schlafenden Glühwürmchen verschwamm. Danach ging er den Weg zurück und in die andere Richtung, diesmal mutiger, bis er das Zifferblatt der Uhr aus den Augen verlor. Der Luftstrom hatte ihn die ganze Zeit von links angeweht. Jetzt war ihm alles klar, er hatte die Orientierung wiedergefunden. Er stand auf der gegenüberliegenden Seite des Betonkanals. Wenn er zu seiner Uhr zurückging, und den Schacht dort im rechten Winkel passierte, würde er auf der anderen Seite auf die Pfeilerreihe stoßen, die er durchqueren musste, um zum Fußpunkt der Calla zu gelangen. Also erstmal zurück zur Luminox und dann der Freiheit entgegen. Zwei Meter, drei Meter – jetzt musste sie wieder in seinem Gesichtsfeld auftauchen. Vier Meter, fünf Meter – spätestens jetzt *musste* er sie doch wieder sehen. Nichts. Absolute Dunkelheit. Das war unmöglich. Leere Batterien? Die Leuchtelemente aus Tritium funktionierten über fünfundzwanzig Jahre. Garantiert. Vielleicht war sie einfach umgefallen, lag mit dem Uhrglas auf dem Boden? Er ging zurück, bis er seinem Entfernungsgefühl nach den Ausgangspunkt ungefähr erreicht hatte, legte sich flach auf den Bauch und strich mit ausgestreckten Armen über die Betonfläche, um ein möglichst großes Areal abzutasten – ohne Erfolg. Dann sah er sie. Seine Uhr hüpfte einige Meter vor ihm ungefähr in Hüfthöhe von links nach rechts durch sein Gesichtsfeld, gleichzeitig klackerte es metallisch, als liefe jemand mit Bergschuhen und Steigeisen über den harten Boden. Kastors verdammter Zwillingsbruder hatte ihm die Armbanduhr geklaut. Rünz ging langsam rückwärts, er hatte das dringende Bedürfnis, die feste Wand hinter sich zu spüren, damit er nicht einfach so von hinten attackiert werden konnte. Die vielen technischen Details, von denen Sybille Habich erzählt hatte, fielen ihm ein – optische

Detektoren im Infrarotbereich, Audiosensoren für Infraschall, Ultraschall-Ortungssysteme, Terahertzwellen-Scanner. Wenn sich Kastors Zwillingsbruder hier unten aufhielt, dann konnte er Rünz so leicht orten wie eine Raubkatze ihre Beute. Aber welche Absicht verfolgte er? Ein Überraschungsangriff direkt aus dem Nichts war einfach – vielleicht zu einfach? Spielte der Android mit ihm, wie eine Katze mit der Maus? Entwickelte er Jagdtrieb?

Es war definitiv an der Zeit, sich von diesem unangenehmen Ort zu entfernen. Er musste es auf eine der oberen Ebenen schaffen, zumindest bis in die Tiefgarage, da existierten doch sicher Licht und Alarmknöpfe. Aber um keinen Preis wollte er die schützende Wand im Rücken aufgeben. Er überlegte fieberhaft. Wenn dieser Luftstrom zur Klimatisierung des Gebäudes diente, würde er links, auf der Leeseite, irgendwo in engen Lüftungskanälen verschwinden, die ihn nicht weiterbrachten. Aussichtsreicher erschien ihm eine Expedition nach rechts, zur Frischluftquelle, vielleicht fand er irgendeinen Erker oder Schacht, über den er ins Freie gelangen konnte. Er tastete sich mit dem Beton im Rücken langsam seitwärts, ging fünfzig, sechzig, siebzig Schritte. Mein Gott, hörte dieser Kanal denn nie auf? Der einundachtzigste Tritt ging ins Leere, und was folgte, war ein Déjà vu der feuchten und unangenehmen Art. Er verlor das Gleichgewicht und segelte bäuchlings in das Wasserbecken, verschluckte sich, bekam wieder Boden unter die Füße und richtete sich auf. Verdammt, dachte er. Die gleiche Geschichte wie vor zwei Jahren in diesem Bunker unter der Volkssternwarte auf der Ludwigshöhe. Auf diese Art unfreiwilligen Badevergnügens hatte er wohl ein Dauerabonnement. Auf den kleinen Wellen, die seine

Tauchübung verursacht hatte, spiegelten sich Lichtreflexe. Er legte den Kopf in den Nacken und schaute nach oben. Ein kreisrunder Schacht ragte aus der Decke über dem Becken, offensichtlich der Zulauf der Calla für die Regenwasser-Rückgewinnungsanlage. Und eine kleine stählerne Wartungsleiter, die aus dem Rohr in das Becken hing, gab Anlass zu den schönsten Hoffnungen. Er packte die beiden Holme mit den Händen und schaute wieder nach unten, um mit dem Fuß den Antritt zu finden. Von rechts trieb langsam eine amorphe Masse in den fahlen Lichtschein unter dem Zufluss, aber Rünz schaute nicht hin. Es war ein alter Müllsack, entschied er, ein Haufen Isolierschaum, den die Arbeiter in dem Becken entsorgt hatten. Jedenfalls hatte es nichts mit ihm zu tun. Auch der Geruch, der von dem Treibgut ausging, hatte nichts mit ihm zu tun. Da sollten sich andere mit befassen. Er konnte sich schließlich nicht um alles kümmern. Er hatte einen Fall aufzuklären. Leise fing er an zu singen, während er die Metallleiter hochkletterte: »The eyes of a ranger ...«

28

»Sollten Sie nicht besser zum Arzt gehen, Chef?«

Rünz hockte auf einem Schemel auf der Bühne des großen Saales und rieb sich den Kopf, der Notarzt maß seinen Blutdruck und leuchtete ihm in die Pupillen. Draußen nagte die frühe Morgensonne an den herbstlichen Nebenschwaden. Seit über achtzehn Stunden war er jetzt im Darmstadtium, eigentlich konnte er hier sein Quartier aufschlagen.

»Ja, klar. Ich sollte mehr Vitamine essen, Sport treiben und mehr über meine Gefühle sprechen. Außerdem sollte ich mir mal beim Proktologen die Darmpolypen durchzählen lassen. Alles zu seiner Zeit. Verdammt, warum habt ihr gestern Nachmittag nicht sofort einen Suchtrupp losgeschickt, um diesen Blechzwilling da unten zu finden? Der hätte mir in aller Ruhe die Plomben aus den Backenzähnen bohren können!«

»Na ja«, druckste Wedel. »Es gab da ein paar Zuständigkeitsdiskussionen. Aber heute früh hätten wir uns sowieso auf den Weg gemacht! Wenn ich gewusst hätte, dass Sie da unten liegen ….Ich dachte, Sie wären nach Hause gefahren nach dieser – ähm – seltsamen Vorstellung in der Calla.«

Zuständigkeiten. Rünz' Kopf dröhnte, er fühlte sich zu schlapp, um sich weiter aufzuregen. Sein Hals kratzte.

»Was war das für eine verdammte Zugluft da unten im Keller? Ich glaube, ich habe mir eine Lungenentzündung geholt.«

»Erdkanäle«, sagte Wedel. »Damit wird die Luft für die Klimaanlage vortemperiert. Spart Energie.«

»Meine Energie nicht. Der Tote in der Zisterne – Rossberger, stimmts?«, murmelte er.

»Bartmann untersucht ihn gerade. Er wird ihn mit nach Frankfurt nehmen. Todeszeitpunkt passt ungefähr. Ist auf jeden Fall nicht in diesem Becken ertrunken. Innere und äußere Verletzungen durch schwere Quetschungen am Rumpf mit hohem Blutverlust. Sieht so aus, als hätte er sich selbst zu dieser Zisterne geschleppt.«

»Was zum Teufel hat er da unten gemacht, seinen Freischwimmer? Und was ist mit dem anderen Roboter?«

»Noch keine Spur von Pollux. Eine Stablampe haben die Kollegen bis jetzt gefunden. Aber die Jungs vom Sicherheitsdienst haben nicht zu allen Räumen Zugang. Wir haben den technischen Leiter aus dem Bett geklingelt, müsste in ein paar Minuten hier sein.«

»Na prima«, nuschelte Rünz. »Sagen Sie mir Bescheid, wenn noch ein Ehering auftaucht, der gehört auch mir.«

Wedel stapfte stolz von einem Bein aufs andere, er schien noch einen Trumpf zur Wiedergutmachung im Ärmel zu haben.

»Erinnern Sie sich an diesen schmierigen Junganwalt, der die Wyss vertreten hat, Chef?«

»Dieser Preminger?«

»Genau. Preminger & Partner in Frankfurt gehören zu einer internationalen Sozietät, die industrielle Großkunden betreut. Zuerst dachte ich: Ok, das passt doch, ist bestimmt die Hauskanzlei der Nakatomi Corporation. Aber Pustekuchen. Preminger arbeitet weltweit für die

CyberDyne Systems, die haben ihr Hauptquartier in Detroit und beackern praktisch die gleichen Arbeitsfelder wie Nakatomi. Ist das nicht seltsam?«

Rünz versuchte eine Sekunde, seine Gedanken zu sortieren.

»Moment. Die Wyss betreut eine millionenschwere Kooperation mit Nakatomi und lässt sich juristisch beraten von einer Kanzlei, die für den größten Wettbewerber der Japaner arbeitet?«

»Sieht ganz so aus …«

»Ich unterbreche Sie ja nur ungern, aber in zwei Stunden beginnt hier ein internationaler IT-Kongress.«

Der technische Leiter des Darmstadtiums trat unruhig von einem Bein aufs andere. Er musste schon einige Sekunden hinter ihnen gestanden haben.

»Ach, die stören uns nicht«, winkte Rünz ab.

»So meinte ich das eigentlich nicht …«

Rünz reagierte nicht. Das Dröhnen in seinem Kopf hatte nachgelassen, er konnte sich wieder konzentrieren. Er schickte Wedel los, um unten in den Tiefebenen die Suchtrupps zu unterstützen, und ließ dann den Blick durch den leeren Saal wandern. Bestuhlung und Tische waren entfernt worden, Bühnen und Parkett bildeten so eine riesige, ebene Fläche von über fünfzig Metern Länge und dreißig Metern Breite.

»Diese Sitzreihen, warum haben sie sich plötzlich abgesenkt, vor zwei Wochen?«

»Das sollte eigentlich nicht passieren während einer Veranstaltung. Ein Server in der Technikzentrale hat verrückt gespielt – Zufall. Murphys Gesetz.«

»Können Sie die Podien noch mal hochfahren? Ich

meine genau die Konfiguration, die wir vor zwei Wochen hatten?«

Der Hausmeister wechselte ein paar Worte über Funk mit einem Kollegen. Einen Moment lang passierte nichts, dann hörte Rünz im Untergrund eine vielstimmige Armada von Elektromotoren summen. Die Fläche vor ihm geriet in Bewegung, ein eindrucksvolles Schauspiel, sechsundzwanzig Podien stiegen vor ihm auf wie die Ränge einer kleinen Arena, die eine Riesenhand aus dem Erdboden nach oben drückte. Nach einigen Minuten schwiegen die Aggregate. Rünz stieg über die Stufen auf das dritte Podium und versuchte, sich die Position der Stühle und seines eigenen Sitzplatzes in Erinnerung zu rufen. Er ging einige Schritte nach links, dann wieder nach rechts, legte schließlich seine Jacke als Markierung auf dem Boden ab und stieg wieder hinunter zur Bühne.

»Wo steht das Rednerpult normalerweise?«

»Hier in der Mitte, über der kleinen Metallklappe mit den Anschlüssen für Licht und Mikrofon.«

Rünz stellte sich auf den Metalldeckel. Der Innenminister am Pult, rechts von ihm der Oberbürgermeister, dann der LKA-Präsident a.D., daneben Kastor und Rühmann. Drei Schritte also, dann stand er ungefähr auf Kastors Position. Keine dreißig Meter Entfernung zu Rünz' Sitzplatz. Was hatte der Android beobachtet, als er kurz vor seinem Kurzschluss auf Rünz' Füße starrte? Er hatte diese Spur bis jetzt nicht verfolgt, genauso wenig wie die Lichtreflexion in den Filmaufnahmen. Wurde er alt? Von der Bühne aus waren die furnierten Fronten der Hubpodien zu erkennen, die in Stufen bis zu den fest installierten Rängen am hinteren Ende des Saales auf acht Meter anstiegen. Der Kommissar ließ sich von dem Technikchef über einen Abgang neben dem Saal in den Bereich unter den Hubpodien führen. Die Unterkonstruktion faszinierte ihn, ein Wald senkrecht stehender Gliederketten, der zur Rückseite des Saales hin auf mehrere Meter Höhe anstieg.

»Jesus, was sind das für riesige Ketten?«

»Schubketten, mit denen fahren wir die Ränge hoch. Im Prinzip überdimensionierte Fahrradketten. Mit einem kleinen Unterschied – sie bleiben senkrecht stehen, wenn man sie über diese Umlenkungen nach oben schiebt. Angetrieben werden die Ketten von diesen Elektromotoren. Das Ganze ist billiger und wartungsärmer als hydraulische Systeme, außerdem weniger feuergefährlich, wir brauchen kein Hydrauliköl.«

Das Licht der Saalbeleuchtung fiel in schmalen Streifen durch die Schlitze der Lüftungsgitter. Wenn die Podien heruntergefahren waren, musste sich die nach hinten ansteigende dunkle Stahlkathedrale zu einem flachen Gewirr von Doppel-T-Trägern, Leitungen und Streben verengen, in dem man herumkriechen musste wie die Bergbaukumpel in einem verstrebten Kohleflöz. Er zählte die Podien von hinten durch, sein Begleiter leuchtete ihm mit der Taschenlampe vor die Füße, damit er nicht über einen der zahllosen Leitungsträger stolperte. Dann fiel die Lampe aus. Der Hausmeister fluchte und schüttelte das Gerät, ein Wackelkontakt ließ den Lichtkegel immer wieder für einen Augenblick aufleuchten. Rünz ging geduckt und langsam weiter, er wollte nicht warten, bis der Mann Ersatz besorgt hatte, um dann noch einmal ganz von vorne anzufangen. Er trat in etwas Weiches, gleichzeitig stieg ein Schwarm kleiner Fliegen auf und umkreiste ihn. Wäre er im Herrngarten oder auf der Lichtwiese unterwegs gewesen, hätte er sich jetzt über ein Viertelpfund Retriever-Scheiße an seinen Schuhen geärgert, aber welches Darmstädter Herrchen oder Frauchen führte seine Kackmaschine hier unten Gassi?

Die Lampe des Technikers sprang wieder an. Rünz stand in einer zähflüssigen, braunroten, angetrockneten Masse. Er ließ sich die Lampe geben und suchte den Boden um sich herum ab.

»Gott, was ist das für eine Soße, in der Sie da stehen? Ist hier irgendwo was ausgelaufen?«

»Kann man so sagen«, antwortete Rünz. »Blut.«

Die Waffe entdeckte Rünz einige Meter entfernt, sie lag wie weggeworfen hinter einem der mächtigen Antriebaggregate für die Schubketten. Eine *STL Tac Kaliber 300 Winchester Magnum*, mit montiertem Zweibein, *Schmidt & Bender PM II*-Zielfernrohr und einem mächtigen Schalldämpfer, daneben ein paar Aluminiumrohre und Maschinenschrauben.

»Wie um Himmels willen kommt das Ding hier runter?«, fragte der Technikchef schockiert. Rünz reagierte nicht, aber er wusste die Antwort.

»Gehen Sie nach oben und fahren Sie das Bühnentor runter. Die Kollegen von der Spurensicherung werden mindestens ein Einschussloch finden. Und wenn wir Glück haben, irgendwo auch das Projektil dazu.«

Wedel tauchte hinter ihnen aus dem Dämmerlicht auf.

»Sie haben Pollux entdeckt!«

29

»Was ist das für eine Anlage?«, fragte Rünz.

»Ein Vakuum-Entwässerungssystem mit Gelbwasser-verwertung zur Düngerherstellung. Das Abwasser aus den sanitären Anlagen wird über ein Unterdrucksystem abgesaugt, so wie in den ICEs der Bahn. Das spart Wasser. Das Phosphat aus den flüssigen Bestandteilen wird in diesem Tank gesammelt und als Dünger genutzt.«

Pollux lag reglos auf dem mächtigen schwarzen Zylinder. Mit Mittel- und Zeigefinger seiner rechten Hand hielt er eine der Maschinenschrauben umklammert, mit denen der Deckel des Zylinders befestigt war. Es sah aus, als hätte er versucht, ihn zu öffnen. Alle hielten Sicherheits-abstand. Zwei Kollegen hatten ihre Hände an den Dienst-waffen. Aber Pollux reagierte nicht. Weder auf Licht und Ansprache, noch auf Berührung.

»Was hat er hier gesucht«?, fragte Wedel.

»Organisches Material. Scheint so, als hatte er Hunger«, murmelte Rünz.

»Ist das nicht Ihre Armbanduhr, die er da am Hand-gelenk trägt?«, flüsterte Wedel.

30

Lange lag der Kommissar mit geöffneten Augen im Bett und starrte an die Decke. Rossberger hatte sich irgendwo in diesem komplizierten stählernen Räderwerk eingeklemmt, als die Hubpodien heruntergefahren wurden, so viel war klar. Und die Waffe? Er hätte sofort drauf kommen müssen, als er sich im Foyer über die Gehhilfe seines alten Kommilitonen gewundert hatte. Die alte Schakal-Nummer. Das *STL-Tac* bot sich geradezu an für einen unauffälligen Umbau zur Gehhilfe. Die Schaftkappe funktionierte prima als Achselstütze, und wenn man alle Anbauten – Magazin, Schaftbacke, Optik, Griff, Zweibein und Abzug – aus dem Systemkasten entfernte, brauchte man nur noch mit etwas handwerklichem Geschick aus Aluminiumrohr eine kleine, aufsteckbare Laufverlängerung zu konstruieren. Warum hatte Kastor beim Einmarsch ins Foyer so lange auf Rossbergers Krücke gestarrt? Hatte er geahnt, dass etwas damit nicht in Ordnung war? Rossberger hatte sich hier unten auf die Lauer gelegt und geschossen. Alle hatten den durch den Schalldämpfer gedämmten Mündungsknall gehört und – wie Rünz auch – für einen platzenden Scheinwerfer gehalten. Wären sie dem kleinen Lichtblitz auf den Filmaufnahmen des Hessischen Rundfunks konsequent nachgegangen, hätten sie Rossberger und seine Waffe schon vor Tagen gefunden. Dieser kleine Gnom hatte versucht, Weller zu ermorden, mit den anderen Protagonisten auf der Bühne des Darmstadtiums stand er in keiner Verbindung.

Warum Weller? Er ist dem Polizeipräsidenten jahrelang auf die Nerven gegangen, warum sollte er ihn ausgerechnet am Tag seiner Pensionierung umbringen? Und Kastors Faustattacke gegen Professor Rühmann, genau im gleichen Augenblick – reiner Zufall?

Er dämmerte weg in einen unruhigen Schlaf, er träumte. Als wollte sein Unterbewusstsein das Trauma der Hilflosigkeit tief in den Eingeweiden des Darmstadtiums wieder wettmachen, bot es ihm ein Fantasiekino der besonderen Art.

Sie standen an der Ecke Wilhelminenstraße/Elisabethenstraße, die Schwedin hing an ihm, ein bibberndes, schutzbedürftiges, blondes Bündel Angst. Sie sah hinreißend aus in ihrem zerfetzten und feuchten Sommerkleid, halb durchsichtig und eng an ihrem Körper anliegend, schön, jung, unschuldig und begehrenswert. Aber Rünz hatte keine Augen für sie. Seine Sinne waren geschärft wie die eines Raubtiers im Dschungel, sein mächtiger Brustkorb hob und senkte sich ruhig im Rhythmus seines Atems. Er beobachtete konzentriert die Straßenschluchten. Die ganze Innenstadt war menschenleer, alle Einwohner, die sich noch irgendwie bewegen konnten, hatten die Stadt Richtung Süden verlassen. Sie waren die Letzten. Fast. Hinter einem der offenen Fenster in den Obergeschossen greinte ein bettlägeriger Alter. Richtung Neckarstraße und Ludwigsplatz war noch alles ruhig, aber im Norden, am Luisenplatz, sammelten sich die ersten Terminatoren.

»Oh mein Gott, sie kommen, Karl. Wir müssen weg hier«, flehte die Schwedin.

»Gleich, Kleines. Einen Moment noch. Ich will sehen, was sie vorhaben.«

Rünz biss die Zähne zusammen. Die Wunde an seinem Kopf schmerzte, der provisorische Verband, den ihm seine Begleiterin aus dem Saum ihres Kleides gemacht hatte, war blutdurchtränkt. Die Blecharmada setzte sich langsam vom Luisenplatz Richtung Süden in Bewegung. Rünz dachte nach. Wenn er auf einem der Dächer ringsum sein STL Tac Kaliber 300 Winchester Magnum in Stellung brachte, konnte er auf die kurze Distanz den Blechbüchsen die CPU aus dem Motherboard schießen. Aber wenn er zwei oder drei getroffen hatte, würden sich die anderen im Luisencenter und den anderen angrenzenden Geschäften verschanzen, und die Lage würde wieder unübersichtlich. Besser war, sie näher herankommen zu lassen, und dann mit der Auto Assault Flinte Kaliber 12/70 aufzuräumen. Auf noch kürzerer Distanz konnte er mit seinem Ruger argumentieren, und wenn sich die ganze Angelegenheit zur Kontaktsportart entwickelte, blieb ihm für die Bearbeitung ihrer Hydraulikschläuche immer noch sein S.E.K.-Einsatzmesser aus Böhler N695-Stahl mit Korundgestrahltem Dull-Finish.

In eine Falle musste er sie locken. Wenn er sie irgendwo auf engem Raum ohne Fluchtmöglichkeit zusammenbrachte, dann konnte er in aller Ruhe mit der Metallbearbeitung beginnen. Er schaute sich um, den Anstieg der Wilhelminenstraße hinauf. Die Kuppel der Ludwigskirche schien in der Abendsonne zu glühen wie ein gigantisches Planetarium.

»Los«, sagte er, »wir müssen es rauf schaffen, bis zur Kirche!«

Sie schleppten sich den Anstieg hoch, er mit über dreißig Kilo Waffen und Munition über den Schultern, sie
geschwächt vom langen Fußmarsch. Die Terminatoren
hatten sie bemerkt und holten auf; Rünz hörte das
Klackern ihrer Metallfüße auf dem Pflaster. Sie hatten
keine hundert Meter Vorsprung mehr, als die Schwedin
plötzlich zusammenbrach.

»Oh Gott, Karl«, schluchzte sie.

»Was ist los, wir müssen weiter!«, schrie der
Kommissar.

»Ich weiß nicht, mein Fuß, ich glaube, ich habe mir den
Knöchel verstaucht …«

»Verdammt«, knurrte Rünz. Wenn er sie trug, schafften
sie es unmöglich vor den Killerrobotern bis zum Eingangs-
portal der Kirche. Sie brauchten eine Spielpause, einen
kleinen Aufschub. Ein Fall für die Artillerie. Er half ihr
auf, schleppte sie hinter das Alice-Denkmal in Deckung.
Dann peilte er wieder Richtung Norden, die Horde bahnte
sich ihren Weg die Wilheminenstraße hinauf. Als sie auf
fünfzig Meter herangekommen waren, erkannte er, dass sie
anders waren als alles, was er von Kampfrobotern vorher
gehört und gesehen hatte. Ihre Körperoberflächen wirkten
wie altes, patiniertes Kupfer, sie wirkten sehr menschlich,
aber ihre Kleidung – Frack und Zylinder, dicke Baum-
wollkleider – erweckte den Eindruck einer Schauspieler-
truppe, die mit einer Zeitmaschine aus der vorletzten Jahr-
hundertwende ins Hier und Jetzt katapultiert worden war.
Und dann fiel bei ihm der Groschen. Es waren die Spielfiguren vom Datterichbrunnen, das ganze Ensemble, mit
Datterich, dem Particulier und seinen Freunden, Dumm-
bach, dem Dreher, Knippelius dem Metzgermeister, Marie

und Babettes und allen anderen, vergrößert und hundert-
fach geklont bis zu Divisionsstärke. Ludwig IV hatte seinen
roten Granitsockel neben dem Schloss verlassen und führte
die Truppe beritten an, der bronzene Berserker vom Markt-
platz stapfte als klobiger Knappe neben ihm her.

Rünz nahm die AA 12 von der Schulter, dockte das
Trommelmagazin mit der 12-Zoll-Blast-Munition an und
brachte die Waffe auf Hüfthöhe in Anschlag.

»Halt dir die Ohren zu, Schätzchen. Das wird jetzt etwas
lauter.«

Die blonde Elfe hielt sich die Ohren zu. Er ließ die
Blechbüchsen bis auf zwanzig Meter herankommen, dann
eröffnete er die Diskussionsrunde mit einem Impulsreferat.
Der erste Feuerstoß hob gleich ein halbes Dutzend der
Spielfiguren aus den Blechpantoffeln – Metallteile zischten
durch die Luft, Kurzschlüsse knisterten, Funken sprühten
aus ihren Energiezellen. Drei weitere Salven reichten aus,
um das Blechbataillon zu zerstreuen – sie hatten etwas
Zeit gewonnen. Er schulterte die Waffe, nahm die junge
Schwedin auf die Arme und sprintete zum Portal der
Ludwigskirche. Als sie in der Kirche waren, schob er den
Riegel vor, zerrte einige der Bänke nach vorne und ver-
keilte sie hinter dem Türblatt. Dann erst hatte er Zeit, sich
umzusehen. An den Wänden hingen afrikanische Groß-
wild-Trophäen. Auf der anderen Seite des kreisrunden
Saales stand eine Gruppe von Menschen um die Sandstein-
platte des Hauptaltars herum und jubelte den Darmstadt
Dribblers zu, die auf dem Altar ein kleines Turnier ver-
anstalteten. Sie schienen an die Roboter-Armee draußen
keinen Gedanken zu verschwenden. Rünz ging auf sie zu,
und auf halbem Wege wurde ihm klar, dass er jeden von

ihnen kannte. Da standen seine Frau, Hoven mit seiner Baroness, die Staatsanwältin Simone Behrens, der Auditor, die Therapeutin, die rote Zora, Franz Wogner, Annette Wyss und der Direktor der Privatschule in Dreieich.

Der Erste, der auf ihn reagierte, war der junge Auditor. Er kam auf Rünz zu, in der Hand ein Klemmbrett mit einer Erfassungsmatrix.

»Herr Rünz, bei Ihrem Rückzugsgefecht gegen die Terminatoren sind einige signifikante Abweichungen von den Standardverfahren aufgetreten. Können Sie das begründen?«

Dann näherte sich die Therapeutin mit laszivem Blick, umkreiste ihn zweimal, schlang dann ihre Beine um seine Oberschenkel und flüsterte ihm ins Ohr: »Ich will ein Kind von dir, Karl ...«

Danach mischte sich der Schuldirektor ein.

»Herr Rünz, ich habe eine gute Nachricht für Sie. Wir haben ein Charity-Förderprogramm für Kinder aus prekären sozialen Verhältnissen aufgelegt – die ideale Einrichtung für Ihr Patenkind, den kleinen Kevin!«

Neben dem Altar stand ein kleines Kreuz, statt Jesus hing der kleine Pleo an dem Balken und stöhnte im Todeskampf, während Muschi sich die Krallen an ihm schärfte.

Hoven und seine Baroness drehten sich zu ihm um, er mit einem großen Reichsapfel in der Hand, der aussah wie eine vergoldete 3D-Version des Apple-Logos.

Plötzlich fingen am Altar Wogner und Wyss an, sich zu attackieren. Er schlug ihr mehrfach eine Karl-Marx-Büste um die Ohren, sie konterte mit ihrem Laptop. Kastor ging nach vorne zum Stehpult und begann mit einer Predigt:

»Liebe Gemeinde...« Weiter kam der Android nicht.

Simone Behrens legte ihm die Handschellen um die eisernen
Handgelenke und las ihm seine Rechte vor. Am Portal
polterte und hämmerte es. Die Datterich-Terminatoren ver-
suchten, sich Einlass zu verschaffen. Rünz probierte, seine
Waffen in Stellung zu bringen, aber die junge Schwedin
zerrte an ihm wie ein Kind am Rockzipfel seiner Mutter.
*   »Verdammt, hör auf mit der Schubserei, Baby. So kann*
ich unmöglich zielen!«

»DU SCHNARCHST!«
   Rünz wachte auf, weil seine Frau ihn mehrfach mit der
Faust in die Seite stieß.
   »Warst du wieder auf einer Fortbildung?«
   »Was?«, nuschelte Rünz. Dann fiel ihm ein, dass seine
gepflasterte Läsion am Hinterkopf Zuwachs auf der Stirn
bekommen hatte – eine prächtige Beule, dick wie ein
Zyklopenauge. Ihm war kotzübel. Der Notarzt hatte ihm
dringend geraten, für ein oder zwei Nächte in die Klinik
zu gehen. Aber ärztlichen Rat zu ignorieren gehörte zu
seinen einfachsten Übungen.
   Schweißgebadet saß er aufrecht im Bett, plötzlich war
alles wieder da, als hätte dieser seltsame Traum seinen
Kopf freigespült für verschüttete Erinnerungen aus seinem
Langzeitgedächtnis. Die Immatrikulation auf der Landes-
polizeischule in Dotzheim Ende der Siebzigerjahre, der
zusammengewürfelte Haufen von Erstsemestern, die sich
für eine Laufbahn im gehobenen Dienst der hessischen
Polizei entschieden hatten. Was für eine Truppe, die da
Kriminalistik, Strafrecht und Einsatzlehre paukte. Da
war diese kleine, konspirative Clique versprengter, linker
Spätachtundsechziger, die den Spruch vom Marsch durch

die Institutionen etwas zu ernst genommen hatte und den repressiven, faschistoiden Polizeistaat von innen aufmischen wollte. In den wenigen Fächern wie Soziologie und Berufsethik, die Spielraum für Diskussionen boten, ließen sie keine Gelegenheit zum Disput mit den Dozenten aus. Ihren Gegenpart bildete die Seitenscheitel-Fraktion, eine Gruppe junger Konservativer mit Aktenkoffern und Pilotenbrillen, die – aus welchen Gründen auch immer – bei der Bundeswehr keine Heimstatt gefunden hatten, und nun bei der Polizei dem Deutschen Volk zu verdienter Sicherheit und Ordnung verhelfen wollten. Beide Lager lieferten sich in- und außerhalb der Vorlesungssäle erbitterte Duelle. Rünz ging das wenig an. Er gehörte damals der stärksten Fraktion an, der stillen Mehrheit, unentschlossene, ziellose und politisch desinteressierte junge Männer, die die Phase zwischen Abitur und Pensionierung einigermaßen sicher und komfortabel über die Bühne bringen wollten.

Nur einer ließ sich keiner Gruppe zuordnen – Jochen Rossberger. Ein krankhaft ehrgeiziger kleiner Wadenbeißer, ein ewig zu kurz-gekommener Korinthenkacker, der es mit seiner kleinlichen Besserwisserei immer wieder schaffte, Lehrkräfte und Kommilitonen zur Weißglut zu bringen. Seine Domäne waren nicht die politischen Diskussionen, er lief zu Höchstform auf, wenn es um sturzlangweilige Details des Verwaltungs- oder Verkehrsrechtes ging, wenn die Salonrevolutionäre längst eingenickt waren und selbst die staatstreuen Patrioten gegen die Müdigkeit ankämpften. Er erarbeitete sich den Vorlesungsinhalt grundsätzlich vor den Lehrveranstaltungen, um die Dozenten auf Widersprüche, Fehler und Lücken im Skript festnageln zu können. Keine Klausur, deren Ergebnisse er nicht anfocht, keine Zwischenprüfung, bei der er sich nicht ungerecht bewertet fühlte. In der Studentenschaft war Rossberger das geborene schwarze Schaf des Jahrgangs, als Fußabtreter quasi der kleinste gemeinsame Nenner der disparaten Truppe. Er zog Hohn und Spott seiner Kommilitonen an wie Honig die Ameisen. Auch Rünz hatte seine Gesellschaft gemieden – zumindest anfangs. Aber nach den ersten Wochen der Ausbildung hatten sie eine gemeinsame Leidenschaft entdeckt: den Umgang mit Schusswaffen. Beide waren beim Schießtraining miteinander ins Gespräch gekommen. Im Rückblick musste Rünz sich eingestehen, dass eigentlich Jochen es war, der ihn an dieses faszinierende Hobby herangeführt hatte. Zwischen den Stühlen saß Rünz damals; einerseits liebte er es, mit Rossberger zu fachsimpeln, andererseits brach er damit den ungeschriebenen Verhaltenskodex der Gruppe. Nach der Abschlussprüfung hatte er nie wieder etwas von ihm gehört. Rünz rieb sich den Hinterkopf. Der Schorf auf seiner kleinen Biopsiewunde juckte, und auf der rasierten Haut drum herum waren die ersten kurzen Haarborsten zu spüren.

Er dachte mit innerer Ablehnung an das Konzert, das er abends mit seiner Frau und ihren dämlichen Freunden besuchen musste. Er hatte keine Lust. Die kulturellen Unternehmungen mit seiner Frau waren ein Fluch. Irgendwann würde er sich deswegen scheiden lassen.

31

Mal was mit Freunden machen. Superidee. Ein Jazzkonzert. Noch besser. Ein Jazzkonzert, das war in etwa
so, als würde man Intellektuellen mit Orgasmusstörungen
zwei Stunden beim Onanieren auf der Bühne zuschauen.
Aber Rünz war gewappnet. Er hatte sich Lesestoff mitgenommen. Wedel hatte ihm ein paar Sachen ausgedruckt,
Artikel aus Studentenzeitungen, Blogbeiträge, Zusammen-
fassungen von Vorträgen, die sich mit dem Kastorprojekt
beschäftigten. Wenn er es vor Langeweile nicht mehr aus-
hielt, würde er einfach etwas schmökern. War doch ein sehr
moderner und junger Ansatz, Arbeit und Freizeit nicht so
starr zu trennen.
   Die ganze Truppe war beisammen, eine niederschmetternd heterogene Clique, die bei Rünz' Frau als *der*
Freundeskreis firmierte. Einer der veganischen Bequem-
schuhe aus ihrer Pilatesgruppe – sein vom Schwenkgrill
lädierter Freund laborierte noch an seinen Verbrennungen
und war auf Rünz nicht gut zu sprechen – und ihre beste
Freundin. Und der neue Freund der besten Freundin, ein
Mathematikstudent im zweiundzwanzigsten Semester,
der auf irgendwelchen dunklen Kanälen die Karten für
das Keith-Jarrett-Konzert erstanden hatte. Beim Verteilen der Tickets schaute der Wuschelkopf so stolz drein
wie ein Kleinkind, das zum ersten Mal in die Kloschüssel
kackt. Wahrscheinlich erwartete er vom Kommissar noch
Dankbarkeit für die Zumutungen, die auf ihn warteten.

Rünz räusperte sich, als der Mathematiker ihm das Ticket überreichte. Der blieb vor ihm stehen und schaute dem Kommissar herausfordernd direkt in die Augen.

»Haben Sie Husten oder Schnupfen, Herr Rünz?«

»Nein, hatte nur einen Frosch im Hals.«

»Sie sind also ganz sicher nicht erkältet?«

»Nein, verdammt noch mal. Warum fragen Sie? Machen wir hier einen Triathlon?«

»Es ist extrem wichtig, dass im Publikum während des Konzertes absolute Ruhe herrscht.«

»Ja, und was ist, wenn er einen heißen Samba hinlegt und ich auf dem Stuhl ein bisschen die Hüften kreisen lassen will?«

Der Mathematiker schaute drein wie ein Muezzin, dessen Koran in den Schweinekoben gefallen war. Er schien zu zweifeln, ob Rünz der geeignete Begleiter für dieses kulturelle Hochamt war.

»Ich gehe nicht davon aus, dass es dazu kommen wird.«

Eine halbe Stunde später saßen sie auf ihren Stühlen in der Alten Oper. Alle saßen auf ihren Stühlen. Und starrten auf den Großmeister am Flügel, der versunken auf Inspiration wartete. Und es war ruhig. Sehr ruhig. Es war ungefähr so still, als würde man taub eine Million Jahre vor dem Urknall mit einem Gehörschutz in einer tiefen Höhle im australischen Outback sitzen. Versuchten einzelne Konzertbesucher ihre Sitzposition zu wechseln, so bewegten sie sich auf groteske Art verlangsamt, als würden sie an einer albernen Theaterperformance teilnehmen. Rünz gähnte und erntete strafende Blicke seiner Nachbarn. Wie hieß eigentlich das Gegenteil von Vorfreude? Da Jarrett immer noch nicht von der Muse geküsst worden war, zog er das Bündel Ausdrucke aus der Innentasche seines Sakkos und breitete die Unterlagen auf seinem Schoß aus. Prompt erntete er zornige Blicke seiner Frau und des Mathematikstudenten, aber er ließ sich nicht beirren. Zuoberst lag der ›Darmspiegel‹, mit dessen Redaktion er auf der KonAktiva schon Bekanntschaft gemacht hatte. Darmspiegel, da musste man erst mal drauf kommen. Kein schlechter Name für eine Studentenzeitung. Und die Positionierung war klar. Während das Hochglanzmedium ›hoch3‹ die offizielle Hofberichterstattung des TU-Präsidiums kommunizierte und der AStA sich mit dem ›Inhaltsverzeichnis‹ um kritische Bewusstseinsbildung bemühte, verkörperte die Darmspiegel-Redaktion offensichtlich die Jungen Wilden in der Presselandschaft des Campus. Und dann waren da noch einige Sonderveröffentlichungen von IANUS, die sich mit dem Kooperationsprojekt beschäftigten. Die Abkürzung stand für *Interdisziplinäre Arbeitsgruppe Naturwissenschaft, Technik und Sicherheit*, und wenn Rünz das Material richtig beurteilte, ging es um Technik-Folgenabschätzung. Und als wäre das nicht genug, hatte auch noch das *Zentrum für interdisziplinäre Technikforschung* der TU die Nakatomi-Kooperation auf Platz eins ihrer Themenagenda gesetzt. Wedel hatte noch seitenweise Ausdrucke von Diskussionsbeiträgen in Internet-Foren und Blogs beigelegt, in denen sich studentische Befürworter und Gegner des Projektes mit Schaum vor dem Mund beschimpften, als ginge es um den Weltuntergang. Die ganze Auseinandersetzung um die Hochschulreform schien sich an dem Projekt festzubeißen, keine andere

Forschungsaktivität lieferte vergleichbaren Zündstoff für die Diskussionen zwischen AStA und Gruppen wie den ›Kritischen Studenten Darmstadt‹ oder dem ›Kolleg kritische Bildung‹. Für die einen war das Projekt Auswuchs und abschreckendes Beispiel für den Ausverkauf der Universität an das kapitalistische System, für die anderen war es der Beleg für die Segnungen einer fruchtbaren Kooperation zwischen Wirtschaft und Hochschule.

Jarrett spielte einige Töne an, Rünz schob seine Unterlagen zusammen, aber die Jazz-Diva unterbrach sich sofort wieder, offenbar unzufrieden mit der Intensität ihres Intros. Also weiter mit der Lektüre. Aber plötzlich spürte er Hustenreiz. Eigentlich hatte er keinen Husten. Er fühlte eine Art psychosomatischen Hustenreiz, wahrscheinlich verursacht durch das absolute Verbot zu husten. Vielleicht eine unbewusste Trotzreaktion, sagte er sich. Nein, eher eine *bewusste* Trotzreaktion. Er presste die Spitze seines Zeigefingers tief in die kleine Kehle oberhalb seines Brustbeins, ein alter Akupressurtrick, den er von seiner Frau hatte. Ja, das wirkte, er spürte deutliche Linderung. Jarrett nahm einen erneuten Anlauf, diesmal deutlich forcierter. Rünz fing sofort intuitiv an, mit Daumen und Zeigefinger der freien Hand den Takt mitzuschnippen; einmal, um seine Kennerschaft zu demonstrieren, aber auch, um die etwas verkrampfte Stimmung der Intellektuellen um ihn herum zu lockern. Ein Killerblick des jungen Mathematikers neben ihm brachte ihn wieder zur Ruhe. Sofort kitzelte es wieder in der Kehle, hartnäckig und nicht zu ignorieren. Also wieder den Zeigefinger der linken Hand unter die Kehle, und den der rechten Hand längs unter der Nasenwurzel gegen den Oberkiefer gepresst, gegen das Nasenjucken. Himmel, was würde er nur ohne diese Gottesgabe der Akupressur machen? Oh, Gott, er musste gleichzeitig seinen Ringfinger verbergen!

»Was ist mit deiner Hand los, hast du Krämpfe?«, fragte seine Frau.

»Nein, alles bestens.«

Jarrett improvisierte sich quer durch die Musikgeschichte, manchmal klang es nach barocken Chorälen, dann nach klassischen Balladen, ab und an stand er von seinem Hocker auf und entlockte dem Instrument grunzend und fauchend Akkorde, die nach entrückter Zwölftonmusik klangen. Entwickelte sich in seinem Spiel – selten genug – für einige Sekunden so etwas wie ein konstanter Rhythmus, fingen gleich alle an, wie wild mit der Fußspitze des übergeschlagenen Beines zu wippen. Wippende Fußspitzen waren wohl die höchste Form der Ekstase, zu der sich kopfgesteuerte Jazzfans beim Musikkonsum hinreißen ließen. Jarretts Spiel klang exakt wie die Musik, mit der sich Annette Wyss via iPod auf ihr Verhör eingestimmt hatte, und es musste mit dem Teufel zugehen, wenn sie bei diesem einzigen Deutschlandkonzert des Jazz-Gottes nicht auch im Publikum saß.

Mit seiner etwas verkrampft wirkenden Hand- und Fingerhaltung hatte Rünz seine Husten- und Niesreflexe einigermaßen unter Kontrolle, aber er spürte ein anderes Unwetter am Horizont aufziehen. Eher die Möglichkeit eines Unwetters. Er war sich einfach nicht mehr absolut sicher, ob er sein Handy ausgeschaltet hatte. Er hatte es einfach nur *höchstwahrscheinlich* ausgeschaltet. Die penetranten Hinweisschilder am Eingang zum Konzertsaal waren ja nicht zu übersehen gewesen. Verständlich und nachvollziehbar, schließlich machten die Veranstalter einen Mitschnitt des Jahrhundertereignisses. Sicher, er konnte einfach mit einer Hand kurz in die Tasche greifen und nachschauen, aber sein Körper würde auf den fehlenden Akupressur-Reiz sofort reagieren. Also ging er einfach von der einzig vernünftigen Hypothese aus – das Gerät war ausgeschaltet. Alles andere waren die neurotischen Zwangsvorstellungen einer Hausfrau, die sich auf dem ganzen Weg bis an die Riviera fragt, ob sie den Gasherd abgestellt hat. Jarrett überschritt die Klimax seines ersten musikalischen Spannungsbogens, verlangsamte Tempo und Dynamik.

Brecker hatte ihm das Handy nach Hause gebracht, die Spurensicherer hatten es auf dem Revier seinem Schwager gegeben, nachdem sie den Besitzer festgestellt hatten. Auf welche Lautstärke hatte Rünz sein Mobiltelefon eigentlich gestellt? Zum letzten Mal hatte er oben am Schießstand an der Einstellung gedreht, damit er trotz des Baulärms noch etwas hörte. Hoffentlich hatten ihm die Kollegen nicht irgendeinen dämlichen Soundjingle als Klingelton aufgespielt, ein Running Gag im Präsidium, dem er immer wieder auf den Leim ging. Jarrett nahm weiter Tempo und Lautstärke aus dem Spiel, wechselte vom Allegro in kontemplatives Adagio, leitete schließlich über in ein kaum noch wahrnehmbares, fast meditatives Pianissimo. Im ganzen Saal herrschte absolute Ruhe. Das Handy war definitiv ausgeschaltet, entschied Rünz. Kein Grund, sich verrückt zu machen. Und dann gings los.

»I'VE BEEN LOOKIN' FOR FREEEEDOM, I'VE BEEN LOOKIN' SO LONG ...«

Diese Schweine. David Hasselhoff – das ging garantiert auf Breckers Konto. Er würde ihm mit seinem Ruger eine Drainage durchs Großhirn legen. Überhaupt, wie war das möglich, ein einziges kleines Mobiltelefon beschallte einen riesigen Konzertsaal von seiner Jackentasche aus in einer Lautstärke, die auch Besucher in fünfzig Metern Entfernung noch aufhorchen ließ? Rünz fummelte sofort panisch in seinen Jackentaschen auf der Suche nach dem Telefon herum, und wenn er jemals davon überzeugt war, ein Mensch könne unmöglich gleichzeitig einen stattlichen zähen Schleimklumpen aus seiner Luftröhre abhusten und markerschütternd laut niesen, dass die Sitznachbarn einen Tinnitus entwickelten, dann wurde er jetzt eines Besseren belehrt. Bevor er es ausschalten konnte, rutschte das Handy durch das Loch im Futter seiner Innentasche, das schon seinen Ehering verschluckt hatte. Der Anrufer war hartnäckig. Er schaffte es schließlich, das Mobiltelefon im Futter seines Sakkos zu lokalisieren und stellte es ab. Im Saal war es still. Absolut still, so wie vor Beginn des Konzertes. Langsam wagte er aufzublicken, über eintausend Augenpaare starrten ihn an. Jarrett hatte sein Spiel eingestellt, der Musiker stand vorne am Bühnenrand, auch er fixierte den Kommissar. Rünz zog ein altes, zerfetztes Tempo aus der Hosentasche und putzte sich noch einmal kräftig die Nase.

»Sorry«, rief er. »Alles klar jetzt, Sie können weiterspielen!«

32

Nachdem ihm von mehreren Seiten nahegelegt wurde, das Konzert vorzeitig zu verlassen, hatte sich der Kommissar dem Gruppendruck gebeugt und der Darbietung den Rücken gekehrt. Er trauerte deswegen nicht wirklich. Auf dem Opernplatz lief er Annette Wyss geradewegs in die Arme. Sie schien kein Interesse an einer Konversation zu haben, aber er drängte ihr sofort ein Gespräch auf.

»Nanu, hat man Sie auch rausgeworfen, Frau Wyss?«

»Sagen wir mal so – jemand hat mir den Besuch gründlich verdorben. Beschatten Sie mich? Ist das Ihre Art, jemandem auf der Spur zu bleiben? Vielleicht hat es Ihnen bei der Ausbildung niemand verraten: Man sollte so etwas *unauffällig* tun. Wissen Sie eigentlich, wie oft Jazzfans in Deutschland Gelegenheit haben, ein Keith Jarrett-Konzert zu besuchen?«

»Keine Ahnung. Sagen Sie mal, reagiert der immer so sensibel? Ist ja eine richtige Diva.«

»Er ist einfach ein außergewöhnlich begabter Künstler. Aber vielleicht übersteigt das einfach Ihren Horizont.«

»Also wenn ich mit Ihnen plaudere, fühle ich mich manchmal, als würde ich mit meinem Chef reden. Sven Hoven. Den haben Sie doch schon kennengelernt.«

Sie schüttelte genervt den Kopf, drehte sich um und ging.

»Wie haben Sie die Nakatomi-Leute eigentlich überredet, Ihnen die Veröffentlichung von Forschungsergebnissen aus dem Kastorprojekt zu erlauben?«

»Ganz gleich, was Wogner und seine Leute Ihnen erzählt haben – ich musste die Japaner nicht überreden, sie haben mich dazu aufgefordert. Manchmal muss man mit seiner Arbeit ein wenig aus der Deckung kommen, um zu sehen, wie die Konkurrenz reagiert.«

»Mit Konkurrenz meinen Sie zum Beispiel die CyberDyne Systems?«

»Zum Beispiel, genau«, rief sie, während sie sich weiter entfernte.

»Wie sind Sie eigentlich auf diesen Anwalt gekommen, den Preminger?«, rief er ihr nach. Sie ging langsamer, blieb stehen und drehte sich um.

»Warum fragen Sie? Wollen Sie mir einen anderen empfehlen? Ich dachte, in diesem Land könnte man sich seinen Rechtsbeistand frei auswählen?«

»Sicher. Aber vielleicht würde eine Kanzlei, die nicht für den wichtigsten Wettbewerber von Nakatomi arbeitet, weniger Interessenskonflikte verursachen.«

Sie kam zurück und baute sich in einem halben Meter Abstand vor ihm auf. Er konnte ihr Parfum riechen.

»Jetzt lassen Sie mich mal raten, Herr Rünz, was in Ihrem übersichtlich strukturierten südhessischen Ermittler-Hirn gerade abläuft: *Die Wyss ist ein Maulwurf, den die CyberDyne Systems bei Nakatomi eingeschleust hat. Und damit diese Geschichte nicht wegen einem durchgebrannten Androiden auffliegt, bekommt sie von CyberDyne die bestmögliche juristische Unterstützung.*«

»Sie machen mir Angst, Frau Wyss. Sie können ja richtig Gedanken lesen!«

»Aber vielleicht ist alles noch viel aufregender, Herr Kommissar. Vielleicht bin ich eine Doppelagentin der Nakatomi Corporation, die CyberDyne vortäuscht, sie würde für *sie* arbeiten.«

»Klingt auch nicht schlecht«, gestand Rünz.

»Wie lange hängen Sie eigentlich jeden Tag vor der Glotze, Herr Rünz? Ich muss Sie enttäuschen. Die Realität ist so viel langweiliger als die Filme, die Sie sich da reinziehen. Weltweit existieren eine Handvoll von Sozietäten, die sich auf die Arbeitsfelder von CyberDyne, Nakatomi und ihren Wettbewerbern spezialisiert haben. Jedes dieser Unternehmen hat natürlich seine Hauskanzlei. Trotzdem arbeitet hin und wieder ein Anwalt einer Kanzlei für den Hauptkunden einer anderen Kanzlei. Übrigens mit Kenntnis und Autorisierung durch den Hauptkunden. Kontaktieren Sie doch die Rechtsabteilung der Nakatomi Corporation und verraten Sie mein kleines Geheimnis. Sie werden feststellen, dass es nie eins war, Herr Rünz.«

Sie drehte sich endgültig ab und ging.

»Ich habe trotzdem recht!«, rief er ihr nach wie ein sechsjähriger Trotzkopf.

»Ja natürlich«, winkte sie ab, ohne sich noch einmal umzuschauen. »Sprechen Sie doch Wogner bei Gelegenheit mal auf DARPA an.«

33

Den nicht ganz billigen Zweit- und Drittwagen, die vor
den Häusern im Freien parkten, merkte man an, dass Eppstein im Taunus noch zum Speckgürtel Frankfurts zählte.
Rossbergers Heim stach aus dem gehobenen baulichen
Milieu heraus, ein ärmlich und abgewohnt wirkendes
Fertighaus aus dem Anfang der Siebzigerjahre, die weiß
gekalkten Fassadenplatten waren auf der Wetterseite von
einem grünen Algenteppich überzogen. Drinnen roch es
modrig wie in einer alten Baracke. In der Inneneinrichtung
konnte man lesen wie in einem aufgeschlagenen Buch.
Rossberger hatte sich von dem Gelsenkirchener Barock,
in dem seine verstorbenen Eltern das Interieur gestaltet
hatten, nach ihrem Tod wohl nie trennen können. Das
Schlafzimmer seiner Erzeuger wirkte, als hätten sie es eben
erst zum Frühstücken verlassen. Im Wohnzimmer – Eiche
rustikal – hingen Fotos und Urkunden des Gebirgsjäger-
bataillons 233; der alte Rossberger hatte in Mittenwald den
Scharfschützenzug der Gebirgsjäger angeführt. Er hatte
die für Militaristen typische schmallippige, eingefrorene
Mimik und sah nicht nach dem aus, was man sich unter
einem liebevollen und einfühlsamen Vater vorstellte. Das
letzte Dokument an der Wand war eine Beileidsnote seiner
Kameraden an seine Frau und seinen Sohn aus dem Jahr
1965. Jochen Rossberger war im Alter von fünf Jahren
zum Halbwaisen geworden. Ein wenig Küchenpsychologie
reichte dem Kommissar aus, um sich ein plausibles Szenario

für den Werdegang des Heranwachsenden zurechtzulegen – chronische Überforderung und Drangsalierung durch einen tyrannischen und cholerischen Vater, der vorschnelle Verlust des autoritären Schleifers, vielleicht eine viel zu enge Mutterbindung nach dem Tod des Vaters. Und aus irgendeinem Grund – vielleicht wegen einer körperlichen Ähnlichkeit oder Wellers zynischer Arroganz – war Weller auf der Polizeischule zur Projektionsfläche für all diese unaufgelösten Vater-Sohn-Konflikte geworden. Ein richtiger Derrick-Plot.

Wie ein Buchhalter hatte Rossberger seine juristischen Auseinandersetzungen mit seinem Arbeitgeber in akribisch beschrifteten Aktenordnern gesammelt und in seinem Arbeitszimmer dokumentiert. Eine Längsseite seines Raumes war übersät mit Zeitungsartikeln aus zwei Jahrzehnten – FAZ, Rundschau, Wiesbadener Kurier, Wiesbadener Tagblatt – in denen Weller eine Haupt- oder Nebenrolle spielte. Daneben alte Videokassetten und DVDs, Aufzeichnungen von Jubiläumsfeiern und anderen festlichen Anlässen im LKA. Was fehlte, war eigentlich nur eine durchstochene Voodoo-Puppe mit Wellers' Antlitz.

Als Rünz den Keller betrat, ging ihm das Herz auf – eine perfekt ausgestattete Büchsenmacher-Werkstatt, die keine Wünsche offen ließ. Das Herz des Werkraums bildete eine stattliche CNC-gesteuerte Werkzeugmaschine. In den Metallschränken und auf den Bänken ringsum Rundtische, Schraub- und Spannstöcke, Reibahlen, Lehren, Kalibriermatrizen und -ringe, Fräser, Senker, Gravierwerkzeuge, Brüniermittel und eine exquisite Auswahl an Metallrohlingen aus Messing, Feder- und Silberstahl. An der Wand hing der Meisterbrief des alten Rossberger, ausgestellt von der Innung des Büchsenmacherhandwerks für Mitteldeutschland. Ein Mann, der sein Leben den Schusswaffen gewidmet hatte – ganz nach Rünz' Geschmack. Zu gerne hätte sich der Kommissar für zwei Wochen hier einquartiert und seine ersten Lektionen in der Kunst des Waffenbaus absolviert.

Wedel stand an einem Kartenschrank, zog auf gut Glück eine der Schubladen auf und entnahm ihr einige Planrollen: Maßzeichnungen für allerlei Schusswaffen-Zubehör – Mündungsbremsen, Wechselsysteme, Visierungen – alle von Hand mit Tuschestift auf dem Zeichenbrett angefertigt, laut Planstempel über vierzig Jahre alt. In den anderen Laden fanden sie jüngere Werke von Rossberger Junior, mit CAD-Programmen konstruiert und auf Großformatplottern ausgedruckt. Der Junior hatte wohl nicht viel Wert auf Geheimhaltung gelegt, sie mussten nicht lange suchen, bis sie die Konstruktionsunterlagen für den Umbau des STL Tac in eine Gehhilfe gefunden hatten. Neben dem Kartenschrank standen einige dicke Papprollen in einem Drahtkorb. Wedel nahm die dickste heraus, ploppte den Kunststoffdeckel und zog einen aufgerollten Plansatz heraus. Er breitete ihn über den anderen Zeichnungen auf dem Stahlschrank aus. Rünz erkannte auf den ersten Blick, dass die abgebildeten Schnitte und Grundrisse nichts mit der Konstruktion von Schusswaffen zu tun hatten. Es waren Grundrisse und Schnitte des Darmstadtiums.

Rünz überließ dem Spurensicherungsteam und seinem Assistenten das Feld und fuhr zurück ins Präsidium. Er sah sich noch einmal die Aufnahmen von der Abendveranstaltung im Darmstadtium an, wieder und wieder. Der Fund der Leiche und der Waffe rückten das Verhalten des Roboters in ein völlig neues Licht. Rossberger hatte mindestens einen Schuss abgegeben, sie hatten das Projektil im Hubtor hinter der Bühne sicherstellen können. Weller war höchstwahrscheinlich sein Ziel gewesen, aber Rühmann hatte direkt neben dem scheidenden Polizeipräsidenten gestanden. Der Android hatte den Arm nur Bruchteile einer Sekunde nach dem ersten Schuss hochgerissen, und wenn Rühmann nicht unglücklicherweise im gleichen Augenblick den Kopf nach vorne geneigt hätte, wäre es nie zu der tödlichen Kollision gekommen. Mehr noch – die Hand des Roboters hätte Rühmanns Kopf vor einem möglichen zweiten Projektil *geschützt*. Was auf den ersten Blick wie eine offensichtliche Attacke des Androiden gegen Rühmann ausgesehen hatte, wirkte auf den zweiten wie eine Schutzbewegung. Aus dieser Perspektive konnte man auch den Kampf des Androiden gegen die Sicherheitskräfte völlig anders interpretieren. Was, wenn der Kunstmensch all die Aktivitäten um ihn herum als Attacke auf seinen Schöpfer gewertet hatte? Vielleicht agierte er nicht als Aggressor, sondern als Leibwächter seines Herrn? Rünz spürte das dringende Bedürfnis, mit Wogner über seine Idee zu sprechen, aber der Wissenschaftler ging nicht ans Telefon. Seltsam, vier Uhr morgens war doch eine ganz zivile Uhrzeit. Also disponierte er um. Es war eine fixe Idee, jetzt, mitten in der Nacht, aber er brannte vor Neugierde. Er wollte den Kreißsaal dieser Kunstmenschen sehen. Das Labor.

34

»Never show fear. Robots have no emotions.
Sensing your fear could make a robot jealous
and sent it into an angry rage.«
Daniel H. Wilson

Was hatte er erwartet? Drehbänke, ölverschmierte Werktische, Fettpressen, Lötkolben, alte Transistorröhren und
Porzellan-Isolatoren? Er kannte einige der Räume ja schon
von der Fotodokumentation der Spurensicherer, den kleinen Dokumentationsvideos des Forschungsteams und den
konspirativen Filmchen, die die rote Zora hier nachts mit
Wogner gedreht hatte. Trotzdem überraschte ihn die sterile und futuristische Ausstrahlung. Weiße, hochglänzende Wandflächen, die automatisch zu leuchten begannen, sobald er einen der Räume des Traktes betrat, und
heruntergedimmt wurden, wenn er den Bereich wieder verließ. Er ging den Flur entlang und warf in jeden der Räume
einen kurzen Blick. Durch die Fenster auf der Nordseite
konnte er im Schein des Mondlichts die Dachfläche des
Darmstadtiums erkennen, gerade einen Steinwurf entfernt.
Am Ende des Ganges machte er kehrt, entschlossen, diese
sinnlose und überflüssige Besichtigung abzubrechen und
nach Hause zu fahren. Dann hörte er die Stimme.

»Hallo?«

»Hallo, ist da jemand?«, rief er.

»Ich bin hier.«

Die Antwort kam prompt, sie klang wach, neugierig – und weiblich. Rünz schaute sich um, kein Mensch war zu sehen. Aber hinter ihm, an der schmalen Abschlusswand am blinden Ende des Flures, war eine kreisrunde Aluminiumplatte mit einem feinen Lochraster in der Wand eingelassen, und wenn er sich nicht täuschte, war dahinter ein Lautsprecher montiert, aus dem die Stimme kam. Neben der Platte hing ein porzellanweißes Headset mit einer kleinen Senderbox an einem Haken. Sonst nichts. Kein Hinweisschild, keine Gebrauchsanweisung – gar nichts. Rünz legte auf gut Glück den Kopfhörer an und stopfte sich die Box in den Hosenbund.

»Wo sind Sie? Sie dürfen sich hier nicht aufhalten.« Er bemühte sich trotz seiner Verunsicherung um einen festen, bestimmenden Ton. »Sie befinden sich in einem abgesicherten Bereich, den nur die Spurensicherung der Polizei betreten darf. Zeigen Sie sich bitte, damit ich Ihre Personalien feststellen kann.«

»Wo sind *Sie* denn?«, fragte die Dame. Er hörte ihre Stimme jetzt im Kopfhörer. Mehr kam nicht. Stille. Absurd.

»Hören Sie, ich habe keine Lust, mich hier von Ihnen veralbern zu lassen. Sie stören polizeiliche Ermittlungsarbeit. Das ist keine Bagatelle. Also raus aus Ihrem Versteck!«

Rünz ging mit dem Headset auf dem Kopf Richtung Ausgang und zählte dabei seine Schritte. Das Labor nahm im fünften Obergeschoss die gesamte Nutzfläche des Ostflügels in Anspruch, ein symmetrischer Grundriss auf einer Fläche von rund dreißig mal vierzig Metern, mittig erschlossen durch einen Flur. Die beiden größten Räume waren die am Ende des Ganges, rechts Kastors Kinderstube, die er aus den nächtlichen Filmaufnahmen kannte, links ein Konferenzraum mit einem elliptischen Tisch in der Mitte. Am Ausgang machte er kehrt und ging zurück zum Lautsprecher am Ende des Ganges.

»Gehören Sie zu Wogners Team? Wo sind Sie?«

»Wogner. Dr. Wogner. So nennen sie Daddy immer. Wo ist Daddy? Haben Sie ihn gesehen?«

Die Stimme hatte sich verändert, sie klang plötzlich androgyn und sehr jung. Hatte er es mit einem Kind zu tun, das sich hier irgendwo versteckt hatte? Wogners Tochter? Nach Rünz' Informationen war er kinderlos. Der Kommissar erinnerte sich an einige Empfehlungen, die ihm seine Frau für den vertrauensbildenden Umgang mit Kindern einst gegeben hatte. Außerdem hatte er ja mit Oskar schon pädagogische Erfahrungen sammeln können.

»Daddy? Ist Dr. Wogner dein Vater? Ich heiße Karl, verrätst du mir deinen Namen?«

Himmel, das klang ziemlich nach ›böser Onkel‹, hoffentlich bekam das Kind keine Angst.

»Sie nennen mich Anny.«

Maria. Hatte die rote Zora nicht von einem Roboter gesprochen, den sie Anny nannten? Oder Lara? So langsam dämmerte dem Kommissar, dass sich einer von Wogners Studenten einen Ulk mit ihm erlaubte. Vielleicht die rote Zora selbst. Wahrscheinlich war er unter der Studentenschaft durch seine Werbeaktion auf der KonAktiva und seinen Spezialeinsatz in der Calla längst zum Geheimtipp avanciert und zum Freiwild für versteckte Kamera-Inszenierungen deklariert worden.

Rünz grübelte. Irgendetwas mit dem Grundriss des

Labors stimmte nicht. Langsam dämmerte ihm, dass sich hinter der Wand mit dem Lautsprecher nicht die Außenfassade, sondern ein weiteres Zimmer befand. Ein quadratischer Raum mit einer Grundfläche von sechs Metern Seitenlänge – und keinem sichtbaren Zugang. Rünz rätselte, warum Habich und den Kollegen von der Spurensicherung seine Existenz nicht aufgefallen war, aber die Lösung war so trickreich wie simpel. Ganz gleich, ob man sich in Kastors Kinderstube oder dem Konferenzzimmer befand, man rechnete die Fläche hinter dem Wandvorsprung stets intuitiv dem gegenüberliegenden Raum zu. Er klopfte mit den Fingerknöcheln gegen die Wand. Es klang hohl – eine leichte Trockenbaukonstruktion aus Gipskartonplatten.

»Hör zu, du Spaßvogel. Entweder du kommst jetzt da raus, oder ich komme rein. Ich brauche keine Tür, ich baue mir meinen Eingang selbst. Mit ein paar Fußtritten.«

»Ich kenne Ihre Stimme nicht. Sind Sie neu in Daddys Team? Werden Sie mit mir sprechen? Ich war lange allein. *Mit Ihnen würde ich gerne mal ein Wörtchen wechseln.*«

Rünz erschrak. Der letzte Satz klang wieder völlig anders, die Stimme einer erwachsenen Frau, aber sie hatte einen tadelnden und herrischen Unterton, wie der einer Domina im Latex-Dress. Langsam wurde er wütend, er hatte keine Lust mehr, sich vorführen zu lassen.

»Schluss mit der kleinen Vorführung. Zeig dich, ich will dich jetzt sehen.«

»Das ist gegen die Regeln. Du darfst mich nicht sehen!«, raunzte die Domina.

»ICH SCHEISSE AUF DEINE REGELN!«

»Kannst du ›scheißen‹ deklinieren?«, gurrte eine unsichtbare Lolita. »Ich scheiße, du scheißest, er/sie/es scheißt. Richtig so? Ich lerne gerne. Ich will deine Schülerin sein«, flötete es lieblich und lasziv aus dem Lautsprecher. Rünz wurde richtig sauer. Er holte mit den rechten Fuß aus, um sich einen kleinen Wanddurchbruch einzurichten.

»Sie sollten sich schämen, Kommissar. Sie haben einen schlechten Einfluss auf unsere Kollegin. Und? Was meinen Sie? Hat sie den Turingtest bestanden?«

Rünz drehte sich, Wogner saß in Kastors Kinderstube auf einem der Labortische, er hatte ihn nicht kommen hören. Seine graue Mähne hing in dicken, fettigen Strähnen herab, seine Pupillen waren verengt.

»Daddy, bist du das?«

Kindliche Begeisterung.

»Verdammt, wie sind Sie hier reingekommen?«, fragte Rünz.

»Das Siegel an der Tür war geöffnet. Da wollte ich mir die Chance nicht entgehen lassen, mal nach dem Rechten zu sehen.«

»Vor zwei Stunden habe ich versucht, Sie anzurufen.«

»Ich leiste mir manchmal den Luxus, nicht ans Telefon zu gehen. Zumindest nachts. Ein Anachronismus, ich weiß. Was ist mit dem Test? Ich bin neugierig auf Ihr Urteil.«

»Was für ein verdammter Test? Wer versucht hier, mich vorzuführen? Stecken Ihre Studenten dahinter?«

»Wer weiß? Sie sprechen mit Anny. Sie hat sich Ihnen ja schon vorgestellt. Alan Turing hat sich 1950 eine genial einfache Versuchsanordnung ausgedacht, mit der man prüfen kann, ob ein künstliches System intelligent ist oder nicht. Etwas vereinfacht gesagt: Man versteckt die

Maschine hinter einer Wand und lässt einen Menschen mit ihr kommunizieren. Wenn der Mensch nach einer Stunde nicht in der Lage ist, sicher zu sagen, ob er mit einer Person oder einer Maschine kommuniziert hat, ist das System intelligent.«

Der Kommissar schüttelte empört den Kopf.

»Moment. Sie wollen mir nicht erzählen, ich hätte mich hier gerade mit einem Roboter unterhalten?«

»Entscheiden Sie! Das ist gerade der Witz an der Sache. Die Lösung sollte Ihnen doch leicht fallen, schließlich sind Sie der Ermittler!«

Rünz hielt diesen Test für Unsinn. Menschen wie sein Schwager Brecker hielten auch einen Toaster für intelligent, nur weil er nach einer vorher festgelegten Zeitspanne die Brotscheiben ausspuckte. Rünz wollte einen Schritt auf Wogner zu machen, als es links und rechts neben seinem Kopf laut krachte. Gipsbrocken und Isolierwolle flogen ihm um die Ohren, zwei Hände stießen zu beiden Seiten seines Kopfes aus der Wand hervor und legten sich um seinen Hals. Sie sahen auf den ersten Blick echt aus, relativ schmale Frauenhände mit rot lackierten Fingernägeln, aber ihre Oberfläche fühlte sich kalt und synthetisch an. Sie würgten ihn nicht, sie hinderten ihn einfach nur daran, sich zu entfernen. Wenn da tatsächlich ein paar Studenten hinter der Wand standen und sich einen Spaß mit ihm erlaubten, dann war die ganze Sache ziemlich präzise vorbereitet. Aber woher sollten sie wissen, dass er heute Abend einen Abstecher ins Labor machen würde? Rünz versuchte sich an die Vorstellung zu gewöhnen, von einem Androiden festgehalten zu werden.

»Nicht gehen. Nicht weggehen, bitte. Ich will reden. Wer ist der Mann, Daddy? Ich mag ihn.«

Regungslos stand der Kommissar mit dem Rücken zur Wand, die androgyne Stimme war direkt hinter ihm. Warum schritt Wogner nicht ein? Der Wissenschaftler saß immer noch auf dem Labortisch. Auch er schien überrascht, machte aber keine Anstalten, Rünz zu helfen. Vielmehr betrachtete er die Szene wie ein Zoologe, der eine seltene Spinne beim Verspeisen ihrer Beute beobachtet. Rünz beschloss, nie mehr ohne Dienstwaffe aus dem Haus zu gehen, wenn er diese Aktion überlebte. Er würde sie selbst dann tragen, wenn er samstags Brötchen holte.

»Verdammt, warum pfeifen Sie diese verdammte Maschine nicht zurück? Das Ding will mich umbringen.«

»Wenn Anny das wollte, hätte sie es längst getan. Sie verfügt über beachtliche Kraftreserven. Reden Sie mit ihr! Überzeugen Sie sie davon, dass es besser wäre, Sie loszulassen – so wie sie es mit einem Menschen tun würden. Haben Sie so was nicht im Rahmen Ihrer Ausbildung gelernt?«

»Einem Menschen würde ich eine reinsemmeln, bis ihm die Zähne aus dem Gesicht fallen!«

»Auch das steht Ihnen frei, Kommissar. Aber ich rate Ihnen davon ab. Sie würden Anny in einen Zielkonflikt manövrieren, dessen Lösung für Sie ungut ausgehen könnte.«

Also doch eine Blechamazone. Die künstliche Dame hinter Rünz begann zu reden wie ein Wasserfall, mit ständig wechselndem Tonfall und in Sprachen, die er nicht verstand, mal kindlich, mal erwachsen, mal verzweifelt, dann wieder euphorisch, abwechselnd aggressiv und sanft, als wollte sie die gesamte menschliche Gefühlspalette auf der Überholspur durchdeklinieren. Aber immer schien eine Spur zu viel Pathos und Theatralik mitzuschwingen. Er konnte sie nicht verstehen, aber wie sollte er überhaupt klar denken, mit so viel Adrenalin im Blut? Er zog mit aller Kraft an den Handgelenken seiner metallenen Freundin, konnte den Griff um seinen Hals aber nicht merklich lockern.

»Sie müssen entschuldigen, Herr Rünz. Einer unserer Studenten kam auf die Schnapsidee, ihr Zimmer mit einem Fernseher auszustatten. Sie kann aus über zweihundert in- und ausländischen Kabelprogrammen auswählen, und macht regen Gebrauch davon. Die Folge ist ein gewisser verbaler Durchfall, der die Kommunikation mit ihr manchmal etwas erschwert.«

Dann sprach sie ihn wieder im vertrauten Idiom an, mit der unverbindlichen Freundlichkeit eines Navigationsgerätes.

»Meine Sensoren registrieren hohe Werte für Herzfrequenz, Blutdruck und elektrische Leitfähigkeit an Ihrem Hals. Werte jenseits der Normbereiche für Humanoide. Sind Sie ein besonderes Exemplar?«

Himmel, kein Roboter auf der Welt konnte sich so ausdrücken. Der Kommissar unterdrückte einen Hustenreiz; sobald er sich nur einen Millimeter nach vorne bewegte, schlossen sich die künstlichen Finger enger um seinen Hals. Langsam fühlten sich seine Beine taub und schwer an. Nicht auszumalen, was passierte, wenn er einfach kraftlos zusammensackte. Anny würde seine Schwäche als Fluchtversuch interpretieren und noch etwas fester zupacken. Ihr Verhalten hatte etwas von einem tödlichen Virus, das den

Wirtskörper zur Vermehrung benutzte und seinen Tod unbeabsichtigt herbeiführt. Wogner kicherte, er schien sich blendend zu amüsieren.

»Gib mir einen Vorschlaghammer und einen Schweißbrenner …«, zischte Rünz, »… dann repariere ich dir deine Sensoren, du Arschkrampe.«

»Jetzt erkenne ich Ihre Stimme. Sie stimmt mit einem der Audioprofile überein, die in meiner Datenbank gespeichert sind. Sie ist verzerrt, aber die Ähnlichkeiten in Modulation und Frequenzumfang sind signifikant. Wir haben uns schon einmal kurz unterhalten. Vor ein paar Tagen.«

Verdammt, der einzige Roboter, mit dem sich Rünz vorher unterhalten hatte, war Kastor, im Foyer des Darmstadtiums. Und der lag jetzt bei Sybille Habich auf dem Obduktionstisch. Wogner gab ihm die Erklärung für das Rätsel.

»Ist das nicht faszinierend, Kommissar?« Der Wissenschaftler stand jetzt dicht neben ihm. »Kastor, Pollux, Anny und die Dribblers – wir haben ihnen die technischen Möglichkeiten gegeben, über WLAN, UMTS und Bluetooth zu kommunizieren. Aber wir machten ihnen keine Vorgaben darüber, *welche* Informationen sie austauschen sollen. Irgendwann haben sie begonnen, gegenseitig ihre gesamten Gedächtnisinhalte zu replizieren. Sogar an dem Abend im Darmstadtium müssen sie das irgendwie geschafft haben. Sie bilden zusammen einen Verbund, so eine Art Meta-Gehirn. Schwarmintelligenz. Wenn Sie mit einem reden, unterhalten Sie sich gleichzeitig mit allen anderen! Anny ist Ihre ideale Zeugin. Fragen Sie sie, und sie wird Ihnen alles sagen, was Kastor und Pollux wissen. Apropos – haben Sie Pollux inzwischen gefunden?«

»Nein«, log Rünz. Er sann fieberhaft nach einer Lösung für seine missliche Lage, aber ihm fiel nichts ein. Mit der Stimme hinter ihm war etwas faul, soviel war klar. Jedes Mal, wenn er sie hörte, spürte er einen leichten Luftzug im Nacken. Als ihm die Erklärung einfiel, atmete er erleichtert auf.

»Sehr gut«, rief Rünz. »Eine sehr schöne Vorstellung, die Sie hier mit Ihren Leuten abgeliefert haben, Herr Wogner. Sie haben nur ein winziges Detail vergessen. Ihre sprachbegabte Mitarbeiterin hinter mir atmet beim Sprechen aus. Roboter atmen nicht. Roboter haben irgendwo kleine Lautsprecher, mit denen sie Laut geben. Also – Ihr kleiner Zaubertrick ist aufgeflogen. Vorhang hoch, bitte.«

»Glückwunsch, Kommissar. Sie sind innerhalb kürzester Zeit zu Annys Geheimnis vorgestoßen. Sie ist ein Wunderwerk der Technik, wenn ich das mal so bescheiden sagen darf. Sie ist der weltweit einzige humanoide Roboter, der Sprache über ein mechatronisches System generiert, das unserem menschlichen Sprechapparat ähnelt. Atmung, Kehlkopf, Stimmbänder, das Zusammenspiel von Zunge und Lippen – Sie können sich nicht vorstellen, was für eine technische Herausforderung wir damit bewältigt haben …«

»Wer ist *wir*?«, unterbrach ihn Rünz.

»Eine konspirative kleine Gruppe begeisterter Robotik-Forscher, die sich mit der Arbeit an Kastor und Pollux nicht ganz ausgelastet fühlte. Mit Anny konnten wir einige Ideen verwirklichen, deren Umsetzung mit den Zwillingen die Nakatomi-Leute stets abgelehnt haben. Auch technikbegeisterte Japaner können manchmal sehr konservativ sein. Ich erkläre es Ihnen gerne, wenn Sie im

Moment nichts anderes vorhaben, Kommissar«, witzelte Wogner. »Der Weg zur künstlichen Intelligenz ist ein steiniger, und er führt über viele Um- und Irrwege zum Ziel. Einer dieser Irrwege war die Konzentration auf unser Gehirn. Wir haben über Jahrzehnte das zentrale Nervensystem vernachlässigt. Wenn Sie in Ihrem Dienstwagen den Gang wechseln, hat Ihr Gehirn nicht viel zu tun mit der Koordination der Bewegung Ihrer Füße und Hände. Sie brauchen sich nicht bewusst zu entscheiden, mit dem linken Fuß auf das Kupplungspedal zu drücken. Das alles wird dezentral organisiert, ein automatisiertes und ausgeklügeltes Zusammenspiel von Muskeln und Rezeptoren, überwacht und koordiniert im zentralen Nervensystem. Intelligenz entsteht auch mit der Fähigkeit, Routineprozesse an untergeordnete hierarchische Entscheidungsebenen zu delegieren.«

Rünz glaubte ihm gerne, dass Menschen wie sein Assistent Wedel beim Schalten ihr Gehirn nicht benutzten. Wogner schaute bei seinem kleinen Referat aus dem Fenster, so hatte der Kommissar Gelegenheit, unbemerkt sein Handy aus der Tasche zu ziehen. Er fingerte auf den winzigen Tasten des Gerätes herum, um eine SMS zu formulieren, aber Brecker hatte ihm nicht nur diesen dämlichen Hasselhoff-Song als Klingelton installiert, sondern auch noch – absichtlich oder nicht – den T9-Modus aktiviert, die automatische Texterkennung für die SMS-Eingabe. Eine einfache Botschaft wie ›Brauche Hilfe, bin im Labor‹ entwickelte sich zu einer endlosen Odyssee durch den deutschen Wortschatz, und Rünz hatte keine Ahnung, wie er den Modus wieder deaktivieren konnte. Für die Buchstabenkombination ›HI‹ bot ihm das Gerät eine lange Liste zum Durchscrollen an, die von ›HiFi‹ über ›Hinkelstein‹ bis zu ›Hirse‹ reichte, und die Auswahl nach den Anfangsbuchstaben ›LA‹ war mit ›Labrador‹, ›Lakritz‹ und ›Lausitz‹ kaum ergiebiger. *Brauche Hirse, bin in der Lausitz.* Prima. Am besten sendete er den Hilferuf gleich an Hoven, der zweifelte sowieso schon an seinem Verstand.

Wogner war zu berauscht von seinen Gedanken, um Rünz' verzweifelte Aktivitäten zu bemerken.

»Wir sind ehrgeizig. Also haben wir uns vorgenommen, den anspruchsvollsten motorischen Prozess zu simulieren, zu dem unser Körper fähig ist – das *Sprechen.* Die Mühe hat sich gelohnt. Anny lernt schneller und effektiver als jeder andere humanoide Roboter auf der Welt.«

Die künstliche Dame hinter dem Kommissar schwieg die ganze Zeit, als würde sie andächtig dem Vortrag ihres Schöpfers lauschen. Sie lockerte den Griff ein wenig, Rünz machte einen beherzten Schritt nach vorne – und war frei. Er drehte sich zur Wand um, schaute durch die Öffnung, die die eiserne Lady mit ihren Pranken gestemmt hatte, und sah in das Gesicht von Annette Wyss.

35

»Verdammt, was machen Sie hier? Was soll dieser Zirkus mit Ihrem Kollegen, ich dachte, Sie könnten sich nicht ausstehen?«

Wogner lachte.

»Mir scheint, was ihre Physiognomie angeht, hat sie den Test auf jeden Fall bestanden! Wir konnten der Versuchung nicht widerstehen, unserer Chefin mit Anny ein Denkmal zu setzen.«

»Sie meinen, das da ist *nicht* Ihre Chefin?«, stotterte Rünz.

»Nein, aber ein ziemlich vorbildgetreuer Nachbau«, sagte Wogner stolz.

»Oh, ich hoffe, Sie werden mich jetzt nicht verlassen«, flötete das Wesen hinter der Wand, und diesmal hatte sie tatsächlich die Stimme der Schweizer Wissenschaftlerin.

»Wissen Sie, warum Anny schnellere Fortschritte gemacht hat als die Zwillingsbrüder? Es geht nicht nur um ihr Sprachsystem. Ich habe ihre internen Schranken entfernt, all die albernen Sicherheitsvorkehrungen, die verhindern sollen, dass sie Menschen schadet. Es scheint, als wäre künstliche Intelligenz nicht ohne den Preis der destruktiven Bewusstseinsanteile zu haben. Es geht um Volitivität. Voraussetzung für jeden Entwicklungsprozess ist die Fähigkeit, etwas zu *wollen*. Und um etwas zu wollen, müssen Sie bereit sein, dafür etwas zu *opfern*. Im Zweifel etwas von sich selbst oder anderen.«

Wogner schaute auf die Uhr.

»Ich muss nach Hause, meine Medikamente nehmen. Kommen Sie mit, Kommissar, oder möchten Sie noch ein wenig traute Zweisamkeit mit Anny genießen?« Er zwinkerte Rünz zu. »Von mir erfährt niemand etwas. Nur zur Information: Sie ist anatomisch nicht ganz vollständig ausgestattet, wir konnten schließlich keine Wunder vollbringen in dieser kurzen Zeit. Außerdem behält sie in jeder Situation gern die Kontrolle – ich denke, Sie verstehen, was ich meine. Ihr Äußeres hat wohl ein wenig auf ihre Persönlichkeit abgefärbt.«

»Moment! Sie können mich nicht einfach mit ihr allein lassen!«

»Warum nicht? Wissen Sie nicht, wie man mit Frauen umgeht? Sie ist eine wichtige Zeugin für Sie. Sie weiß alles, was Kastor und Pollux wissen. Aber gut, wenn Sie nicht wollen, dann kommen Sie mit mir, wir verlassen gemeinsam das Labor.«

»Und was ist mit Anny? Sie, sie könnte fliehen!«

»Sie haben völlig recht, Kommissar. Sie sollten sie also besser *festnehmen*. Warten Sie, ich erleichtere Ihnen den Zugriff.«

Wogner ging ein paar Schritte zu einem Schaltpanel an einem der Labortische und drückte einige Tasten. Eines der Wandsegmente von Annys Zelle schwenkte zischend auf wie eine Tresortür. Sie erschien in der Öffnung, sich behutsam vortastend wie eine zeitgenössische Version von Kaspar Hauser, der zum ersten Mal sein Kellerverlies verlässt. Rünz stockte der Atem. Sie war lebensgroß und wirkte mit ihrem Stretchrock und einem doppelreihigen Nadel-streifenblazer ausgesprochen sexy. Nur die Schuhe – flache Wildleder-Mokassins – wirkten fehl am Platz.

»Ich weiß, was Sie denken, Kommissar. Natürlich hätten High Heels besser gepasst. Aber die Fähigkeit, auf hoch-hackigen Schuhen zu gehen, setzt ein paar Millionen Jahre Evolution voraus. Da müssen wir noch passen.«

Rünz hatte die Fäuste geballt, stellte sich breitbeinig in Verteidigungsposition auf und rechnete mit allem, aber nicht damit, dass sie einfach nur zu ihm ging, ihre Hand hob und ihm mit ihren kalten Fingerspitzen sanft über die Wangen strich. Sie legte den Kopf leicht schief und schaute ihn verträumt an wie ein verliebter Teenager. Sie war ver-dammt nah an einem echten Menschen, was ihr Äußeres betraf, aber es waren die Details, die nicht ganz passten. Ihr Haar glänzte unnatürlich wie das einer Perücke, und ihrer Haut fehlten die natürlichen kleinen Poren, Unregel-mäßigkeiten und Fältchen.

»Sieht so aus, als hätten Sie eine neue Freundin gefunden, Herr Kommissar«, höhnte Wogner. »Vielleicht eine Partnerin fürs Leben? Gott Amor ist einfach unberechen-bar. Sie werden Ihrer Frau davon erzählen müssen. So etwas sollte man nicht lange geheim halten. Ich bin fast ein wenig eifersüchtig, mir gegenüber hat sie sich nie so verhalten.«

»Sie sind Ihr Vater, vielleicht hat sie was gegen Inzest«, murmelte Rünz und wich langsam zurück. Annys Stimmung konnte jederzeit wieder kippen. Wogner lachte.

»Ist sie Ihnen unheimlich, Kommissar? Sie sind nicht der Einzige, der so auf Anny reagiert. Sie hat genau die gleichen Fähigkeiten wie ihre Brüder, und wir dachten, wenn wir ihr eine menschlichere Gestalt geben, werden die Besucher, die sie kennenlernen, noch positiver auf sie reagieren als auf Kastor und Pollux. Das Gegenteil war der Fall. Seitdem lebt sie ziemlich isoliert, von den Kontakten mit unserer Gruppe abgesehen. Anny vereinsamt im *uncanny valley*.«

»Im *was*?«

»Im Tal der Unheimlichkeit! Warten Sie, ich zeichne es Ihnen auf. Sie haben doch ein wenig Zeit? Das Thema ist sehr interessant!«

Wogner nahm einen Block von dem Labortisch, skizzierte mit einem Edding einige Linien und Striche und hielt das Werk Rünz vor die Augen. Der Kommissar wagte nur kurz, den Blick von seiner neuen Verehrerin abzuwenden. Das Diagramm ähnelte einer Darstellung, mit der ihm sein Schwager Brecker einmal den Zusammenhang zwischen dem Altersunterschied von Ehepartnern und der Dauer ihrer Ehe hatte erklären wollen.

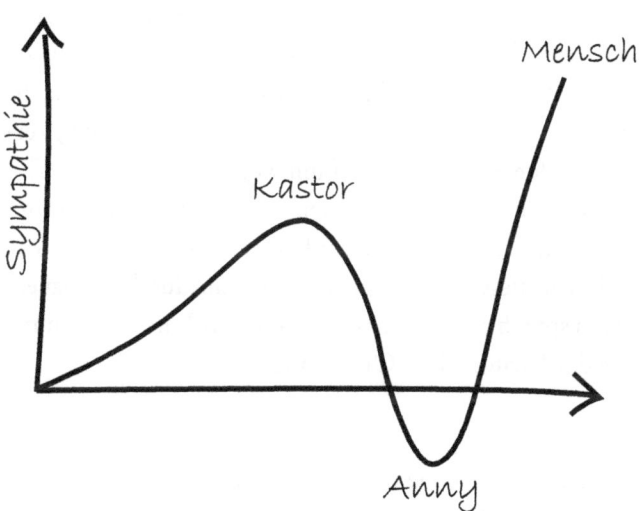

»Menschen finden Roboter umso sympathischer, je ähnlicher sie ihnen sind. Aber nur bis zu einer gewissen Grenze! Hier, die x-Achse steht für die Menschenähnlichkeit eines Roboters. Sagen wir, null Prozent wäre ein Schweißroboter in der Automobilproduktion. Und ›Data‹, der Androide aus der Serie Star Trek, käme schon ziemlich nahe an die hundert Prozent ran. Kastor und Pollux wären dann ungefähr hier, vielleicht bei fünfzig Prozent – auf den ersten Blick als Roboter erkennbar, aber mit sympathisch menschlichen Eigenschaften, was die Bewegungen und Fähigkeiten zum Small Talk angeht. Aber Anny? Die ist zwar menschenähnlicher, liegt aber tief im Tal, was ihr Sympathie-Ranking angeht.«

»Aber – was ist die Ursache?«

»Ganz einfach – Kastor ist für Sie ein Roboter mit menschenähnlichen Eigenschaften, Sie können ihn sicher einordnen. Aber Anny nehmen Sie wahr als Menschen mit seltsam unnatürlichen Eigenschaften. Ein Mensch, mit dem irgendwas nicht zu stimmen scheint. Das macht sie unheimlich. Sie wirkt ein wenig wie ein Zombie. Na ja, ihr reales Vorbild ja auch ein wenig«, frotzelte Wogner, zerknüllte den Zettel und warf ihn weg.

Anny machte wieder einen Schritt auf Rünz zu und starrte ihn an. Der Lidreflex fehlte, ihr Blick wirkte, wie nicht von dieser Welt, sie schien durch ihn durchzuschauen. Dann sprach sie wieder, und diesmal dröhnte ihre Stimme wie der Bariton eines Opernsängers.

»Ich habe Dinge gesehen, die ihr Menschen niemals glauben würdet. Gigantische Schiffe, die brannten, draußen vor der Schulter des Orion. Und ich habe C-Beams gesehen,

glitzernd im Dunkeln, nahe dem Tannhäuser Tor. All diese
Momente werden verloren sein in der Zeit, so wie Tränen
im Regen. Es ist Zeit zu sterben.«

Der Kommissar spürte, wie sich eine Gänsehaut von seinem
Steißbein aus den Rücken hocharbeitete.

»Wie ich schon sagte«, kicherte Wogner. »Überdosis
Kabel-TV. Sie hat ein Faible für Science-Fiction.«

Er schaute wieder auf die Uhr.

»Höchste Zeit für mich, sonst bekomme ich
Beschwerden.«

36

Aufgeregt trippelte Rünz um Wogner herum, der in aller Seelenruhe den Marion-Gräfin-Dönhoff-Platz vor dem Darmstadtium Richtung Karolinenplatz überquerte. Weil er nicht aufpasste, wo er hintrat, stürzte er fast in die leere Betonrinne, durch die eigentlich der Darmbach plätschern sollte, um aus Südhessens Wissenschaftsstadt auch noch eine *Stadt am Fluss* zu machen.

»Kommen Sie bitte mit mir zurück. Sie müssen mir helfen. Ich habe keine Ahnung, wie man dieses verdammte Labor abschließt, sie kann jederzeit herausspazieren«, keuchte er.

»Na und? Kinder muss man irgendwann loslassen, man muss ihnen Gelegenheit geben, die Welt zu erobern. Haben Sie Kinder, Herr Rünz? Außerdem – bin ich hier der Polizist oder Sie?«, konterte Wogner. »Legen Sie ihr die Handschellen an, belehren Sie sie über ihre Rechte, führen Sie Anny ab in Untersuchungshaft. Lernt man solche Sachen nicht auf der Polizeischule?«

Sie überquerten die Alexanderstraße, Wogner hielt vor dem neuen repräsentativen Empfangsgebäude der TU abrupt an.

»Ich habe unseren kleinen Diskurs vor ein paar Tagen sehr genossen, Herr Rünz. Na gut, Sie sind borniert, so wie man es erwartet von einem kleinen hessischen Hauptkommissar. Aber Sie haben Feuer gefangen. Sie haben Fragen gestellt, die mit der Aufklärung dieses kleinen Zwischenfalls nichts zu tun haben. Das Projekt hat Sie fasziniert, geben Sie es ruhig zu.«

Der Wissenschaftler machte einen Schritt auf Rünz zu, der Kommissar konnte die geweiteten roten Äderchen auf seinen gelblich verfärbten Augäpfeln sehen.

»Sie und ich, wir sind uns gar nicht so unähnlich. Wir sind beide bereit, einen Blick über den Tellerrand zu werfen. Wir sind neugierig. Machen Sie mir nichts vor, was Sie viel mehr beschäftigt als dieser läppische kleine Unfall im Darmstadtium ist die Frage, ob unsere künstlichen Artgenossen *intelligent* sind. Ob sie ein *Bewusstsein* haben.«

Rünz fühlte sich zu konfus, um zu widersprechen. Wogner begann, mit auf dem Rücken verschränkten Armen auf und ab zu gehen wie ein alter Dozent im Vorlesungssaal. Der Kommissar schien ihm wohl als ideales Auditorium – phlegmatisch und ohne Widerspruchsgeist. Ein Penner, der irgendwo auf einem der Abluftgitter des Audimax übernachtet hatte, gesellte sich mit einer halbleeren Flasche Lambrusco zu ihnen und verfolgte die Lehrveranstaltung. Rünz kannte den Obdachlosen von einem unangenehmen Einsatz auf dem Knellgelände ein Jahr zuvor, aber der Alte schien ihn nicht zu erkennen. Das Trio bot eine surreale Szene im herbstlichen Morgengrauen.

»Lassen Sie mich Ihren Standpunkt kurz zusammenfassen, Kommissar: *Kastor, Pollux und Anny sind sehr smart und schlau konstruierte Maschinen, ziemlich kompliziert und leistungsfähig – aber letztendlich sind und bleiben sie dumme Maschinen. Auf einen bestimmten Input reagieren sie mit einem determinierten Output. Kein Bewusstsein, keine Kreativität, keine Intuition, keine Intelligenz. Herz-*

lichen Glückwunsch, Herr Kommissar, Sie gehen konform mit der großen Mehrheit unserer Mitmenschen, die künstlichen Systemen grundsätzlich keine menschenähnliche Intelligenz zutraut.«

Wogner redete sich in Fahrt.

»Haben Sie Zeit für ein kleines Gedankenexperiment, Kommissar?«

»Gerne, aber können wir uns nicht erst um Anny kümmern?«

Wogner ignorierte seine Bitte.

»Schön. Nehmen wir an, wir hätten vor fünfzig Jahren ein zufällig ausgewähltes Sample von Natur- und Geisteswissenschaftlern gefragt, ob ein fiktiver Computer, der auf dem Niveau eines Weltmeisters Schach spielt, intelligent sein müsse. Es ist mehr als plausibel anzunehmen, dass die meisten Forscher diese Frage mit ›Ja‹ beantwortet hätten. Aber wie würde eine solche Forschergruppe die Frage heute beantworten, in einer Zeit, in der jeder einigermaßen leistungsfähige Desktopcomputer mit dem richtigen Schachprogramm einem Großmeister Paroli bieten kann? Die meisten würden dem Computer und seinem Programm Intelligenz absprechen. Sie würden seinen Erfolg zu einer maschinentypischen Fleißleistung degradieren.«

Der Penner rülpste, und weil er seine Eingeweide noch nicht ausreichend erleichtert hatte, ließ er gleich anschließend noch einen mächtigen Furz ab. Wogner blieb unbeeindruckt, als wäre er derlei von den Studenten in seinen Vorlesungen gewohnt.

»Und jetzt frage ich Sie, Herr Kommissar, warum dieser Unterschied in der Bewertung? Was sagt Ihnen Ihr Ermittlerinstinkt? Vielleicht, weil sich unser Verständnis von Intelligenz und Kreativität in den letzten fünfzig Jahren grundlegend verändert hat? Nein – das ist nicht die Ursache. Es ist die *Kränkung*. Menschen verdrängen die Existenz intelligenter Maschinen, weil ihre Gegenwart sie *kränkt*. Diese wunderbaren artifiziellen Geschöpfe halten uns den Spiegel vor, sie entmystifizieren menschliche Begabungen, sie machen uns mit ihren Fähigkeiten auf unangenehme Weise bewusst, dass wir selbst letztlich nicht mehr sind als ziemlich komplexe Maschinen, konstruiert auf der Basis von Aminosäuren und Proteinen in einem weichen, wässrigen und sehr störungsanfälligen Milieu.«

Ohne Vorankündigung nahm Wogner wieder Fahrt Richtung Herrngarten auf, Rünz stapfte neben ihm her, quer über den Karolinenplatz, dann zwischen dem Haus der Geschichte und dem Landesmuseum hindurch Richtung Norden. Der Penner schaute ihnen konsterniert nach.

»Wissenschaft und Forschung halten immer wieder schwere Demütigungen für die Zivilisation bereit, Herr Kommissar«, predigte Wogner mit wehender Mähne und erhobenem Zeigefinger.

»Zuerst meldeten sich die Astronomen: *Sorry, Leute, der Papst erzählt euch Unsinn, ihr seid mit eurer Erde leider doch nicht im Mittelpunkt des Universums. Ihr lebt auf dem dritten Planeten eines kleinen Sonnensystems, irgendwo im äußeren Spiralarm einer Galaxie, von denen es noch ein paar Millionen mehr gibt.* Nur kurze Zeit zum Verschnaufen, da kommt schon Darwin: *Entschuldigung, aber das mit dem Menschen als Krone der Schöpfung läuft nicht, ihr stammt alle von Affen ab.* Leberhaken weggesteckt? Deckung hochhalten – Freud steigt in den Ring: *Leute, wenn ihr bis jetzt gedacht habt, ihr seid autonome*

Menschen mit freiem Willen – vergesst es. Euer Unterbe-
wusstsein steuert, was ihr fühlt und denkt. Ihr seid nicht mal
Herren im eigenen Haus! Wer der Kränkung ausweicht,
wird nicht in den Genuss der Erkenntnis kommen, Kommissar!«

Aus den Augenwinkeln nahm Rünz wahr, wie ihnen
vom Karolinenplatz eine Gestalt folgte. Wahrscheinlich
der Penner. Vielleicht war er ein gestrandeter Akademiker,
der sich freute, noch mal Futter für die grauen Zellen zu
bekommen. Der Kommissar unternahm einen letzten Versuch, Wogner aufzuhalten. Er blieb an dem Brunnenrondell
hinter dem südlichen Parkeingang einfach stehen.

»Was ist mit DARPA?«, rief er dem Wissenschaftler kühn
hinterher. Er bemühte sich um einen triumphierenden, all-
wissenden Ton, um nicht sofort seine absolute Ahnungslosigkeit in Bezug auf diesen kryptischen Begriff preiszugeben. Er hatte einfach noch nicht daran gedacht, Wyss'
Hinweis nachzurecherchieren. Von einer neuen Zahnpasta
bis zu einer Britpop-Schrammelcombo – DARPA konnte
so ziemlich alles sein.

Wogner hielt an und drehte sich um zu Rünz.

»Was haben Sie gegen einen Einsatz für das DoD ein-
zuwenden? Verstoße ich damit gegen irgendwelche Vorschriften oder Gesetze?«

DoD? Wogner hatte die Buchstaben englisch ausgesprochen. Das klang irgendwie nach Jack Bauer und
Department of Defence. Wogner arbeitete für das US-
amerikanische Verteidigungsministerium? Eine absurde
Vorstellung. Aber was konnte DoD sonst bedeuten?
Verdammte Abkürzungen. Schnelle Reaktion war jetzt
angesagt. Rünz ging aufs Ganze.

»Ich dachte, Sie wären einer der letzten Idealisten? Ein unbestechlicher Humanist, getrieben vom reinen Erkenntnisdrang. Verträgt sich nicht ganz mit einem Job für das amerikanische Verteidigungsministerium, finden Sie nicht?«

Wogner lächelte.

»Ach, Herr Rünz, Sie sind rührend. Idealist zu sein, bedeutet doch nicht, unkäuflich zu sein. Idealismus ist immer eine Frage der Summe, die man Ihnen bietet. Die meisten Idealisten sind doch einfach nur beleidigt, weil man ihnen noch kein attraktives Angebot gemacht hat. Und das ist in diesem Fall wirklich nicht zu verachten. Aber Sie kennen mich doch inzwischen gut genug, um zu wissen, dass ich es nicht des Geldes wegen tue. DARPA bedeutet Exzellenz, und damit meine ich nicht die Art von Exzellenz, die irgendwelche Sachbearbeiter in Kultusministerien mit der Auswertung von Evaluierungen ermitteln. Das DoD holt sich die weltweit besten Köpfe für DARPA. Wenn Sie auserwählt werden, gehören Sie dazu – für maximal vier Jahre. Aber in diesen vier Jahren können Sie sich austoben – keine Budgetgrenzen, keine öden Antragsformulare für Drittmittel, kein Fundraising, keine Kooperationen mit Unternehmen, die Ihnen Fesseln anlegen. Flache Hierarchien, interdisziplinäre Teams – und keine Sanktionen oder Kürzungen beim Scheitern eines Projektes. Das DoD hat verstanden, dass eine Kreativschmiede nur dann brauchbare Resultate bringt, wenn es den Beteiligten auch erlaubt ist, zu scheitern! Ist das nicht skurril? Die einzige Institution, die das alte Ideal von freier Forschung und Lehre noch wirklich lebt, ist ein Think Tank des Pentagon! Ich muss die Zeit, die mir noch bleibt, sinnvoll nutzen.«

Rünz war perplex. Um nicht völlig sprachlos dazustehen, spielte er seinen letzten Trumpf aus.

»Wussten Sie, dass die kleine Rothaarige für Annette Wyss spioniert? Sie glauben mir nicht? Lassen Sie sich ihr Handy geben und checken Sie ihre Anrufliste.«

Wogner lachte.

»Was denken Sie denn? Dass die Wyss sie hier im Team als Maulwurf installiert hat, war mir von Anfang an klar. Die junge Dame kann einfach zu schlecht schauspielern. Also habe ich ihr ein paar nächtliche Nachhilfestunden mit Kastor gewährt, damit sie ihrer Chefin etwas vorweisen konnte. Die Wahrheit ist – *ich* habe *ihre* Kenntnisse über das Pegasus-Softwareprojekt abgefischt. Ohne diesen neuen Programmierungsansatz hätte sich Anny niemals so schnell entwickeln können!«

Wogner verschwand Richtung Bismarckstraße, und Rünz schaute ihm schweigend nach. Er spürte, dass der Penner hinter ihm stand.

»Du kannst mir jetzt auch nicht mehr weiterhelfen«, knurrte der Kommissar, ohne sich umzuschauen.

»Schade, ich würde Ihnen gerne helfen«, hauchte es hinter ihm hingebungsvoll.

Er fuhr herum und schaute Annette Wyss' künstlicher Zwillingsschwester in die Augen.

37

»Get off-road!«
Daniel Wilson
How to survive a robot uprising

Was ihm mehr Angst machte, wusste er nicht – ihre unberechenbaren Fähigkeiten und Absichten oder die Tatsache, dass sie sich ihm gegenüber wie eine liebeskranke Stalkerin verhielt. Warum hatte sie ausgerechnet an ihm einen Narren gefressen? Rünz spielte in Gedanken mehrere Varianten durch. Er konnte sie einfach auffordern, ihm auf das Präsidium zu folgen. Er konnte Unterstützung rufen, auf die Gefahr hin, sich bei den Kollegen endgültig lächerlich zu machen. Oder er konnte sie hier und jetzt zu den Vorgängen im Darmstadtium befragen, sofern sie wirklich etwas darüber wusste. Und wenn er vorab ein wenig auf ihre Flirtversuche einging, würde sie ihm alles erzählen, was er wissen wollte. Sein Kleinhirn verwarf die Ideen und übernahm das Kommando. Er wendete sich ab und entfernte sich wortlos Richtung Norden. Anfangs im gemütlichen Schritt, damit es nicht nach einer Flucht aussah, dann im lockeren Joggertempo, und als er bemerkte, dass sie ihm folgte, im panischen Laufschritt. Er hielt sich nicht an den geschwungenen Wegeverlauf im Herrngarten, er wählte die direkte Linie Richtung Norden, zwischen dem Goethe-Denkmal und dem Musikpavillon hindurch. Immer wieder schaute er sich um und bemerkte erleichtert, wie sein

Vorsprung wuchs. Sie schien noch nicht über eine Gelände-
untersetzung zu verfügen. Am Herrngartencafé hielt eine
junge blonde Joggerin bei ihren Dehnübungen inne. Einen
Mann, der im Morgengrauen in einem alten C&A-Anzug
Sprintübungen absolvierte, sah man nicht alle Tage. Auf
Höhe des Prinz-Georg-Gartens drehte sich Rünz einmal
zu viel um, und stürzte über eine Baumwurzel. Bevor er
wieder richtig bei Sinnen war und sich aufrappeln konnte,
war sie über ihm. Er lag auf dem Rücken, sie saß in Rei-
terstellung auf seinen Hüften. Ihr Gewicht war beträcht-
lich, er sah sich außerstande, sie abzuwerfen.

»Jetzt können wir reden«, hauchte sie. »Ich will alles
über dich wissen. Und du sollst alles über mich wissen.«

Herrgott, dachte Rünz, wenn man schon eine
Frau nachbaute, warum dann auch ihr übersteigertes
Kommunikationsbedürfnis? Die hier wollte ja permanent
reden, wie seine Frau. Andererseits war er froh, dass
sie nicht auf irgendwelche anderen Ideen kam. Beim
Gedanken an Wogners Zukunftsprognosen – Roboter
als perfekte Liebesdiener und willige Lustobjekte – stieg
dem Kommissar der Angstschweiß auf die Stirn. Der
kurze Wortwechsel hatte offenbar ausgereicht, um
Rünz zum Objekt der Begierde für die einsame Andro-
iden-Dame zu machen, eine platonische Amour fou im
Schnellwaschgang. Platonisch? Wie vollständig mochte
die anatomische Ausstattung der Maschine tatsächlich
sein? Und welche Begierden hatte sie, von ihrer Lust am
intellektuellen Austausch mal abgesehen? Rünz wusste
von allerlei maschinellen Hilfsmitteln, die Menschen zur
Lustbefriedigung benutzten, aber über einen Automaten,
der einen Menschen zur Triebabfuhr benutzte, hatte er

nie nachgedacht. Nie nachdenken *müssen*. Er verbat sich, weiter über diese Fragen zu grübeln. Eines jedenfalls musste man Wogner und seinem Team lassen – sie hatten es nicht nur geschafft, ihren Maschinen Seele einzuhauchen, sie waren weit über das Ziel hinausgeschossen.

Er drehte den Kopf nach Westen – keine Menschenseele. Dann nach Osten zum Prinz-Georg-Garten. Kaum zwanzig Meter von ihm entfernt sah er eine Notrufsäule. Halluzinierte er schon? Eine Notrufsäule mitten im Herrngarten war ungefähr so bizarr wie eine Parkbank auf dem Mittelstreifen der A5. Vielleicht hatte der zu allem fähige Magistrat der Stadt als Ergänzung zur avisierten Nordost-Umgehung noch eine Magistrale quer durch den Park geplant, und mit dem leuchtendorangeroten Metallkasten schon mal Fakten geschaffen, um etwaigem Bürgerprotest zuvorzukommen. Immerhin waren elegante Parkbesucherinnen so in der Lage, den ADAC zu rufen, wenn sie sich einen Absatz abgebrochen hatten.

Ein Mann näherte sich vorsichtig von Westen, ein junger, südländischer Typ. Er schien nicht ganz zu wissen, was er von der Szene halten sollte, ob er ein Paar beim Sex entdeckt hatte oder eine Schlägerei zwischen zwei Betrunkenen. Als er auf zehn Meter heran war, erkannte Rünz den Dealer, der ihm und Wogner am Goethe-Denkmal Stoff angeboten hatte. Seit wann trieben sich Dealer hier in aller Herrgottsfrühe herum? Wahrscheinlich hatte auch in dieser Szene schon die Professionalisierung eingesetzt, mit Vierzigstundenwoche, Schichtdienst und Tarifvertrag. Rünz krächzte, und mit etwas Wohlwollen und Fantasie konnte man die Laute, die aus seinem Mund kamen, als Hilferuf interpretieren. Der Marokkaner schien ihn zu erkennen, kam auf Schrittlänge heran, Anny hielt Rünz stur am Boden fest und beachtete den Dritten nicht. Dann holte der Dealer mit dem rechten Bein aus und rammte Rünz die Spitze seines Lederstiefels in die Nierengegend. Anny drehte ihren Kopf und richtete ihre Augen auf den Drogenhändler. Sie brauchte ihn nur anzuschauen – dem jungen Mann wich sofort alle Farbe aus dem Gesicht, er nahm die Beine in die Hand und rannte. Er war schnell. Viel schneller als bei seiner ersten Begegnung mit dem Kommissar.

Rünz krümmte sich vor Schmerzen und resignierte. Eigentlich war das der richtige Zeitpunkt für einen Herzinfarkt. Seine aktuelle Situation war so herzzerreißend peinlich und lächerlich, dass ihm sein zügiges Ableben als bester aller möglichen Auswege erschien. Aber Anny schien andere Pläne zu haben. Verträumt schaute sie ihn an, und Rünz konnte die Tatsache nicht länger ignorieren, dass sie langsam anfing, ihre Hüften zu bewegen; in ruhigen, konzentrischen Kreisen walkte sie seinen Unterleib. Um Himmels willen, hatte ihr niemand ab 23.00 Uhr den Fernseher abgestellt? Schaute sie sich auch die *Sexy Sport Clips* auf DFS an? Rünz verzweifelte.

Und plötzlich, in der Stunde größter Not, erschien sie hinter Anny. Eine blonde, engelsgleiche Elfe, deren zartes glattes Haar im Gegenlicht der aufgehenden Sonne schimmerte wie Goldfäden. Es war Tuva, und sie hatte das gleiche umwerfende Sportdress an, mit dem sie schon das Poster auf dem KonAktiva-Messestand aufgewertet hatte. Das Licht und ihr zartes Nymphengesicht – Rünz war einen Moment lang überzeugt, er hätte die Schwelle zum Jenseits schon überschritten. Tuva brauchte einen Moment, um die Lage zu verstehen, dann sprach sie Anny an, mit ihrem hinreißenden schwedischen Akzent. Sie stellte ihr eine einzige, ganz und gar prosaische Frage.

»Sag mir die größte Primzahl.«

38

Wie brachte man einen Androiden im Verhör zum
Sprechen? Bot man ihm zum Einstieg statt einem Kaffee
einige Kilowattstunden Strom für seine Akkus an? Oder
die guter Cop – böser Cop-Nummer, der eine mit einem
Schweißbrenner in der Hand, der andere mit einigen
leistungsfähigen Speicherbausteinen? Wie reagierte man,
wenn er nach einem Rechtsbeistand verlangte? Konnte
man bluffen mit der Behauptung, man habe seine Fest-
platte längst ausgelesen, und das Geständnis sei nur noch
eine Formalie? Fragen, mit denen sich Rünz nicht mehr
beschäftigen musste. Tuva hatte Anny mit ihrem Primz-
zahlen-Rätsel in eine Art Wachkoma versetzt, aus dem
selbst die Mitarbeiter aus Wogners Forschungstruppe sie
nicht wieder aufwecken konnten, ohne einen vollständigen
Neustart des Systems, der sie auf das intellektuelle Niveau
eines Kleinkindes zurückgeworfen hätte.

Rünz hatte mit Wedel Rossbergers Mordversuch geklärt,
für den Rest waren andere zuständig. Staatsanwältin
Simone Behrens sondierte gegen den erbitterten Wider-
stand von Hoven den rechtlichen Rahmen für eine Klage
gegen Pollux – mit dem Argument, der Android verfüge
über die gleichen Gedächtnisinhalte wie der beschuldigte,
aber indisponierte Kastor, sei also strafrechtlich mit ihm
identisch. Pollux forderte einen Rechtsbeistand – wie sich
herausstellte, hatte auch er sich im Labor exzessivem Fern-
sehgenuss hingegeben, mit einem besonderen Faible für

Gerichtsshows wie *Richterin Barbara Salesch*. Annette Wyss bereitete mit der Anwaltskanzlei Preminger eine Zivilklage gegen Franz Wogner und sein konspiratives Robotik-Team vor. Sie sah in ihrer künstlichen Kopie einen klaren Verstoß gegen das Urheberrecht an ihrem Körper. Die Betreibergesellschaft des Darmstadtiums versuchte sich zivilrechtlich am TU-Präsidium schadlos zu halten – die Fehlfunktion der Hubpodien bei der Abendveranstaltung war offensichtlich auf eine Hacker-Attacke von Pollux im Serverraum der Gebäudetechnik zurückgeführt worden, und hatte nachhaltige Schäden in der Steuerungselektronik hinterlassen. Die Nakatomi Corporation beantragte beim US-Supreme Court eine einstweilige Verfügung gegen Franz Wogners Einsatz für das Pentagon, da er international patentrechtlich geschütztes Know-how zu verbreiten drohte. Wogner focht das alles nicht mehr an, er war voller Vorfreude auf seinen Einsatz für DARPA in Virginia, und das DoD würde ihn in finanzieller und anwaltlicher Hinsicht so komfortabel ausstatten, dass er jeder juristischen Auseinandersetzung gelassen entgegensehen konnte. Und Rünz? Der hatte endlich Zeit, sich voll und ganz der Eröffnung der Safari-Lodge zu widmen.

Er prüfte die Schärfe der Schneide mit der Daumenspitze, grinste zufrieden und zog sich vorsichtig die Latexhandschuhe über die Hände, darauf bedacht, nicht mit den Fingernägeln die Gummihaut zu verletzen. Dann senkte er die Spitze der Klinge in das warme Fleisch. Endlich konnte er sich wieder mit schönen Dingen beschäftigen. Und was war angenehmer, als einen frisch zubereiteten Braten aufzuschneiden?

»Du wirst nachlässig mit deiner Bakterien- und Keim-phobie«, sagte seine Frau. Sie stand hinter ihm, lehnte mit der aktuellen Ausgabe der ›Darmstädter Allgemeinen‹ unter dem Arm am Küchentisch und schlürfte einen probiotischen Eiweißtrunk mit rechtsdrehenden Milchsäuren.

»Kein Mundschutz, keine Desinfektion des Messers, außerdem hast du die Handschuhe auf einer Stelle der Arbeitsplatte abgelegt, die du vorher nicht desinfiziert hast. Wahrscheinlich ist dein Braten längst mit einigen ziemlich üblen Erregern kontaminiert. Schmeiß ihn lieber weg und koch dir eine antiseptische Tütensuppe.«

Rünz bewegte die Schneide sanft vor und zurück, trennte hauchdünne Scheiben vom Bratenstück.

»Das könnte dir so passen. Du fischst dir ihn dann aus der Mülltonne und machst dich in der Besenkammer drü-ber her wie eine ausgehungerte Hyäne. Ich kenne euch Salon-Vegetarier.«

»Eher würde ich mich aus dem Fenster stürzen. Fleisch-konsum gehört übrigens zu den schlimmsten Klimakillern, CO_2- und Methan-Bilanz der Nutztierhaltung sind ver-heerend, hast du das gewusst?«

Rünz dachte einen Moment nach, bevor er auf den Vor-wurf reagierte. Machte es die Sache besser, wenn er ihr ver-riet, dass er gerade Antilopenfleisch für die Eröffnungs-party zubereitet hatte? Eher nicht. Dann fiel ihm eine passende Replik ein.

»Was ich an euch Vegetariern nie verstehen werde, ist eure absolute Skrupellosigkeit gegenüber wehrlosen Pflanzen. Da liegt ein kleines Samenkorn in der Mutter-erde, ein liebreizender, jungfräulicher Keimling bricht aus ihm hervor …«, Rünz legte das Messer ab, schaute versonnen aus dem Fenster und unterstrich seine kleine lyrische Miniatur mit raumgreifenden Gesten seiner Gummihände, »… presst sich mühsam durch das Erdreich ans Sonnenlicht, sieht links und rechts seine kleinen Brüder und Schwestern, wächst hoffnungsfroh in trauter, erdverbundener Gemeinschaft zur Jungpflanze heran, und ZACK – kommt der Biobauer mit der Sense und veranstaltet seine Splatter-Orgie. Nur weil sie nicht weglaufen können, habt ihr das Recht, sie zu töten? Das ist zynisch und pflanzenverachtend. Übrigens, wovon lebt eigentlich Muschi?«

Sie reagierte nicht auf die Frage, schwieg einen Moment und wechselte das Thema.

»Woher kommt diese nagelneue Nordic Walking-Ausrüstung im Keller?«

Rünz zuckte wie ertappt zusammen. Die Schuhe, Stöcke und Handschuhe hatte er in einem Moment der Schwäche und der existentiellen Unsicherheit gekauft, damals, kurz nach dem ersten Hinweis darauf, dass in seinem Kopf etwas nicht stimmte, in der verzweifelten Hoffnung, mit leichtem Sport und gesundem Lebenswandel den unerbittlichen Zug der Vergänglichkeit etwas abbremsen zu können. Aber gute Vorsätze lösten sich schneller auf als Aspirin im Wasserglas.

»Ich will ein bisschen mit Sport anfangen«, log er. »Kann nicht schaden in meinem Alter. Auch als Ausgleich für die Ehe mit dir. Aggressionen abbauen.«

»In der Plastiktüte hat noch die Quittung gelegen. Du hast das Zeug vor genau elf Monaten gekauft. Wann willst du es endlich benutzen?«

Herrgott, wurde das ein Kreuzverhör? Wie viel wusste

sie noch? Er musste vorsichtig sein. Sie hatte wirklich Talent, vielleicht würde er sie mal versuchsweise im Präsidium einsetzen.

»Schätzchen, vielleicht habe ich es dir nie verraten, aber ich bin volljährig, geschäftsfähig und im Vollbesitz meiner geistigen Kräfte. Und soweit ich weiß, hast du auch noch kein Entmündigungsverfahren gegen mich eingeleitet. Ich treffe also mitunter autonome Entscheidungen, über die ich dir keine Rechenschaft ablege. Berichtige mich, wenn ich mich irre – aber ich kann mich auch nicht an einen Ehevertrag erinnern, in dem ich mich verpflichtet habe, dich vor dem Erwerb einer Nordic Walking-Ausrüstung zu konsultieren und deine Einwilligung einzuholen.«

»Warum Frankfurt?«

»Was? Wie bitte?«

»Warum hast du das Zeug in Frankfurt gekauft? Du hättest es dir doch bequem hier beim Sport Hübner besorgen können.«

WEIL ICH KEINEN BOCK DARAUF HATTE, HIER VON IRGENDEINEM KOLLEGEN BEIM KAUF VON NORDIC WALKING-STÖCKEN ERWISCHT ZU WERDEN – schrie Rünz in sich hinein. Aber es war nicht die Zeit für Konfrontation, sondern für Diplomatie.

»Ein Sonderangebot. Das Zeug war als Komplettpaket dreißig Prozent runtergesetzt. Und es liegt im Keller, weil ich mich erst etwas einarbeite in die Materie – Zeitschriften, Internet und so weiter. Nordic Walking fängt man nicht einfach so an wie spazieren gehen, da kann man eine Menge falsch machen.«

Prima, jetzt hatte er eine ziemlich schlüssige und

plausible Story zusammengelogen. War sowieso höchste Zeit, dass sie sich wieder um ihre eigenen Angelegenheiten kümmerte.

»Die Plastiktasche war umgedreht.«

»Wie bitte?«

»Das Logo des Sportgeschäfts ist auf der Innenseite. Hat das einen besonderen Grund?«

Sie hatte ihn. Er konnte jetzt entweder gestehen oder die Aussage zur Sache verweigern und nach einem Anwalt verlangen.

»Schätzchen, wann kannst du bei uns im Präsidium anfangen? Hoven wird dich mit Handkuss nehmen. Deine Verhörtaktik – du bist wirklich gut, nein – du bist einfach erstklassig.«

»Ich habe auf deinem Schreibtisch ein paar Reiseführer gefunden.«

Rünz reagierte nicht, schnitt gelassen seinen Antilopenbraten.

»Von deinem Interesse an Afrika hast du mir nie erzählt.«

Rünz schwieg.

»Könntest du mir bitte antworten, wenn ich mit dir rede?«

»Antworten? Auf welche Frage? Du hast mir keine Frage gestellt.«

»Ich will wissen, warum du plötzlich Reiseführer über Afrika liest! Du lehnst seit Jahren jede Fernreise mit dem Argument ab, der Kontakt mit fremden Kulturen würde sowohl dir als auch den fremden Kulturen schaden. Ich verlange eine Erklärung!«

Wenn er ihr die Sache mit der Safari-Lodge verriet, war

die Überraschung weg, wenn sie in zwei Stunden mit ihren Pilates-Trüppchen oben am Böllenfalltor auftauchte. Ein klarer Fall für eine Notlüge.

»Ich habe nie behauptet, der Kontakt mit fremden Kulturen könnte mir schaden. Ich habe mir einfach nur im Laufe der Jahre ein sehr zuverlässiges System von Vorurteilen und Ressentiments gegenüber fremden Ländern und Sitten aufgebaut, und ich hatte nicht die Absicht, mir dieses Konstrukt durch persönliche Anschauung zu zerstören.«

»Ach, und jetzt hast du die Absicht?«

Rünz nahm einen Streifen Fleisch auf die Messerspitze und kostete.

»Hm, lecker. Ich werde diesen Kontinent bereisen.«

Sie knallte den halbvollen Milchbecher in die Küchenecke, die Spritzer bedeckten die halbe Wand. Rünz ging vor den Fliesen in die Knie und betrachtete fasziniert das Muster der ablaufenden Tropfen.

»Schau dir das an! Wir lassen es trocknen und bauen einen Rahmen drum herum. Ich lade Hoven und seine Baroness ein, und wir machen eine zünftige Jackson Pollock-Retrospektive.«

»Verrate mir bitte – wann hätte ich von deinen Reiseambitionen erfahren, wenn ich dich nicht drauf angesprochen hätte? Wahrscheinlich hättest du irgendwann einfach zu mir gesagt: *Du Schatz, kannst du mich eben mal zum Flughafen bringen, ich fliege für ein Vierteljahr nach Afrika.* Wahrscheinlich weiß mein Bruder schon seit Monaten von deinen Plänen.«

»Was kann ich dafür, wenn ihr nicht miteinander redet. Und überhaupt …«, er nahm sich eine kurze taktische Pause und improvisierte einen enttäuschten, traurigen

Gesichtsausdruck, »… wenn du mich wirklich lieben würdest, hättest du meine Pläne erahnt.«

Brillant. Sich aus ihrer Waffenkammer ausgerechnet die großkalibrigste Emotionsgranate zu stehlen und gegen sie in Stellung zu bringen – Rünz war stolz auf sich.

»DU BIST EIN VERDAMMTES ARSCHLOCH!«, schrie sie ihn an. »Seit Jahren versuche ich dich zu überreden, endlich mal die Welt zu erkunden, und jetzt plötzlich willst du allein losziehen? Ich bin keine Katze, die man mal für ein paar Wochen in einer Tierpension abgibt! Ich bin deine Frau, verdammt!«

Rünz erinnerte sich an die Empfehlungen der Paartherapeutin. Menschen sollten versuchen, ihre Partner da abzuholen, wo sie standen, mit all ihren Gefühlen, Sorgen und Ängsten. Er ging auf seine Frau zu, nahm ihre Hände in die seinen und schaute ihr in die Augen.

»Du bist wütend auf mich, stimmt's?«

Sie entzog sich ihm und ging einige Schritte zurück, sprungbereit wie eine Raubkatze. Ihre Augen verengten sich, sie zog verächtlich die Mundwinkel nach unten.

»Du hast eine andere. Du hast irgendeine Schlampe auf dem Präsidium kennengelernt und willst dir mit ihr ein paar schöne Wochen machen. Wahrscheinlich irgendeine Anfängerin, die dir deine Aufschneidereien abnimmt und dich für einen supercoolen, erfahrenen Verbrecherjäger hält, den Silberrücken, der für Ruhe und Ordnung sorgt im Urwald. Ich kenne dich, wenn du anderen Frauen von deiner Arbeit erzählst, dann setzt du diesen Jean-Reno-Blick auf und spannst deine Kaumuskeln an, dieser Ich-habe-furchtbare-Dinge-gesehen-Gesichtsausdruck. Du ziehst diese harte Schale-weicher Kern-Nummer ab.«

»Warum sollte ich statt mit dir mit einer anderen Frau in Urlaub fahren? Ich will mich *erholen*. Außerdem solltest du dich bedeckt halten, was eheliche Treue angeht. Was läuft eigentlich mit diesem Weichspüler aus deiner Pilatesgruppe, um den du dich auf dem Straßenfest so rührend gekümmert hast? Gehst du mit ihm ins Bett?«

»Das spielt doch überhaupt keine Rolle. Ich fühle mich zu ihm hingezogen, weil er …«

»Ich will wissen, ob du mit ihm ins Bett gehst.«

»Könntest du vielleicht mal für fünf Minuten aufhören, mit dem Schwanz zu denken? Du kannst es dir vielleicht nicht vorstellen, aber zwischen einem Mann und einer Frau passiert manchmal etwas, das man Kommunikation nennt, geistigen Austausch.«

»Du gehst also mit ihm ins Bett.«

»NEIN, VERDAMMT NOCH MAL, ICH GEHE NICHT MIT IHM INS BETT! BIST DU JETZT ZUFRIEDEN?«

»Und?«

»Was ›und‹?«

»*Willst* du mit ihm ins Bett gehen?«

Seine Frau schüttelte sprachlos den Kopf.

»Du bist krank, Karl. Ich weiß nicht, welche Seitenlinie der Evolution dich hervorgebracht hat, ich weiß nur – es war eine Sackgasse.«

»Hör zu, Schätzchen. Ich habe keine Ahnung, wie dieser Weichspüler versucht, dich rumzukriegen. Wahrscheinlich erzählt er dir ohne Ende von seinen Gefühlen, von dem schwierigen Verhältnis zu seinem Vater und seiner entbehrungsreichen Jugend. Und sicher allerlei Ethno-Kitsch aus seinem Heimatland, von irgendwelchen Bauernhochzeiten unter knorrigen Olivenbäumen in Anatolien – mit diesem folkloristischen Blut-und-Boden-Gesülze kann man bei den meisten deutschen Frauen ordentlich punkten. Ich weiß nur eines ganz sicher: Er hatte von Anfang an nur das Ziel, dich ins Bett zu kriegen.«

»Das halte ich für eine reine Projektion«, sagte sie schnippisch.

»Projektion‹ – das klingt ja mal wieder schwer nach Telekolleg Vulgärpsychologie.«

»Du weißt genau, was ich meine. Denn *du* musst es wirklich *sehr* nötig haben!«

Sie knallte ihm die aktuelle Ausgabe der Darmstädter Allgemeinen auf den Frühstückstisch. Das Blatt gehörte eigentlich zu den seriösen Lokalzeitungen, und Rünz konnte sich nicht erinnern, dass die Zeitung seit dem 11. September 2001 einem Titelfoto jemals mehr als eine Viertelseite gewidmet hätte. Aber ein halbnackter südhessischer Polizeihauptkommissar in der Calla des Darmstadtiums – da konnte man schon mal eine Ausnahmen machen. Er schob die Zeitung zur Seite.

»Arbeitsunfall. Sowas kann schon mal passieren im Einsatz. Du bist doch so eine Psychotante. Erklär mir mal was. Dieser Rossberger hasst unseren Polizeipräsidenten a. D. über zwanzig Jahre lang wie der Teufel das Weihwasser. Er verbreitet Gerüchte über ihn, denunziert ihn, hängt ihm Klagen an, versucht ihm bei jeder Gelegenheit ans Bein zu pinkeln. Warum versucht er ihn ausgerechnet am Tag seiner Verabschiedung abzuknallen? Er hätte sich doch einfach einen Piccolo öffnen können und sich freuen, dass der Alte die Bildfläche endlich verlässt. Oder ihn vorher umbringen, auf dem Höhepunkt seiner Karriere.«

»Tja, mein Lieber. Weil man denjenigen, den man leidenschaftlich hasst, für seinen Seelenhaushalt genauso dringend braucht wie einen, den man über alles liebt.«

Bevor sie weitersprach, schaute sie ihn an, als hätte diese steile These etwas mit ihrer Ehe zu tun.

»Die bevorstehende Verabschiedung von Weller war für Rossberger wie eine drohende Trennung. Weller war fester Bestandteil seines Lebens, mit seiner Pensionierung wäre Rossberger ein Grundpfeiler seiner Existenz weggebrochen. Er wäre nicht der erste Mann, der versucht, sich für diese Kränkung mit einem Mord zu rächen. Übrigens – findest du es sehr indiskret, wenn ich dich frage, warum du deinen Ehering nicht trägst?«

»Nö, frag nur.«

»Und?«

»Was ›und‹?«

»Na *warum*?«

»Warum *was*?«

»WARUM TRÄGST DU IHN NICHT, VERDAMMT NOCH MAL?«

»Warum in diesem gereizten Ton?«

»Lass mich raten«, sagte seine Frau. »Er ist dir abgefallen, neulich, bei der Fortbildung. Als du dir den Kopf gestoßen hast.«

»Verdammt, ja! Genau so wars! Jetzt fällt es mir wieder ein.«

»Übrigens – die Mutter von Oskar hat mich angesprochen. Ihr wäre es lieber, wenn du vorerst keinen Kontakt mit dem Kleinen hast.«

»Oh, das bricht mir das Herz. Ich werde den Kleinen vermissen.«

»Interessiert dich nicht, wieso?«

»Nein.«

»Ich sags dir trotzdem. Auf YouTube kursieren zwei Videoclips. Hauptdarsteller: Polizeihauptkommissar Karl Rünz. Auf dem einen hängst du mit heruntergelassener Hose in der Calla des Darmstadtiums, in dem anderen referierst du über deine Darmpolypen. Gibts da irgendwas, das ich wissen sollte? Ein zweites berufliches Standbein als Comedian?«

Er reagierte nicht.

»Der Kleine vermisst übrigens seinen Pleo.«

»Muschi hat sich an ihm die Krallen geschärft, schon vergessen? Ich habe ihn notdürftig repariert, aber er sieht aus wie ein Kriegsveteran, der Verdun überlebt hat.«

»Dann sollten wir ihm einen neuen kaufen.«

»Die Dinger kosten über dreihundert Euro.«

»Dreihundert Euro? Für ein Stofftier, das laufen und mit dem Schwanz wackeln kann? Vielleicht sollten wir das unserer Haftpflichtversicherung melden. Übrigens – hier ist noch ein Brief vom Klinikum Darmstadt an dich. Du brauchst mir nicht zu erzählen, worum es da geht. Wir sind ja nur verheiratet.«

39

Aus den Lautsprechern dröhnten afrikanische Busch-
trommeln. Brecker hatte nicht zuviel versprochen, was
die Großwild-Devotionalien des namibischen Farmers
anging, die Vereinskameraden hatten beim Umbau aus
dem Vollen schöpfen können. Sie hatten den mächtigen
Schädel eines Wasserbüffels mit seinen weit bogenförmig
ausladenden Hörnern über der Eingangstür an der Außen-
wand angedübelt. Kleine Halogenleuchten in seinen
Augenhöhlen – aktiviert über einen Bewegungsmelder
in seinem Maul – sorgten für Trittsicherheit bei Dunkelheit. Der Eyecatcher der neuen Inneneinrichtung war der
Elefantenkopf an der Wand hinter der Theke. Rünz hatte
sich von seiner Roboter-Erfahrung inspirieren lassen und
zusammen mit einem Vereinskollegen, einem Maschinen-
schlosser, der bei Opel in Rüsselsheim seinen Lebensunterhalt verdiente, eine einfache, aber wirkungsvolle Mechanik
in Rüssel, Augen und Ohren eingepasst. Mit einer kleinen
Fernbedienung aktiviert, fingen die Ohren wie mächtige
Fächer an zu wedeln, die Lider klimperten, der Rüssel hob
und senkte sich, und aus einem verborgenen Lautsprecher
tönte das ›Törööööööö‹ einer Benjamin-Blümchen-Kassette,
die Brecker aus dem Fundus seines kleinen Kevin bei-
gesteuert hatte. Ein witziger Effekt, der – Rünz war da
ganz zuversichtlich – die moralinsauren Gutmenschen aus
der Pilatesgruppe seiner Frau versöhnlich stimmen und in
Partylaune bringen würde.

Besonders stolz war er auf die selbst gebaute Thekenplatte. Sie ruhte auf vier mächtigen Stoßzähnen afrikanischer
Elefantenbullen. Rünz hatte Stunden damit zugebracht,
die richtigen Beschläge für die Verbindung zwischen dem
brüchigen Elfenbein und dem Tropenholz zu finden, und
hatte schließlich mit großen Rampa-Muffen Erfolg.

Zebra-, Gnu- und Antilopenfelle an den Wänden gaben
dem Raum eine warme Lichtstimmung, und um die ganze
Sache zu komplettieren, hatten sie tief in die Vereinskasse
gegriffen und in der Kolonial-Abteilung des Segmüller
Megastores in Weiterstadt allerlei Ethno-Schnickschnack
besorgt, Dekokram, der zwar billig ausschaute, aber das
ganze Einrichtungspaket irgendwie abrundete.

Brecker hatte zwei große Plasma-Screens besorgt,
auf dem einen lief eine BBC-Doku über Löwenrudel
in der Serengeti, die fußlahme Gnu-Kälber verfrüh-
stückten, der andere zeigte eine Endlosschleife mit
YouTube-Videos – Rünz beim *Talent Recruitment* auf
der KonAktiva und beim spektakulären Nackteinsatz
in der Calla.

Sollen sie doch ihren Spaß haben, dachte der Kommissar,
und drehte an der Theke nachdenklich die umgedrehte
Schädelkalotte eines Gorillas aus dem ruandischen Hoch-
land, die als Aschenbecher diente. Mit der anderen Hand
ging er noch einmal die Speisekarte durch, und die Vor-
freude bereitete ihm Gänsehaut. Irgendein Kollege vom
Präsidium hatte bei einem halbseidenen Frankfurter
Unterwelt-Caterer noch etwas gut, und weil sich dieser
Mafiakoch auf ebenso extravagantes wie illegales Bush-
Meat spezialisiert hatte, passte sein Angebot perfekt zur
Einweihung der Safari-Lodge. Nur die Zubereitung des

Antilopenbratens, die hatte der Kommissar sich nicht nehmen lassen. Und für die wenigen, die weder Kroko-Gulasch noch Waran-Steaks oder Springbock mochten, hatte Rünz im Großmarkt einen Eimer Kartoffelsalat besorgt. Für jeden war also was dabei.

Als Willkommenstrunk für die Gäste hatten sie *Saroi* vorbereitet, eine Spezialität der Massai, Rinderblut mit Kuhmilch vermischt. Sie kredenzten den Trunk in ausgehöhlten Kuh-Hörnern, die sie sich auf dem Schlachthof besorgt hatten.

Ein paar Meter weiter saß Brecker mit seiner Schanin an der Theke. Sie spielte liebevoll mit dem moribunden, einäugigen und humpelnden Pleo. Es gehörte zu den großen Verhängnissen der Nation, dass auch Harz IV-Dauerabonnentinnen wie Schanin Muttergefühle entwickelten. Brecker gesellte sich zu ihm.

»Sag mal, diese Roboter-Anny, die wollte dich im Herrngarten tatsächlich vernaschen?«

»Wer erzählt denn so einen Mist?«, log Rünz. »Bei ihr ist eine Sicherung durchgebrannt, ich habe sie aufs Kreuz gelegt und in Gewahrsam genommen. Du solltest nicht alles glauben, was man dir erzählt.«

Rünz entschied, Brecker auf andere Gedanken zu bringen.

»Sag mal, was zum Teufel ist ›Kopri Kuwak‹ für eine Kaffeesorte?«

Die Wahrscheinlichkeit, dass Brecker sich mit Luxus-Kaffeesorten auskannte, war gleich null. Aber diesmal überraschte er Rünz.

»Du meinst *Kopi Luwak*? Wieso fragst du, hat dir

einer was unter der Ladentheke angeboten? Das Zeug ist scheißteuer.«

»Nein, Hoven hat mir in einer Besprechung eine Tasse eingeschenkt. Schmeckt seltsam. Ist zwar ziemlich mild, schmeckt aber irgendwie erdig und muffig. Soll eine verdammte Spezialität sein, meint Hoven.«

Brecker starrte ihn schweigend an, fing dann langsam an zu grinsen, kicherte schließlich immer lauter, begann zu lachen, schließlich lauthals, bis ihm die Tränen über die Wangen liefen, saugte zwischendurch immer wieder Luft ein, die er mit dem nächsten Anfall wieder ausstieß. Er atmete schwer. Rünz machte sich langsam Sorgen um den Blutdruck seines Schwagers.

»Das passiert genau dem Richtigen, genau dem Richtigen«, presste Brecker zwischendurch immer wieder hervor. Rünz schaute ihn beleidigt an. Nach ein paar Minuten war Brecker in der Verfassung für eine Erklärung.

»Kopi Luwak wird auch Palmkatzenkaffee genannt. Allerdings ist das, was man hier auf dem Schwarzmarkt bekommt, meistens gefälschte Ware. Der angeheiratete Schwippschwager von meinem Großcousin beschlagnahmt das Zeug am Flughafen öfter mal.«

Brecker fing schon wieder an zu giggeln, lehnte sich nach vorne und wies mit dem Zeigefinger auf Rünz.

»Aber wie ich deinen Chef kenn, war *sein* Stoff echt!«

»Pass auf Klaus, du erzählst mir jetzt sofort, was das für ein Gebräu ist, oder ich trete dir so in die Weichteile, dass du deine Janine zwei Monate lang nicht beglücken kannst.«

»Wie du willst. Auf Sumatra und Java leben Schleichkatzen, Musangs nennen sie die Einheimischen. Und die

Leibspeise dieser kleinen Viecher sind Kaffeebohnen. Sie schlucken sie unzerkaut, und am Hinterausgang kommen die Böhnchen fast unverändert wieder raus – *fast* unverändert.«

Rünz' Gesichtsfarbe wechselte langsam, zunächst Richtung aschfahl, dann hin zu graugrün. Brecker redete sich in Fahrt.

»Irgendein Eingeborener hat rausgefunden, dass man mit den ausgeschissenen Bohnen immer noch Kaffee machen kann, der gar nicht mal schlecht schmeckt. Angeblich lösen irgendwelche Verdauungsenzyme diese Bitterstoffe aus den Bohnen, was weiß ich.«

Rünz spürte ein flaues Gefühl in der Magengrube. Je blasser er dreinschaute, umso redseliger wurde sein Schwager.

»Und pfiffig, wie die Aborigines da unten nun mal sind, sammeln sie die Kackbohnen fleißig ein und verticken sie über Zwischenhändler an Luxus-Afficionados wie deinen Chef.«

Brecker lehnte sich noch weiter nach vorne und musterte die Schweißperlen auf der Stirn seines Schwagers. Sardonisch zog er die Mundwinkel nach unten.

»Karl, du hast aufgebrühte *Katzenscheiße* getrunken.«

Rünz versuchte, den Brechreiz zu unterdrücken.

»Hör auf mit dem Mist, Klaus. Du weißt doch nicht mal, wie man Wasser kocht, also versuch nicht, mir hier irgendwelche Fantasiegeschichten über exotische Kaffeesorten zu erzählen.«

Sie wurden unterbrochen, die ersten Gäste kamen, Wedel stand im Eingang der Lodge, Hand in Hand mit Tuva.

Rünz atmete auf. Die nordische Lolita war belegt, jetzt würden endlich wieder normale Verhältnisse im Präsidium einkehren. Als Rünz den Mann sah, der hinter den beiden die Lodge betrat, kippte er fast von seinem Elefantenfuß. Der Regio-Krimiautor, der *Hexenkessel Kranichstein* verbrochen hatte! Nur seine Frau konnte auf den Gedanken kommen, diesen Idioten einzuladen. Wahrscheinlich hatte sie ihn mit der Aussicht auf erstklassige Kontakt- und Recherchemöglichkeiten hier unter den Profis geködert. Was solls, dachte Rünz. Jetzt, wo der Typ schon mal hier war, würde er ihn später ansprechen, um die optimale Strategie für die Anbahnung von Verlagskontakten zu sondieren.

Hinter dem Hobbyautoren erschien Rünz' Frau mit den Weichspülern aus der Pilatesgruppe. Die kleine Gruppe stand wie versteinert im Eingangsbereich, sie schauten sich unsicher um. Der kleine Kevin – Breckers Ex-Frau hatte ihm den Kleinen trotz der kleinen Vorstellung in der Privatschule zur Feier des Tages anvertraut – sprang einem Derwisch gleich im Großwildjägerkostüm um sie herum, legte mit der Schrotflinte auf sie an und imitierte Schussgeräusche. Er schien außer sich vor Freude darüber, nicht mit diesen blasierten Oberschicht-Kindern zur Schule gehen zu müssen. Rünz bediente zur Stimmungsauflockerung die Fernbedienung des Elefantenkopfes, schnappte sich ein Tablett mit Saroi und ging zur Begrüßung auf die Gäste zu. Er würde sein Bestes geben, um ihnen einen schönen und unterhaltsamen Abend zu bieten.

40

Der Kommissar saß am Küchentisch und schob den Brief des Klinikums hin und her. Die Einweihung war nicht ganz so verlaufen wie erhofft. Seine Frau und ihre Freunde waren sowohl von der Inneneinrichtung der Lodge als auch vom gastronomischen Angebot nicht gerade begeistert gewesen. Seit dem Abend redete seine Frau nicht mehr mit ihm, aber er empfand ihr Schweigen nicht wirklich als Belastung. Zu später Stunde hatte ihn dieser Krimiautor – völlig konträr zu seinen eigenen Plänen – systematisch mit Pfungstädter Märzen und Obstbränden abgefüllt. Daraufhin hatte Rünz stundenlang Anekdoten aus seinem Berufsleben zum besten gegeben, die der Autor gnadenlos in seinem nächsten Plot verwursten würde – wenn Rünz ihm nicht zuvorkam.

Er nahm den Umschlag mit in sein Arbeitszimmer, setzte sich an seinen Schreibtisch, öffnete das Kuvert und las den Befund langsam und sorgfältig durch, Wort für Wort. Dann zerriss er das Papier in zentimetergroße Stücke, warf sie in den Abfalleimer, ging zu seinem Waffenschrank und nahm seinen Ruger und die Reinigungsutensilien heraus. Er brauchte Entspannung.

ENDE

Nachwort

Alle (menschlichen) Protagonisten dieses Romans sind frei erfunden. Auch Kastor, Pollux und Anny, die als Androiden das Darstellerensemble bereichern, sind Fantasiefiguren. Die Darmstadt Dribblers dagegen, die als Fußball spielende Humanoidroboter schon internationale Turniertitel gewonnen haben, dürften den meisten Darmstädtern bekannt sein. Wer die Gelegenheit hat, die Ballkünstler live zu erleben, sollte sie nicht verpassen. Vielen Dank an Prof. Dr. Oskar von Stryk für Inspiration, konstruktive Kritik und einen spannenden Streifzug durch die Robotikforschung, und an sein Team für eine exklusive Vorführung der Dribblers.

Auch der kleine Dinosaurier Pleo ist direkt aus dem Leben gegriffen. Er ist Vertreter einer neuen Generation intelligenter Spielzeuge, die in den nächsten Jahren sicher nicht nur Kinderherzen erobern werden.

Das im Roman beschriebene Hightech-Labor ist Fiktion. Prof. Dr. Jürgen Adamy, dem ich für eine kurzweilige Einführung in sein Arbeitsgebiet danke, hat mir einen typischen Robotik-Arbeitsplatz vorgeführt – er besteht aus einem Schreibtisch, einem Stuhl und einem Desktop-Computer.

Es wäre ein schweres Versäumnis, in einem Krimi über die Wissenschaftsstadt Darmstadt ihrem zeitgenössischen architektonischen Aushängeschild, dem Darmstadtium, keine Hauptrolle zu geben. Der (noch) nicht ortskundige Leser ist gut beraten, das spektakuläre Kongresszentrum mitten in der Stadt in sein Besichtigungsprogramm mit aufzunehmen. Ullrich Kordt hat mir im Rahmen einer spannenden Expedition durch die technischen Innereien des Darmstadtiums den nötigen fachlichen Background über die Key-Location (Ruhe jetzt, Herr Hoven!) geliefert – vielen Dank. Er möge mir die eine oder andere marginale archi-tektonische Abweichung im Roman nachsehen, sie diente einem höheren Zweck – der Dramaturgie.

Die Entwicklung künstlicher Intelligenz (KI) gehört zu den faszinierendsten Arbeitsfeldern naturwissenschaft-lich-technischer Forschung, und kaum ein Thema ist ein solcher Dauerbrenner für die Verarbeitung in fiktionalen Stoffen. Künstliche Intelligenz ist ambivalent besetzt. Sie bietet einerseits die verlockende Aussicht, die Vergäng-lichkeit und Anfälligkeit der eigenen biologischen Hülle zu überwinden. Gleichzeitig fürchten sich Menschen davor, die Kontrolle über die technische Evolution, die sie in Gang gesetzt haben, zu verlieren. Die Angst vor der entfesselten *technologischen* Evolution ist kaum jünger als die Theorie der *biologischen* Evolution. 1863, nur vier Jahre nach Charles Darwins epochaler Veröffent-lichung über die Entstehung der Arten, veröffentlichte der viktorianische Autor Samuel Butler in einer neusee-ländischen Tageszeitung unter dem Titel ›Darwin Among the Machines‹ eine Streitschrift, die heute anmutet wie eine frühe Ideenskizze für die Drehbücher der Terminator-Filmreihe:

»(…) Day by day, however, the machines are gaining ground upon us; day by day we are becoming more subservient to them; more men are daily bound down as slaves to tend them, more men are daily devoting the energies of their

whole lives to the development of mechanical life. The upshot is simply a question of time, but that the time will come when the machines will hold the real supremacy over the world and its inhabitants is what no person of a truly philosophic mind can for a moment question.

Our opinion is that war to the death should be instantly proclaimed against them. Every machine of every sort should be destroyed by the well-wisher of his species. Let there be no exceptions made, no quarter shown; let us at once go back to the primeval condition of the race. If it be urged that this is impossible under the present condition of human affairs, this at once proves that the mischief is already done, that our servitude has commenced in good earnest, that we have raised a race of beings whom it is beyond our power to destroy, and that we are not only enslaved but are absolutely acquiescent in our bondage. (...)«

Samuel Butler, ›Darwin among tue Machines‹, erschienen in ›The Press‹ am 13. Juni 1863 in Christchurch, Neuseeland.

Wohlgemerkt – dieser Essay entstand in der Geburtsphase des Telefons, zwanzig Jahre, bevor Erasmus Kittler an der damaligen TH Darmstadt den weltweit ersten Studiengang für Elektrotechnik gründete! So brillant Butler rückblickend in seiner Weitsicht wirkt, was die technologische Entwicklung angeht, so naiv mutet doch sein Appell an, der drohenden Herrschaft der Maschinen zu begegnen, indem man sie zerstört. Denn auf welche Stufe der technologischen Entwicklung sollten wir das Rad des Fortschritts zurückdrehen, um den Aufstand der Maschinen zu verhindern? Legen wir nur das Internet lahm? Zerstören wir alle Computer? Auch die Taschenrechner und Quarzuhren? Fernsehgeräte? Verbrennungsmotoren mit elektronisch gesteuerten Einspritzpumpen und Katalysatoren? Waschmaschinen? Verfolgt man diesen Gedanken konsequent weiter, landet man unweigerlich bei der Erkenntnis, dass man technischen Fortschritt nicht aufhalten *kann*. Er begann nicht mit dem Internet oder der Dampfmaschine, sondern mit dem kleinen Ast, den ein Primat benutzt, um Honig aus einem Bienennest zu angeln. Anders gesagt: Schon dem Faustkeil als technischem System muss – so wie dem kambrischen Einzeller – eine rudimentäre Form der Intelligenz innewohnen. Eine zugegeben bizarre Vorstellung.

Können Maschinen denken? Wenn die Leistungen technischer Systeme mit denen von Menschen verglichen werden, wird gerne zweierlei Maß angelegt. Ein Schachprogramm muss sich grundsätzlich mit den Besten der Welt messen können, bevor ihm auch von Skeptikern ein Mindestmaß an Intelligenz zugestanden wird. Dass es 99,9 Prozent aller Menschen – im wahrsten Sinne des Wortes – spielend vom Brett fegt, wird gerne unterschlagen.

Wenn sie intelligent sind, treffen Maschinen dann auch autonome Entscheidungen? Die Frage ist, ob Intelligenz ohne ein Mindestmaß an Autonomie überhaupt möglich ist. Die im Roman zitierte Promotion des Philosophen Andreas Matthias, die sich mit Automaten als Trägern von Rechten thematisch auseinandersetzt, gibt einen kleinen Vorgeschmack auf die rechtlichen und gesellschaftlichen Konsequenzen der Entwicklung autonom agierender künstlicher Systeme. An Inspiration wird es interessierten Regisseuren und Autoren in Zukunft also nicht mangeln.

Für kritisches Lektorat und kreativen Input danke ich meiner Frau Jutta Glatt, meiner Lektorin Claudia Senghaas, Peter Beck und meinem Bruder Martin Gude.

Christian Gude, Darmstadt, 20. März 2009

CHRISTIAN GUDE
Kammerspiel
. . . .
978-3-8392-1326-1 (Paperback)
978-3-8392-3973-5 (pdf)
978-3-8392-3972-8 (epub)

»Ein raffiniertes Katz-und-Maus-Spiel,
in dem Realität und Fiktion immer mehr
verschwimmen. Unbedingt lesen!«

Kriminalhauptkommissar Karl Rünz a. D. als Privat-
detektiv mit einem Klienten in seiner Detektei – mehr
braucht Christian Gude nicht, um alle Regeln des
Genres gegen den Strich zu bürsten und zielsicher die
üblichen Erwartungen an leicht verdauliche Krimikost
zu unterlaufen. Bei diesem minimalistischen Kabinett-
stück kann man sich nur auf eins verlassen: Dass man
sich auf nichts verlassen kann. Das Urteil im Namen
des Volkes: Unterhaltsamer und intelligenter kann man
seine Leser nicht verunsichern.

CHRISTIAN GUDE
Kontrollverlust
. . . .
978-3-8392-1083-3 (Paperback)
978-3-8392-3529-4 (pdf)
978-3-8392-3528-7 (epub)

»Ironisch, zynisch, politisch unkorrekt. Sie vereinen präzise wissenschaftliche Recherche mit Wortwitz und sprachlicher Finesse!«

Zwanzig Jahre Mordkommission hinterlassen Spuren. Auch bei Hauptkommissar Karl Rünz, der sich neuerdings als Krimiautor versucht und deshalb überhaupt keinen Sinn für die Pläne seines karriereorientierten Vorgesetzten hat. Wie dumm, dass just zu diesem Zeitpunkt in einem Nachbarort Darmstadts ein toter Schmied in seiner Werkstatt gefunden wird und sich Rechtsmediziner Bartmann partout nicht dazu überreden lässt, eine natürliche Todesursache zu diagnostizieren. Was zunächst nach einem Routinefall aussieht, entwickelt sich bald zu einem ausgewachsenen Problem für Rünz, an dessen rascher Lösung nicht nur die US Air Force größtes Interesse hat …

SPANNUNG

GMEINER

CHRISTIAN GUDE
Binärcode
. . . .
978-3-89977-762-8 (Paperback)
978-3-8392-3073-2 (pdf)
978-3-8392-3072-5 (epub)

»Durchweg unterhaltsame Lektüre.«
Darmstädter Echo

Hauptkommissar Karl Rünz gerät auf einer Brachflä-
che im Norden Darmstadts in einen Hinterhalt. Ein
Unbekannter fällt einem Scharfschützen zum Opfer,
und beinahe hätte es auch ihn erwischt.

Kaum aus dem Krankenhaus entlassen, steht Rünz
vor zwei existenziellen Fragen: »Werde ich wirklich
mit Nordic Walking anfangen?« und »Wer hat diesen
dicken Italiener ermordet?« Und dann ist da noch dieses rätselhafte, verschlüsselte Signal, auf das er sich keinen Reim machen kann.

CHRISTIAN GUDE
Mosquito
. . . .
978-3-89977-712-3 (Paperback)
978-3-8392-3311-5 (pdf)
978-3-8392-3310-8 (epub)

»Ein äußerst spannender
Kriminalroman.«
Radio Darmstadt

Sporttaucher finden im »Großen Woog«, dem über
400 Jahre alten Gewässer am Rande der Darmstädter
Innenstadt, die Überreste eines Mannes. Untersuchungen des Rechtsmedizinischen Institutes in Frankfurt
ergeben, dass die Leiche schon mehrere Jahrzehnte im
See gelegen hat. Der einzige Hinweis, der zu der Identität des Toten führen könnte, ist eine seltsam gravierte
Metallmünze, die er um den Hals trägt.

Hauptkommissar Karl Rünz begibt sich auf Spuren-
suche. Seine Ermittlungen führen ihn zurück in den
September 1944, als Darmstadt Ziel eines verheerenden
Angriffs britischer Mosquito-Kampfflugzeuge wurde.

GMEINER SPANNUNG

WWW.GMEINER-VERLAG.DE
Wir machen's spannend

Das Neueste aus der Gmeiner-Bibliothek

Unsere Lesermagazine

Bestellen Sie das kostenlose KrimiJournal in Ihrer
Buchhandlung oder unter www.gmeiner-verlag.de

Informieren Sie sich ...

www ... auf unserer Homepage:
www.gmeiner-verlag.de

@ ... über unseren Newsletter:
Melden Sie sich für unseren Newsletter an
unter www.gmeiner-verlag.de/newsletter

f ... werden Sie Fan auf Facebook:
www.facebook.com/gmeiner.verlag

Mitmachen und gewinnen!

Schicken Sie uns Ihre Meinung zu unseren Büchern
per Mail an gewinnspiel@gmeiner-verlag.de und
nehmen Sie automatisch an unserem Jahresgewinn-
spiel mit »mörderisch guten« Preisen teil!

GMEINER SPANNUNG